# 길 위에 서다 - 국토종단기

# 길 위에 서다－국토종단기

차 명 권 지음

KSI 한국학술정보[주]

# 프롤로그

"에드워즈의 거룩을 추구하는 삶에 비하면 그동안 나는 너무 짐승처럼 먹고 마셨으며, 짐승처럼 본능을 따라 살았으며, 짐승처럼 말하고, 짐승처럼 생각하고, 짐승처럼 살았다는 생각 때문에 울었다."

미국 교회가 배출한 최고의 신학자이자 철학자인 조나단 에드워즈를 회고하며 백금산 목사(신촌예수가족교회)가 읊은 고백이다. 에드워즈 역시 매일 울었다. 길을 잃어버린 인류를 구원하기 위해 십자가에 달린 예수 그리스도의 사랑에 대한 감격이 그의 가슴을 터져 나가게 했기 때문일 것이다.

지금 우리들이 살아가고 있는 세상의 모습을 한마디로 표현하면 "빛이 어둠에 비취고 있는데도 어둠이 깨닫지 못하고 있다"는 것이다.

나 역시 그랬다. 어둠이었다. 짐승 같았다. 자고 일어나면 무언가를 했지만 무엇을 하고 있는지 몰랐다. 매일 스치는 사람들이 내게 어떤 의미인지 몰랐고, 하늘에서 내리는 비와 때를 따라 부는 바람이 어디서 와서 어디로 가는지 몰랐다. 역사 속에서 숨져간 수많은 영웅들의 삶이 덧없이 느껴지면서도 그 이유가 무엇 때문인지 몰랐다. 공부를 하고, 일을 구하고, 결혼을 하고, 아파트를 넓히면서도 나는 내가 가는 길의 목적지를 알 수 없었다. 사람들을 만나면 위선 가득한 웃음으로 내가 가진 것들을 자랑하고 행복을 위장했지만, 돌아와 보면 아무것도 내 마음의 빈 잔을 채우지 못했다. 밑이 터져버린 항아리처럼 아무리 물을 부어도 채워지지 않았다. 내 어두운 실존의 중심엔 두려움이라는 거대한 세력이 뿌리를 내리고 있었다.

2003년 7월 사법시험 2차를 치른 뒤 나는 알 수 없는 힘에 이끌려 국토 위에 나를 세웠다. 해남 땅끝마을에서 시작된 종단은 고성 통일 전망대에 이르기까지 약 한 달이 걸렸다. 자아를 찾기 위해 첫 발을 내디딜 때만 해도 내 목소리에는 인본적 요소가 짙게 깔려 있었다. 여전히 난 어둠 속이었다. 하루 이틀 순례가 이어지던 어느 날 갑자기 어둠을 뚫고 한줄기 빛이 들어왔다. 그 빛은 날이 선 검처럼 내 영혼의 썩고 부패한 부위들을 도려내기 시작했다. 고통이 밀려왔다. 그러나 저항할 수 없었다. 말하기도 부끄러운 내 은밀한 죄들이 낱낱이 드러나면서 아픔이 밀려왔다. 그 아픔들이 다 드러났을 무렵이었다. 우주보다 큰 형용하기 힘든 거대한 사랑의 힘이 말라비틀어진 내 영혼을 감싸기 시작했다. 엉엉 울었다. 나를 향한 하나님의 사랑이었다. 아들 예수 그리스도를 죽기까지 나에게 내어주신 하나님의 지극한 사랑이었다. 내가 무엇이라고. 그 사랑은 이 세상이 창조되기 전부터 계획되었던 사랑이었다. 그 사랑은 참된 빛이었으며 참된 진리이자 유일한 해답이었다. 참된 진리가 내 영혼 가운데 들어오자 모든 인생의 질문과 의문들이 단박에 해결되었다.

눈을 떠보니 만물은 축제의 향연을 벌이고 있었다. 해도 달도 별도 높으신 이름을 노래하고 있었다. 만물은 가장 역동적인 모습이었으며, 역사는 천국으로 관통하고 있었다. 가장 충격적이었던 것은 만물을 지으신 하나님께서 수천 년 동안 나를 그의 세계로 초대하고 계셨다는 사실이었다. 그 오랜 세월동안 빛은 끝없이 끝없이 내 어둠 가운데로 쏟아져 들어오고 있었지만 내 두꺼운 교만의 껍질이 내 망막을 찢어 놓았던 것이었다.

길 위에서 충만한 하나님을 경험하고, 세상에서 가장 기쁜 소식을 진실로 알게 된 나는 어느새 달라져 있었다. 전쟁에서 이겼다는 소식을 전하기 위해 온 힘을 다해 뛰어가는 어린 병사처럼 이 기쁜 소식을 전하고 싶었다. 그리고 나는 이 땅에 나를 보내신 하나님의 목적을 따라 살아가는 것이 무엇보다도 값진 고귀한 가치임을 알게 되었다. 태어나면서부터 배워온 세상의 가치와는 비교조차 되지 않는 놀라운 가치를 영혼 속에 품게 되었다. 이 땅에서의 삶이 끝나면 나를 기다리고 있을 영원한 도성을 바라보게 되었다. 그 어떤 고난도, 희생도, 외로움도, 가난도, 심지어 죽음조차도 나를 하나님의 사랑에서 끊을 수 없다고 하나님은 내게 약속해 주셨다.

2003년 7월 한 달여간 나를 참된 회심과 결단으로 이끈 국토순례의 생생한 과정을 적었다.

차명권

# 차 례

## 더는 갈 곳 없는 땅 끝에 서서

〈7월 5일, 전남 해남군 땅끝마을~통호리, 5.2㎞, 2시간〉

아이는 함께 자전거를 타러 가는 줄 알았나 보다. 뒤돌아서는 아빠를 따라나서겠다고 떼를 쓰던 세 살배기 아이의 얼굴이 차창에 어물거린다. 이것저것 챙겨 주며 문밖까지 나와 엷은 미소를 잃지 않던 아내의 얼굴도 겹쳐 흐른다.

오전 10시 30분 수원발 우등버스는 이렇게 사랑하는 모든 얼굴들을 더욱 선명하게 유리창에 수놓으며 전라남도 광주를 향해 미끄러지듯 힘차게 내달린다. 버스에 발을 올리기까지 각오하고 계획하고 준비했던 그 모든 시간들은 순식간에 응집하여, 좌석에 앉자마자 심장으로부터 색다른 피의 흐름을 뿜어 주고 있는 듯하다.

일주일 전 사법시험 2차를 마무리 짓던 날, 시험장을 나오면서 내 입 안에선 나도 모르게 하덕규의 '가시나무새'가 맴돌았다.

> "내 속엔 내가 너무도 많아서 당신의 쉴 자리를 뺏고…… 내 속엔 헛된 바람들로 당신의 편할 곳 없네…… 바람만 불면 끝내 메마른 가지 서로 부대끼며 울어대고 쉴 곳을 찾아 지쳐 날아온 어린 새들도 가시에 찔려 날아가고……"

수년의 도전과 침묵 그리고 절망은 앙드레 말로의 『인간의 조건』에서처럼 죽은 자의 질서를 위해 살아가던 내 가련한 영혼의 지친 어깨를 떠밀고 있었다. 애써 올라 봐도 다시 떠밀려 가야 하는 것이 나를 잃어버린 세속의 모습이란 말인가. 서른을 넘어서야 비로소 나는 알게 되었다. 한 줌의 민들레 홀씨만큼이나 가볍던 내 타율적 삶의 지평이 오랜 시간 동안 참된 자유를 위해 꿈틀거렸고 나는 길 위에 스스로를 세움으로써 자신에 대해 정직한 삶의 첫 단추를 삼고 싶어 한다는 것을. 나는 내 마음의 꾸밈없는 소리에 진심 어린 관심을 기울일 수 있게 되었다.

이젠 더 이상 물질과 외견과 형식에 눈멀지 않으리라 다짐하였다. 남도를 향하는 나를 붙드는 온갖 아우성들. 그 모든 질긴 자장의 고리를 끊고 스스로의 불덩이로 내가 걷는 길과 당당히 마주하리라. 그리하여 마음속의 잡다하고 우둔한 생활의 질곡을 벗고 하늘나라의 지표로만 측정될 수 있는 참된 나의 모습을 되돌리리라. 나 자신의 방황과 헛됨으로 인해 함께 고통당하고 안타까워한, 내 마음 그 어느 곳에서도 평화를 누리지 못하던 예수님의 사랑. 그 사랑에 나를 던져 보고 싶었다.

버스 안에서 펼쳐 든 신문엔 여행가 김찬삼의 부고기사가 나 있다. 가난한 유년 시절 내가 가 보지 못하고 들어 보지 못한 세상의 구석구석을 자신의 전 생애를 바쳐 책으로 알려 준 여행가 김찬삼. 나는 그 옛날 지방의 어느 갇힌 공간 속에서 그의 책을 만났던 생각이 난다. 가난과 채워지지 않는 유년의 호기심에 절룩거리던 나에게 그의 책은 나의 몸과 생각을 송두리째 미지의 나라로 데려다 주었다. 나만 그랬을까? 해외로 나간다는 것이 소수의 한국인에게만 가능하던 어려운 시절, 누구나 설레며 꺼내 들었을 법한 세계여행 책이 바로 김찬삼의 책이었다. 지금 국토종단여행을 떠나는 마당에 그의 부고를 접하는 이유는 왜일까?

난 마치 정신의 상속자나 된 듯 여행을 시작하는 시점에서 그의 죽음을 접하게 되었다. 괴테는 『파우스트』에서 "존재하는 것은 모두 멸한다."고 하였다. 하지만 앙드레 말로는 "인간의 정신은 생명을 잉태하듯 '예술'과 '문화'를 통해 전승되고 이를 통해 인간은 영속성을 이어받으며 불멸의 존재가 된다."고 역설했다.

그의 웅변을 통해 예술과 문화의 중요성을 깨닫게 된다. 앙드레 말로는 불멸적 존재를 강조했지만, 사실 예술과 문화를 통해 불멸하면서 전승되는 것은 하늘의 가치밖에 없다. 인간의 가치는 그 하늘의 가치 속에 있을 뿐.

"모든 육체는 풀과 같고 그 모든 영광은 풀의 꽃과 같으니 풀은 마르고 꽃은 떨어지되 오직 주의 말씀은 세세토록 있도다"(이사야 40:6)

세 시간쯤 지났을까. 난 지도책도, 이정표도 보지 않은 채 차창 밖을 뚫어져라 응시하고 있다. 빛깔과 형세로 남도를 구분해 내기 위해서다. 여름의 신령한 대기는 반도의 구석구석을 편견 없이 사랑하듯 충만한 신록의 은혜를 동일하게 선사하고 있는데, 이는 일상에 대하여 한 번도 비껴 서 보지 못한 사람이라면 구분해 내지 못할 그러한 축복이다. 하지만 너와 나의 얼굴이 뚜렷한 차이를 가지고 생명운동을 하듯 남도는 자신만의 독특한 몸짓으로 민족의 서정을 담아내고 있다.

분말처럼 부서지는 가느다란 태양의 미소 파편들, 피처럼 붉은 절개지의 흙더미, 아득한 거리의 산 등 설명하기 어려운 수많은 촉각의 인자들에서 난 남도에 접어들었음을 감지할 수 있었다. 이윽고 나는 아버지를 따라 생경한 레스토랑에 가서, 들어는 보았으나 먹어 보지는 못한 동경의 음식들을 시키기 위해 모든 열정을 바쳐 메뉴판을 들여다보는 어린아이와 같이 습기에 반짝이는 남도의 도로 이정표를 바라보기 시작했다.

광주에서 두 시발 땅끝행 시외버스로 갈아탔다. 땅끝행 버스는 하루에 단 한 번 오후 2시에만 있다. 성수기가 되면 배차가 늘어날지도 모를 일이다. 버스 안의 생경한 그러나 구수한 전라도 사투리와 창밖 거리의 금호식당, 호남상회, 빛고을식육 등 간판들이 여기가 바로 전라남도의 땅임을 노래하고 있다.

버스는 금남로를 스쳐 지나간다. 저항을 독려하는 가련한 여학생의 소리는 떨리고, 적군도 아닌 대한민국의 군인이 휘두르는 아삐뚱, 대검, 총부리에 도살장의 개보다 더 가련하고 힘없이 쓰러져 간 시민들의 모습이 저 멀리 어물거린다. 그대들의 비극을 당시에는 알 길이 없었다고 해도 침묵한 자의 죄는 원죄보다 더 큰 어둠 속에 갇혀 있구나.

공의를 세워야 한다. 그러나 나아가 더 큰 사랑의 힘으로 민족의 모든 상처를 씻고, 하나님께서 이 민족에게 맡기신 아름다운 일들을 감당할 준비를 해야 한다.

> "사람아 주께서 선한 것이 무엇임을 네게 보이셨나니 여호와께서 네게 구하시는 것이 오직 공의를 행하며 인자를 사랑하며 겸손히 네 하나님과 함께 행하는 것이 아니냐."(미가 6:8)

광주에서 2시간 반을 더 달려 드디어 땅끝마을에 도착했다.

계속된 장마는 지쳤는지 잠시 쉬어 가고 하늘은 회색빛으로 차분하게 내려앉아 있다. 바다와 산들은 온통 안개에 싸여 희미한 윤곽만을 드러내고 있다.

난 아무도 없는 방파제 끝까지 나아가 두 눈을 부릅뜨고 내 사랑하는 조국의 시작을 심장에 가슴 깊이 새겨 넣었다. 우리의 땅 끝에서는 왜 다들 비장한 가슴으로만 바다를 바라봐야 했을까? 땅 끝에서 부르짖은 대표적 시가 바로 김지하의 〈애린〉이다.

어느 날 도서관에서 백과사전보다 더 두꺼운 『김지하 전집』(실천문학사)을 만났던 기억이 있다. 그 책은 한 권도 아닌 철학사상, 사회사상, 미학사상 세 권으로 나뉘어 있었다.

그의 독창적이고 번뜩이는 사상들은 큰 충격이었다. 구절구절마다 민족에 대한 사랑이 사상화되어 있었는데 아마도 어두운 시절 온몸으로 민족적 억압에 대항한 그의 중도적 순수성이 구현된 것은 아닌가 싶었다.

프랑스 후기 구조주의 철학자 질 들뢰즈에 영향을 받아 김지하가 완성한 율려사상, 흰그늘사상도 돋보였다. 극단적이고 기계적인 사상의 경향에 우려를 표하며 자아와 타자, 초월과 비초월, 자연과 인간 등의 대등적 주체들이 서로 승인하며 이루어 내는 생명의 세상을 만들고자 하는 김지하의 고백은 7여 년의 옥고 속에서 탄생된 풍요한 사고의 열매임에 틀림없다.

김지하의 많은 것들은 젊은 시절 나를 새로운 발상으로 추동케 했지만, 나를 본질적이고 근원적으로 감동시키지는 못했다. 충격이었지만 삶의 기적으로 현현되지는 못했다. 하나님의 임재가 없는 사상은 시간과 함께 늙어 간다. 그러면서 너무나 아픈 서러움을 스스로에게 덧씌운다. 하나님의 영원한 아름다움과 인간의 보잘것없음을 인식하는 순간이 그에게 찾아오기를.

고통의 나날 가운데 땅끝마을에서 뜨겁게 흘러내린 그의 목소리다.

땅 끝에 서서
더는 갈 곳 없는 땅 끝에 서서
돌아갈 수 없는 막바지
새 되어서 날거나
고기 되어서 숨거나……
혼자 서서
부르는
불러
내 속에서 차츰 크게 열리어
저 바다만큼
저 하늘만큼 열리다
이내 작은 한 덩이 검은 돌에 빛나는
한 오리 햇빛
애린
나.

보길도를 향하는 배는 육지의 흙이 묻은 승용차들을 가득 싣고 막 떠날 태세다. 그 거룩한 섬에서 무슨 공사를 하는지 몇 대나 되는 덤프트럭도 배 위에 자리를 잡았다. 마음은 이미 저 뱃길을 앞질러 가 온갖 아름다움과 서정이 춤을 추는 보길도에 가 있다. 저 희미한 안개 속에는 윤선도의 정자가 있는 보길도 부용동이 변치 않고 있으리라. 안개에 갇힌 섬만큼 애잔하고도 아름다운 풍경이 있을까? 안개에 갇힌 섬의 끝 모를 신비로움은 우리 인간에게 희극과 비극을 동시에 가져다준 저 태곳적 에덴의 비장미를 그대로 간직하고 있는 듯하다.

그 옛날 왕이 강화도에 갇혔다는 소식을 듣고 윤선도는 군사를 모아 배를 타고 뱃길을 가르고 있었다. 도중에 왕이 청나라에 항복했다는 소식을 접했을 때, 그는 인간사의 덧없음에 얼마나 괴로워했을까. 유배를 당하면서도 군신의 예를 잃지 않고 변함없는 충의를 보였던 윤선도였다. 그동안 당한 모든 정치적 박해의 기억은 밀물처럼 밀려와 그의 뱃머리를 되돌리게 했고 결국 세속을 떠나 우연히 발견한 보길도에 정착하게 되었다. 윤선도의 〈오우가〉엔 이런 구절이 있다.

꽃은 어이하여 피었다 쉬이 지고
풀은 어찌하여 푸르는 듯 누르나니
오직 변치 않는 것은 바위뿐인가 하노라.

순수한 열정은 더러운 인간의 욕심에 상처 입었다. 결국 변치 않는 바위에 감정을 드러내고 싶었던 김지하, 윤선도. 시공을 초월한 거인들의 향기가 땅 끝을 떠돈다. 돌이라고, 바위라고 변하지 않을 리 있겠는가.

"내 언약을 파하지 아니하며 내 입술에서 낸 것도 변치 아니하리로다."(시편 89:34)

변하지 않는 하나님의 실존을 알지 못했던 그들에게 바위로 대표되는 자연은 유일한 최선이었겠지만, 그들의 시 속에서 공허함이 끝없이 흘러나오는 것은 숨길 수가 없다.

형제들의 고통을 외면할 수 없었던 자. 순수한 사랑을 저버릴 수 없었던 자. 민족의 사명을 자각하고자 했던 자. 그러한 선각자들의 아픔은 그리하여 겹겹이다. 현대 추상 미술의 최고 거장 중 한 사람인 칸딘스키(Wassily Kandinsky, 1866~1944)도 이러한 자를 일컬어 다음과 같이 풀었다.

"그 파괴된 때에 분명히 우리들 중에 어떤 사람이 나오는데, 그 사람은 모든 면에서 우리와 같지만, 다른 면이 있다면 '비전'이라고 하는 몰래 이식된 힘을 가지고 있다. 그는 통찰한 후 나아갈 길을 제시한다. 때때로 무거운 십자가처럼 느껴지는 이와 같은 탁월한 재능을 그는 떨쳐 버리고 싶어 한다. 그러나 그는 그럴 수가 없다. 경멸을 당하거나 혐오를 받으면서도, 그는 인류라는 돌에 처박힌 무거운 수레를 끌어 전진시키고 상승시킨다. 이들은 사실상 육신을 경멸하고 오로지 정신적인 것만을 신봉했던 자들이다."

이름을 남겨 유명해진 선각자도 있지만 대부분은 빛도 없이 사라져간 선각자들이다. 안중근, 윤봉길처럼 우리가 잘 아는 선각자가 있는 반면에 이덕주, 최흥식은 큰일을 했음에도 이름이 알려지지 않은 선각자들이다. 하지만 그들에게 알려진다는 것은 아무런 의미가 없었다. 그저 일제치하에서 민족해방을 위해 의로운 일을 하려다 끝내 형장의 이슬로 사라졌다. 그들은 마음에 다가온 이상의 실현을 바랐을 뿐이다. '뜻을 품으면 마침내 일을 이룬다.(有志者 事竟成)'만이 오롯한 그들의 정신이었을 뿐이다.

우리 시대를 돌아보자. 시대의 정신은 옳어지고 대의를 위해 이름을 초개같이 여기는 자들이 드물다. 물질에 대한 가치가 커지면 정신적인 가치가 부패해진다는 것은 인류 역사의 불변의 진리인가. 자본주의는 새로운 즈믄 해에도 여전히 한민족의 신흥종교로 다져지고 물질의 가치는 다른 모든 가치를 추월해 가고 있는 것이 우리네 사정이다.

정신적인 것을 백안시하는 태도는 일제 시대를 통해 단절된 한민족의 문화전승을 더욱 가로막고 있다. 속도와 외양과 물질의 추구는 인내와 끈기를 필요로 하는 한민족의 문화예술 영역에 더 이상 애정 어린 시선을 주지 않는 걸림돌이 되었다. 아름다운 우리의 민족혼은 사라져 가고 있다. TV에 얼을 주고 휴대폰에 혼을 주고 아파트와 차에 미래를 걸었다. 우리네 삶의 배경에 비빌 언덕으로 자리 잡고 있던, 우리의 정신이 고스란히 녹아 있는 '전통문화'는 서서히 자취를 감추고 종국엔 폭력으로 우리를 내리칠 물질들만이 가득가득 쌓여 가고 있다.

이것이 우리의 어둠이다. 우리 자신의 정체성을 잃어 가고 있는 것이 바로 우리나라가 처해 있는 오늘의 어둠이다.

한번은 모 공중파방송에서 '이 달의 책'을 선정하던 때였다. 주인공 책은 작고한 최순우의 『무량수전 배흘림기둥에 기대서서』였다. 일찍이 야나기 무네요시의 『조선의 예술』과 킴바라세이고의 『동양의 마음과 그림』과 최준식의 『한국미, 그 자유분방함의 미학』에 흥미를 느낀 적이 있는 나에게 그 책은 한국의 미를 이해하는 데 보석같이 귀한 정신의 낙을 허락하였다. 야나기 무네요시가 막사발에 숨겨진 조선인의 자유분방한 성격을 소개하자 일본인들은 이 땅에 있는 막사발이란 것은 모조리 사 갔다. 우리가 소중하게 인식하지 못한 우리의 아름다움을 일본인들이 먼저 알아채고 소유해 버린 것이다. 이와 같은 문제의식하에 우리 것에 대한 애정을 서서히 키워 가고 있던 마당에 한국의 미를 전반적으로 소개하는 책을 접했으니 어찌 흥이 절로 나지 않았겠는가.

하지만 대부분의 독자들은 그 책을 너무 어렵다, 재미가 없다 등의 이유로 잘 사지 않거나 사더라도 그저 몇 페이지 뒤적거리다 덮어 버린다는 사실을 알게 되었다. 심지어는 한국 예술은 저급하고 초라할 뿐이라고 서슴없이 얘기하는 사람도 있다. 서양 미술에 대한 문외한도 시스티나 성당에 그려진 미켈란젤로의 〈천지창조〉에는 침을 흘려 가며 찬사를 보내면서 우리의 조각보에서는 어떠한 아름다움도 발견하지 못하는 것이 우리의 미감이다. 피에트 몬드리안(Piet Mondrian, 1872~1944)의 제자들이 우리의 무지렁이 아낙네가 만든 조각보를 몬드리안의 작품에 버금간다고 평가한 것과 비교하면 애석한 심미안이 아닐 수 없다.

프랑스의 역사가 쥘 미슐레는 『프랑스 혁명사』에서 영국은 제국, 독일은 민족, 프랑스는 개인을 사상적 축으로 한다고 말한 바 있다. 이에 대해 우리 한민족은 '공동체'의식을 기반으로 존재해 온 민족이라고 감히 말할 수 있겠다. 이 공동체는 민족공동체로 확대되는 개념이다. 이것이 바로 우리 민족이 험난한 세계정세에도 불구하고 면면히 살아온 사상적 뿌리이거늘 앞으로 우리 민족 한 사람 한 사람 모두가 선각자적 의식을 가지고 민족공동체의 순탄한 영속을 위해 간절히 기도하는 마음으로 민족문화예술에 애정을 가져 주기를 기원해 본다.

아직 어둠이 가득하기 전이다. 남해를 등진 땅끝마을의 기념비 앞에서 사진을 한 장 찍은 뒤 S 자로 기교를 부리며 뻗기 시작하는 길로 나선다.

바다를 따라 굽이굽이 돌아 나가는 77번 국도에는 도심에서 늘 마음속으로만 탐하여 온 동백나무들이 무더기로 생장하여 나를 맞이하고 자귀나무의 화려한 꽃들도 지천에 피어 녹색으로 우거진 천하에 자신만의 화려한 색조로 극치의 리듬감을 실어 주고 있다. 봄의 꽃은

다 지고 천지에 화려한 색은 오직 자귀나무의 꿈꾸는 듯한 분홍색뿐이다. 자귀나무에 이어 곧 배롱나무의 뜨거운 꽃이 피면 여름은 생경한 색조의 화려한 향연장이 될 것이다.

천지 창조 여섯째 날 나 혼자 생겨난 듯 사위가 촉촉한 날씨 속에 지극히 차분하다. 저 깎아지른 아래 절벽 멀리서는 희미한 안개를 헤집고 파도 부딪치는 소리 간절히 나를 애모하는 듯하다.

붕~. 간간이 차들이 속도를 내며 질주한다. 에덴과 같은 이곳까지 와서도 자동차라는 문명의 속도를 마주하며 가야 한다는 사실에 조금 속이 상한다. 속도에 대해 생각을 하다 보니 그동안 나는 내가 한 시간에 얼마의 속도로, 얼마의 거리를 걸을 수 있는지 모르고 자라 왔다는 사실을 깨달았다.

수많은 속도 속에서 나 자신에게 가장 적합한 속도를 알지 못했다. 그러한 속도 차이가 일상에서 문득문득 내게 비릿하고 어지러운 현상을 가져다주었는지도 모른다.

난 차가 오는 방향으로 걷는다. 그것이 걷기의 기본이기는 하지만, 다른 측면에서 볼 때 난 문명에 저항하며 걷는 셈이다. 인간은 문명의 자장에서 벗어날 수 없는 노릇이고 보면 어떻게든 난 의식을 깨워 문명에 매몰되지 않도록 경계해야만 하는 것이다. 문명은 선한 부분이 있긴 하지만 맹목적이고, 편견을 강요하고, 보이는 것 이상의 다층적인 의미들이 숨어 있기도 하다. 정신을 똑바로 차려 문명이 제시하는 일방통행식 전달을 기독교적인 정신으로 디코딩해 내지 않으면 어려움에 봉착할지도 모른다.

> "너희가 세상에 속하였으면 세상이 자기의 것을 사랑할 것이나 너희는 세상에 속한 자가 아니요 도리어 내가 너희를 세상에서 택하였기 때문에 세상이 너희를 미워하느니라."(요한복음 15:19)

이젠 자연의 밤이 다가온 것일까? 아직 아스라한 빛이 남아 있건만 길가의 자귀나무 잎들은 이미 밤을 인식하고 제각기 짝을 찾아 서로 부둥켜안고 긴 동침에 들어갔다. 나도 몸 누일 곳을 찾아야 할 시간이 된 것이다. 날이 어둑해지자 더는 나아가지 못하고 국도 변을 두리번거렸다. 저 멀리 소담한 한 교회가 어둠속에서 모습을 드러낸다.

전남 송지면 통호리 통호교회.

조심스럽게 문을 두드리니 전도사님 내외분이 기다리고 있었다는 듯 나를 반긴다. 낯선 사람일진대 안방을 치워 나를 맞이하고 식사준비까지 하는 것이 아닌가. 황송한 마음이 들어 난 사모님의 만류에도 불구하고 자청해 예배당을 쓸었다. 오래전 바닷모래로 지어진 예배당 내벽은 세월을 이기지 못하고 있다. 곳곳에서 페인트와 시멘트가루가 떨어져 내려 바닥에 쌓여 가고 있는 것이 아닌가. 쓰레받기로 몇 번을 반복하여 치우고 들어가니 사모님이 정성스레 조갯국 밥상을 차려 내놓으신다. 한 상에 둘러앉아 기도를 드리고 우리 셋은 이런저런 얘기에 시간 가는 줄 몰랐다.

광주에서 교회를 개척했다가 사 년 전 이곳 통호교회로 옮겨 왔는데 사연을 들어 보니 험악한 세월을 많이도 넘으셨다. 처음 이곳에 올 때만 해도 삼, 사십 명의 신도들이 모였었는데 그 후 마을 안쪽에 같은 교단의 조금 더 큰 교회가 들어서면서부터 신도들이 많이 건너가고 지금은 불과 몇 명의 신도들로 교회가 움직이고 있다고 한다.

빛도 없이 이름도 없이 시골 교회를 섬기는 전도사님의 마음이 예수님의 마음을 많이 닮았다. 예루살렘을 입성하며 초라한 나귀의 등을 빌리셨던 왕이신 예수 그리스도의 낮고 겸손한 마음이 문맹호 전도사님과 사모님의 섬김 속에 고스란히 묻어 나온다.

"시온의 딸아, 두려워하지 말라. 보라. 네 왕이 새끼 나귀를 타고 오신다."(요한복음 15:15)

칠흑 같은 어둠이 통호리에 내려앉고 멀리서 파도소리가 여기까지 들린다. 그 아름답던 새소리도 잠들고 누군가의 지친 코골이를 들으며 나의 첫 밤은 그렇게 지나가고 있다.

## 요나처럼 고래 배 속에 있었어요

〈7월 6일, 통호리~남창리~북일면 금당리, 25㎞, 8시간〉

나는 아직 꿈속에 있는데 현실세계에서 전도사님이 드리는 새벽예배 소리가 어렴풋이 꿈속을 파고든다. 나의 무의식은 나를 지난 시간으로 되돌려 놓고 어느새 나의 머리맡에는 새벽기도를 나가시는 어머니의 발자국 소리가 들려온다. 풍족한 돈과 내세울 만한 세력으로 나를 키우신 것은 아니지만, 내가 힘들고 낙망할 때마다 일어설 수 있었던 것은 바로 그처럼 남몰래 눈물 흘리시던 어머니의 기도가 있었기 때문이다. 어머니는 아침이면 어김없이 이름을 부르며 축복해 주셨다.

"명권아, 하나님을 신뢰하여라. 일용할 양식에 대해서 감사하고 고아와 과부를 도우시는 하나님께 늘 기도해라." 비몽사몽간에 어버이를 생각하니 가슴이 짠하여 이기질 못하겠다.

벌써 아침식사 시간이 되었다. 신세만 지는 듯하고 부끄러운 밥상을 받기 싫어 식사기도를 자청했다.

"주여, 오늘 주님의 종이 향유옥합을 깨뜨립니다. 부지불식간에 나그네를 대접한 것이 곧 예수님을 대접한 것이라고 하신 주님. 빈곤한 가운데서도 낯선 이를 후대하는 마음을 축복하시고 이름 없이 썩어가는 밀알을 기억하셨다가 흘러넘치는 위로가 되소서."

라디오소리가 작은 방에서 흘러나온다.

"여긴 제주극동방송이 나오는군요. 문화도 제주권입니까?"

"영향이 있지라. 감귤 수확 때는 제주도로 건너가기도 하고 일기예보는 제주 거시기가 더 정확합니다."

전도사님이 끼어드신다.

"여자들이 일 많이 하는 것도 그러찮어."

이곳 통호리 사람들은 시장이 멀어 그냥 바닷가에서 고시데기 같은 해산물을 뜯어 반찬을 해 먹는 경우가 많다고 사모님이 말한다.

"전도사님이 많이 거들어 주십니까?"

전도사님의 얼굴이 붉어지자 사모님은 전도사님이 연약한 사람들을 세우느라 바빠서 많이는 못 도와주신다면서 팔을 안으로 굽히신다. 이 집에서도 역시 품는 땅은 사모님이다. 바삐 움직이면서도 가정의 모든 요동과 미숙을 포용하고 잠재우는 거대한 땅과 같은 사람.

오전 9시가 넘자 어린이 예배를 드리기 위해 어여쁜 소녀들이 하나 둘씩 모여든다. 윤화는 피아노를 반주하고, 미나는 가장 큰 목소리로 신이 났다. 연주는 미나와 친한 듯하고, 윤화의 동생 송화는 도희와 가까운 것을 금방 간파할 수 있다. 윤화는 안 좋은 일이 있는지 시무룩한 표정으로 피아노를 치고 있다.

나는 어린이들의 바로 뒷자리로 자리를 옮겼다.

전도사님이 갑자기 나를 일으켜 세우시더니 어린이들을 위해서 설교를 부탁하시는 게 아닌가. 예기치 못한 갑작스런 제안이라 조금 당황스러웠지만, 용기를 내 하나님이 시키시는 대로 입을 열었다.

> "선생님은 서울에서 왔어요. 선생님은 나무를 참 좋아하는데 그중에서도 가장 좋아하는 나무는 동백나무, 자작나무, 소나무, 대나무, 수국 그리고 목백일홍이에요. 어제 교회 들어올 때 입구에 배롱나무와 수국이 멋지게 피어 반겨 주기에 매우 기뻤답니다.
>
> 오늘 우리 친구들을 만나게 되니 구약성경 『아가서』 2장에 나오는 구절이 생각나요. '여자들 중에 내 사랑은 가시나무 가운데 백합화 같구나.' 우리 친구들은 모두 하나님의 아름다운 백합화죠. 여러분, 요나 알아요? 선생님은 요나처럼 고래 배 속에 있었어요."

아이들이 화들짝 놀란다. 정말 살아 있는 고래 배 속에 있었는지 의아해하는 눈치다.

"고래 배 속처럼 어둠에 싸여 있었다는 말이에요. 하지만 우리 땅을 돌아보며 하나님이 주신 축복과 은혜를 온몸으로 느끼면서 빛 가운데로 나아가고 있답니다. 여러분들도 하나님의 사랑을 온몸으로 느끼고 우리나라와 우리 이웃을 사랑하는 멋있는 어린이가 되길 바라요."

나를 뚫어져라 쳐다보는 도희의 눈동자는 천사의 것처럼 반짝인다. 어린이들이 재잘대는 모든 곳은 천국이다. 설렘과 호기심이 가득하고 거추장스런 장벽이 없는 그런 천국 말이다. 여인이 가루 서 말 속에 갖다 넣어 전부 부풀게 한 누룩같이 부푼 아이들의 해맑은 천국(마태복음 13장 33절).

장마 빗줄기는 다시 굵어진다. 교회 지붕에 구멍이라도 뚫을 기세다.

"비가 많이 오니까 오늘은 가지 마시죠."

사모님이 걱정스런 표정으로 발길을 붙잡는다.

"장마에 수국이 다 지겠습니다."

교회 옆 폐허가 다 된 집을 지난다. 이곳은 사모님이 작년에 부업으로 토끼를 키우다가 고양이의 공습으로 새끼 토끼들을 모두 잃은 슬픈 사연이 있다.

신발을 위협하는 깊은 물웅덩이가 곳곳에서 비의 세례를 받고 있다.

비가 와도 가야 한다. 자연은 여행의 출발이라고 봐 줄 기색이 없다. 삶은 첫걸음부터 앞도 보이지 않는 장대비로 나를 주저앉히려 한다. 저 먹구름 뒤에 빛나고 있을 태양과 하나님의 광선을 떠올리며 두 다리로 길을 연다.

남창을 향하는 해안도로는 그 절경이 압권이다. 하지만 날씨만큼은 최악이다. 신발이 젖으면 안 되기 때문에 벗어 배낭 좌우에 매달고 양말만 신은 채 걷기로 했다. 샌들을 챙겨 가라던 아내의 말이 꾸지람처럼 되뇌어 온다. 후회막심이다. 여기까지 와서 어쩔 수 없지 않은가. 아스팔트 길 위에 그려진 하얀 선을 밟으며 조금씩 걸어 나아간다. 맨발로 걷기 때문에 유리조각 같은 위험한 물질을 하얀 선 위에서 더 잘 발견하여 피하기 위해서다. 신경이 곤두서서 몸이 점점 경직되어 간다.

시골길을 걸을 때는 반드시 차가 오는 쪽으로 거슬러 걸어야 하며 갓길이 좁은 곳을 걸을 때는 분명한 시선으로 차를 응시해야 한다. 그렇지 않으면 대번에 빵빵거리며 사람을 위협하고 지나간다. 습관인지 무조건 경적을 울리고 지나가는 운전자도 있다. 그 큰 소리에 놀라지 않도록 마음을 단단히 하고 빗속을 걷는다.

발가락이 서로 부딪치면서 마찰열이 생겨나지만 아스팔트 곳곳에 고인 빗물 때문에 발이 쉽게 화끈거리지는 않는다. 하지만 오래 물속에 노출되다 보니 발 가죽이 쭈글쭈글해졌다. 두꺼운 스포츠양말은 찢어져 이미 큰 구멍이 생겼다.

마침 빗방울이 잦아드는 틈을 타 시골버스 정류소에 들어가 발을 말린 뒤 분을 발가락 사이에 듬뿍듬뿍 바르고 다시 신을 신었다. 먼 길을 갈 때 분을 챙겨 두면 여러모로 쓸모가 많다. 발가락 사이에 발라두면 물집이 생기는 것을 억제할 수 있고 땀띠 방지에도 효과적이다.

비가 올 때를 대비해 우비를 챙기는 여행자가 있는데, 나는 우비를 입으면 끈적끈적 땀이 차는 게 싫어 굳이 우산을 고집했다. 그러나 배낭을 통째로 감쌀 수 있는 큰 비닐을 깜박 잊고 챙기지 못해 우산을 등 뒤 끝까지 최대한 밀어 쓰고 걷느라 고충이 이만저만이 아니다.

완도까지 가는 시골버스가 간간이 멈춰 선다. 내가 차를 못 잡아 걸어가는 줄 알고 태워 주려는 마음이다. 나는 미안해 손을 저어 거부의 뜻을 표시했다. 장대비 속을 걷는 나그네의 걸음을 염려해 주는 운전기사의 마음이 따뜻하고 고맙기 그지없다.

아스팔트 위에 새, 개구리, 붉은 바닷게, 심지어 고양이까지 죽어 있다. 달려가는 저 속도의 괴물 때문이다. 문명과 자연의 충돌은 땅끝에서라고 예외가 아니다.

민법에 보면 '무과실책임'이라는 법언이 있다. 즉, 사회적으로 강한 힘을 가진 자는 우세한 지위를 이용해 이득을 얻고 있기 때문에 공평의 원칙에 따라 자신이 모르고 끼친 손해에 대해서도 배상을 하거나 책임을 져야 한다는 이론이다.

기독교에서도 마찬가지 규범이 도출될 수 있다. 태초에 하나님이 만물을 지으시고 사람에게 만물을 다스리라고 명하셨다.(창세기 1장 28절) 이러한 우세한 지위를 부여받은 인간은 마땅히 자신의 행위로 인해 죽어 가는 모든 생명체에 대해 알든 모르든 안타까운 심정을 가져야 한다. 그 파괴에 대해 책임의식을 가져야 한다. 인간을 비롯한 모든 생명체는 한 운명공동체일 뿐만 아니라 하나님이 자신의 코드를 심어 지으신, 그의 숨결이 고스란히 남아 있는 피조물이기 때문이다.

하지만 과학의 발전에 따라 인간은 도덕적 수치심을 느끼지 못하게 하는 수많은 매개체를 만들어 냈고, 그 결과 예전보다 더 광범위한 살육이 가능한 시대가 되었다. 오감으로 피와 죽음을 명백히 인식하지 못하게 되었기 때문에 사람들은 더욱 잔인해졌다.

예를 들면, 문명이 만들어 낸 폭격기에 의해 수많은 이라크 사람들이 피를 흘리며 죽어 가지만, 폭격기 조종사가 겨우 인식할 수 있는 건 계기판의 표시등에 불과하다는 사실이다. 아날로그 시대에는 전쟁조차 그렇지 않았다. 피를 흘리며 쓰러져가는 적군을 눈으로 보아야 했다.

그 오감의 자극은 질주하는 폭력에 크건 작건 브레이크 역할을 했다.

무게와 속도를 가지고 질주하는 자동차의 바퀴에 무엇이 깔려 죽어 나가든 운전자가 오감으로 피를 인식할 수 있는 그 어떤 시스템도 없다. 이처럼 심각한 현실은 더 큰 당위를 도출한다. 즉, 과거보다 더 광범위해진 살육의 가능성 때문에 더 깊이 있는 생명존중의식이 필요하다는 것.

만물을 다스려야 하는데도 불구하고 사람들의 무지로 인해 얼음이 녹고, 공기가 오염되고, 아름다운 자연이 사라져 가고 있다.

남창에 가까워지니 몸에서 에너지가 모두 빠져나가 버린 느낌이다. 배에 거지가 들어앉은 게 아니라 아예 집을 짓고 사는 것 같다. 내 부릅뜬 눈동자는 유년 시절의 영화 〈육백만불의 사나이〉의 소머즈처럼 값싸고 맛있는 식당을 찾기에 바쁘다. 그래, 저기 기사식당이 보인다. 들어서니 시키지도 않았는데 "백반하나요" 하고 홀 아주머니가 소리친다. 독심술인가. 아줌마에겐 뻔한 주문인가 보다. 배낭족이 가장 많이 찾는 메뉴가 백반인지.

차려진 반찬만 해도 15가지가 넘는다. 그중엔 돼지고기 쌈도 있다. 고시데기, 고동, 생선, 콩나물무침, 김치, 게장, 젓갈, 홍어무침 등. 〈김가네 기사식당〉은 완도, 강진, 해남으로 갈라지는 교차로에 있다. 나중에 안 일이지만 기사식당은 대체로 반찬 가짓수가 많고 공깃밥은 얼마든지 추가할 수 있고 커피도 공짜다.

죽을 것처럼 무너져 내리던 몸이 쉽게 회복되지 않는다. 담에 걸린 듯 상체를 똑바로 세우지도 못하겠다. 한 시간 이상 엎드려 휴식을 하고 나니 비로소 조금씩 뻐근한 몸이 회복된다. 여행 첫날인 데다 허기진 몸으로 비를 피하며 맨발로 걸었으니 몸이 얼마나 많은 스트레스를 받았을까.

건장한 체격의 청년 여남은 명이 주위를 어슬렁댄다. 그들 중 한 명이 다가와 조금 전 차로 지나오면서 나를 봤다며 씩씩하게 걷는 내 폼을 따라한다.

"땅끝마을에서 왔지요? 어디까지 갑니까?"
"어떻게 아셨죠. 고성 통일전망대요."

땅끝마을에서 남창까지 길은 외길이다. 자기들끼리 통일전망대까지 걸어간다는 내 말을 밑천 삼아 수군거리며 자꾸만 흘겨본다. 지프차 세 대에 나눠 타고 떠나는 그들을 뒤로하고 강진을 향해 55번 지방도로 접어들었다.

자꾸 경사가 급해진다. 아니나 다를까 잠시 후 〈쇠노재〉라는 표지판이 고개를 내민다. 비는 그치고 이제 안개가 어둠과 함께 자욱하게 드리우자 문득 두려움이 엄습한다. 대체 이 경사는 어디서 끝나며 저기서 질주하며 달려오는 트럭은 제대로 나를 발견하고 피할 수 있을까? 다행히 〈쇠노재주유소〉를 지나자 내리막길이 시작된다. 처음으로 '재'를 만나 지레 겁을 냈던 것이다. 발목에 통증이 느껴진다. 체중 82kg에 배낭 8kg, 모두 90kg을 듬직하게 지탱해 오던 발목이 이제 그만 쉬어야 한다고 아우성이다.

해남군 북일면에 들어서자 오른쪽 저 멀리 일제 시대 때 지은 듯한 양식의 교회 하나가 눈에 들어온다. 이처럼 힘들 때 만나는 교회란 신이 주신 파라다이스. 나는 느끼기만 하면 된다. 하나님이 나를 인도하는 모든 은혜를. 주님이 내 길의 빛이다.

나는 아무것도 한 것이 없는데 하나님은 나의 필요를 먼저 알고 착착 챙겨 주신다.

"거기서도 주의 손이 나를 인도하시며 주의 오른손이 나를 붙드시리이다."(시편 139:10)

논두렁을 따라 이삼백 미터 가량을 시나브로 걸어 들어와 사택 문을 두드리니 러닝 차림의 목사님이 나그네를 맞이한다.

"저는 서울에서 온 국토순례를 하는 청년입니다……."
"땅 끝에서 오셨죠?"

나와 같은 사람을 적지 않게 만난 듯 내 말을 가로막고는 따라오란다. 장황하게 양해를 구하려 했는데 수고를 덜었다.

"사택은 좀 그렇고 여기를 쓰세요. 샤워할 수 있는 여건은 안 되고 식사도 물론 안 됩니다."

첫날 통호교회에서 받은 호의가 너무 과했던 탓일까. 어디를 가도 교회의 섬김을 받고 이번 여행을 순조롭게 할 것으로 기대했는데 지나친 낙관이었나 보다. 차차 알게 되지만 이 정도의 대접은 융숭한 축에 속한다. 돌아나간 외진 방에 내던져진 듯 쑤셔 박혀 목사님이나 여행지에서 만난 사람들과 이야기를 나누고 싶은 마음이 제한되어 버렸다.
8시 저녁예배에 참석하니 목사님의 설교 목소리 한번 우렁차다.

"남을 대접할 때 중요한 것은 첫째는 감정이입입니다. 즉, 그 사람의 심정이 되어 그 사람이 원하는 것을 요구하기 전에 들어주는 것입니다. 둘째는 민감성입니다. 즉, 남의 욕구에 민감하게 응답하는 것입니다."

내 참. 나의 욕구는 소박한 밥상 놓고 이런저런 이야기하는 것과 샤워하는 것 두 가지인데, 목사님의 설교말씀이 야속하기만 하다. 무디(D. L. Moody)의 목소리가 겹친다.

"많은 교회에는 훌륭한 설교자들이 있습니다. 사람들이 가서 주의 깊게 듣지만 그들에게는 변화가 없습니다. 그 이유는 사랑이 없기 때문입니다. 목사님에게 깊은 사랑이 없다면 한 소년을 설교단에 세워 큰 드럼을 치게 하는 것과 같습니다. 그가 말하는 것은 울리는 꽹과리와 같습니다. 교회에 회심자들이 없는 것은 많은 설교자들이 사랑을 갖고 하지 않기 때문입니다."

하지만 피곤한 몸을 뉠 수 있는 방 한 칸이 어디냐. 감사하다. "거룩하신 주님 예수 제자들의 발을 씻어~" 찬송이 이 대목에 이르자 나도 모르게 눈물이 핑 돈다. 천한 말구유에 태어나 온갖 사람들에게 핍박과 천시를 받은 그리스도의 형상이 갑자기 떠올라 마음이 짠하고 괴롭다. 껍데기는 가라 껍데기는 가라 칠월도 모든 사랑만 남기고 껍데기는 가라.

예배당 밝은 불은 꺼지고 사람들 하나둘 짝을 지어 돌아간 뒤 나는 모퉁이로 돌아왔다. 그러고는 바람 부는 마당 어둠 한가운데 서서 수도꼭지를 틀었다. 샤워를 위해 차가운 지하수를 온몸에 부으니 비로소 '아, 이제 시작이구나. 인간애에 못지않게 출렁대는 인간사의 험악함에도 대비해야겠다'는 생각으로 가득 찬다.

여기가 사랑방 같은 곳인 셈이다. 나그네를 접대하기 위해 책장 위에 이부자리가 곱게 접혀 있다. 오지 여행가 한비야도 국토 종단할 때 여기서 잔 것 같은데, 이 이불을 덮고 잤을까? 비가 와서인지 한기가 조금 느껴진다. 그녀가 여기서 잘 때는 아직 쌀쌀한 계절이었을 터인데 춥지는 않았을까? 보일러를 작동시켜 보니 방안이 금세 훈훈해져 온다. 근데 보일러 소리가 너무 커서 목사님 귀에까지 들어가면 어떡하나 하고 지레 움츠러든다. 방 한 칸을 얻어 쓰는 나그네가 보일러를 틀어 목사님의 마음을 더 불편하게 할까 봐 조심스럽다. 어떻게 하긴 어떻게 해. 나의 비장의 무기인 '얼굴에 철판 깔기'를 꺼내 들어야지.

오늘 젖은 옷을 빨아 선풍기 밑에 깔고 말린다. 우기인데 내일 아침까지 옷이 마를지, 가야 할 길은 먼데 신념은 끝까지 지탱해 갈 수 있을지, 사랑하는 이는 고이 있는지…… 이토록 번잡한 생각으로 잠을 못 이룬 적이 있었던가.

"내 영혼아 네가 어찌하여 낙심하며 어찌하여 내 속에서 불안해 하는가 너는 하나님께 소망을 두라 그가 나타나 도우심으로 말미암아 내가 여전히 찬송하리로다."(시편 42:5)

## 사람은 무엇으로 사는가

〈7월 7일, 금당리~다산초당~강진군 강진읍내, 29㎞, 9시간〉

밤새 잠을 깊이 자지 못했다. 수많은 벼룩들이 밤새 나를 괴롭혔다. 굉음으로 지붕을 두들겨대던 빗방울소리도 한몫했지만, 열 마리가 넘어 보이는 파리와 모기 두세 마리가 얼마나 귀찮게 했는지. 아침에 때려잡은 모기의 죽음에서는 손바닥을 물들이고도 남을 만한 붉은 피가 터져 나왔다. 지나치게 피를 빨아먹어 낮게 날더니만. 모기 하나를 죽이고서도 연민에 시간을 할애해야 하는 내가 문득 안쓰러워진다. 욕심이 잉태하여 사망에 이른 게지.

6시 30분에 일어나 화장실을 찾는데 요것이 어디 붙어 있는지 알 길이 없다. 총총걸음으로 주변을 몇 바퀴를 돌고 나서야 애초에 밖에는 화장실이 없다는 사실을 알았다. 또한 주위에 아무런 사람의 눈길도 없다는 사실도. 자연에서 난 배설물은 자연으로 보내자. 나는 넓은 광야로 나가 볼일을 봤다. 보슬보슬 가랑비 내리는 새벽에 조금씩 밝아 오는 아침의 기지개 소리를 들으며 광야에서 볼일을 보는 기분이 얼마나 짜릿하던지.

폐를 끼치기 싫어 서둘러 메모를 남겨 인사를 대신했다.

> "목사님 피곤하실 텐데 일찍 깨우는 것이 죄송해 그냥 갑니다. 환대에 감사드립니다."

허기진 배를 움켜잡고 얼마를 걸었을까. 신월리를 벗어나니 〈백암기사식당〉이 보인다. 맛깔스러운 건 〈김가네 기사식당〉만 못하지만 반찬가짓수는 역시 많다. 아침이라고 나온 찌개에는 납작한 이름 모를 생선 한 마리가 누워 있는데, 한 숟갈 뜨자 게울 것 같은 이물감이 밀려온다. 억지로 그릇을 비우고 행장을 차렸다.

오늘도 역시 비가 오지만 어제보다 몸이 훨씬 가볍다. 아침에 일어나 보니 책장 위에 큰 비닐이 있기에 맥가이버 칼로 재단하여 배낭을 덮어 씌웠기 때문이다. 이제 비에 젖을까 노심초사하며 부자연스런 몸짓을 취하지 않아도 된다. 하지만 신발이 문제다. 비가 떨어지는 속도를 나름대로 저울질해 걸어보지만 흩날리는 비와 지나가는 차가 튀기는 물세례 때문에 조금씩 젖어 오는 것을 어찌할 도리가 없다. 내일은 반드시 샌들을 사야지.

어제는 전혀 보이지 않던 두륜산 바위능선에 안개가 빠르게 지나다닌다. 안개의 움직임에 따라 숨었다 드러났다 하는 두륜산의 능선미가 긴 머리카락 사이로 살짝살짝 보이는 여인의 검은 눈동자처럼 보는 이의 애간장을 녹인다.

비가 오기 때문에 명확하게 두륜산을 보지 못하는 아쉬움이 있지만, 어찌 나에게 육적인 시각만 있으리오. 이외수는 사물을 보는 사람의 눈에는 네 가지가 있다고 하였다. 육안, 뇌안, 심안, 영안이 그것이다. 육안・뇌안으로는 견(見)하고, 심안・영안으로는 관(觀)한다. 관함으로써 본질을 꿰뚫어 보는데 이것은 마치 플라톤의 '이데아론'에서 이데아를 파악해 내는 눈과 같다.

시각적으로 눈에 보이는 것만이 물의 본질은 아닐 것이다. 마음의 문을 활짝 열어 놓고 두륜산 전체에 마음을 집중시키면 거대한 두륜산의 정기가 불덩이처럼 다가와 내 마음속에서 활활 타오르는 것을 느낄 수 있다. 감각으로는 물론 의미로써도 심상을 극대화할 수 있다.

이외수는 『괴물』에서

> "육안으로 포착할 수 있는 것들이 모두 진체가 아니거늘 한쪽 눈으로 본다고 무엇이 달라지며 양쪽 눈으로 본다고 무엇이 달라지겠는가"

라고 하여 감상의 중요한 시사점을 제시한다.

몬드리안과 함께 현대 추상미술의 최대 거장인 칸딘스키 역시 '회화적인 요소의 분석을 위하여'라는 부제가 붙은 『점・선・면』이란 책에서 사물을 보는 시각을 역설하고 있다.

> "모든 사물의 비밀스러운 영혼을 체험하는 것이 내적인 시선이라고 불린다. 이 시선은 딱딱한 껍질을 통하여, 즉 외적인 형태를 통해 사물의 내적인 것에 침투해 들어가며, 모든 감각을 가지고 내적인 숨소

리를 수용하게 된다. 이러한 고동은 물질의 삶을 위한 하나의 징표이다. '죽은' 물질이 살아서 몸을 떨게 되는 것이다. 세계가 전체적인 것으로 울려 퍼지듯이, 어떤 임의의 사물, 즉 그것이 점이건 선이건 담배꽁초이건 바지의 단춧구멍이건 어떻든 간에, 그것은 그 자신의 고유한 내적인 울림을 지니고 있다. 왜냐하면 그것이 생명 있는, 울리는 우주의 통일성에 소속되어 있기 때문이다. 개개 사물의 내적인 목소리는 고립되어 울리는 것이 아니라, 공간음악으로서 조화를 이루며 함께 울린다."

집합미 혹은 통일미로 정의되는 한국의 미는 더욱 주변의 환경과 모든 배경을 고려해 조화의 미로 해석해 내야 하므로 칸딘스키의 견해는 적절한 방법론을 제시해 준다. 그의 얘기는 계속된다.

"인간의 영혼은 내적인 울림을, 사물의 영혼을 감응할 수 있다. 이 울림을 들을 수 있으면, 그에겐 사물의 본질이 현현된다. 사물은 그에게 그들의 얼굴을 보여주고 인간 영혼의 마지막 목적으로, 즉 인식으로 그를 이끌어 간다. 사물의 내적인 울림은 영혼적인 진동(vibration), 즉 심원을 건드리는 정서의 동요를 생산해 낸다. 여기서 연상을 통해서 자극이 어느 정도 정서의 동요와 관여되어 있는가는 알 수 없다. 이 진동상태는 무엇이라고 규정할 수는 없지만, 무언가 결정적인 것으로 체험된다. 이 진동의 울림은 대상들이 인간에 미치는 근본적이며, 감정에 따른 초감각적인 작용의 원인이기도 하다. 동시에 이 진동은 대상과 관찰자 사이의 소통을 가능하게 하는 매개물이기도 하다. 순수한 내적 울림을 들을 수 있게 하는 전제조건은 인간의 드높은 발전단계이며, 또한 사물을 실용적이고 합목적적인 것으로부터 해방시키는 것이며, 그들이 지닌 연관성으로부터 그들을 풀어내는 것이다. 이렇게 볼 때 형태는 하나의 사물을 표시하는 것이 아니고, 형태 자체가 현상계에서 하나의 사물로 나타나고 있는 것이다."

이처럼 내적 울림을 느끼는 것은 그리 어려운 일만은 아니다. 언뜻 언뜻 보이는 저 바위능선이 내가 접할 수 있는 두륜산의 모든 것일지라도 나는 두륜산의 내적인 울림을 느낄 수 있다. 내 마음에 바쁘게 움직이는 모든 생각들에 명령하여 한 치의 욕심도 개입되지 않도록 단속해야 한다. 특별히 물질적인 생각이 가장 해롭다. 그리고 백지처럼 가능성으로 가득 찬 영혼의 바탕 위로 스멀스멀 기어 올라오는 세밀한 어떤 움직임, 그 어떤 힘을 아주 깊은 애정으로 받아들이면 된다.

대둔사와 일지암에 대한 나의 인사는 필경 저 구름을 타고 전해질 것이다.

신기리로 갈라지는 삼거리를 지나면 곧게 뻗은 직선 국도가 초등학교를 지난다. 왼편으로 노란 루드베키아가 지천으로 피어 있는데 그 노란색 물결이 공중부양술처럼 보는 이의 몸과 마음을 하늘에 높이 띄운다. 좀 더 걸어 구강포 푸른 이미지와 만나면 이 노란색 물결은 잔상으로 남아 그야말로 색감의 대조를 통해 황홀경을 이룬다. 노란색과 푸른색은 보색관계다. 이 거리에 더 많은 루드베키아를 심어 테마거리로 만들어도 손색이 없을 만큼 적절한 구조적 아름다움이 배어나온다. 루드베키아는 물을 건너온 종이지만 이젠 국토 전역에 강한 번식력으로 피어 사실상 우리나라 야생화가 되었다.

도암초등학교에 다다르니 봉숭아꽃 일색이다. 봉숭아꽃을 보니 열 손가락에 온통 분홍빛 봉숭아물을 들인 통호교회의 도희가 생각난다. 도희는 예배시간보다 일찍 와서 주변을 정리하던 아이였다. 깊은 움직임과 긴 생머리, 명확한 발음과 새하얀 미소가 예뻤던 도희.

땅끝마을부터 하얀 나비가 자꾸만 나를 따른다. 아니면 내가 나비를 따라가는 것인가. 너풀너풀 가벼운 몸놀림으로 비가 오는데도 불구하고 내 앞을 왔다 갔다 한다. 똑같은 모양의 제각기 다른 나비겠지만 내 마음엔 땅 끝에서부터 동행한 그 나비가 분명하다. 영찬이인 듯도 하고, 아내인 듯도 하고, 천사인 듯도 하다.

설악산에 온 것 같은 착각을 불러일으키는 육중한 형세의 바위산이 눈앞을 가로막으니 여기가 바로 정약용 유배지로 들어가는 입구이다. 소박한 다리 하나를 건너면 갓길 없는 2차선 도로가 용의 허리처럼 굽이쳐 흘러간다. 초입부터 수려한 장송들이 즐비한데 마치 자신들이 정약용의 수제자라도 된 듯 위풍당당함이 하늘을 찌른다. 이에 질세라 밤나무, 동백나무들의 얼굴 알리기도 대단하다. 오늘은 궂은 날씨로 찾는 이 없어 고즈넉한 거리에 오히려 시정이 넘친다. 예사롭지 않다.

멀리 안개에 싸인 구강포가 희미하게 시야에 들어오기 시작하더니 발걸음은 이내 다산초당 올라가는 샛길 어귀에 이른다. 하지만 비는 억수같이 퍼붓고 나는 저 깊은 산중에 단아하게 앉아 있을 '丁石(정석)'(다산초당 앞마당 바위벽에는 정약용의 바위라는 뜻의 '丁石'이라는 글귀가 새겨져 있다)의 터를 올라갈 엄두도 내지 못한 채 뜨악한 마음으로 시골버스 정류소에 앉아 발을 말린다.

그림 같은 구강포는 비와 안개가 어우러져 시나위 가락에 맞춰 춤을 추고 새파란 논은 경계를 넘어 끝없이 펼쳐져 있다. 오직 하나의 소리, 엄숙하고 강렬한 빗소리에 취해 플라톤을 집어 든다.

"지도자의 부패는 공산제도—이데올로기로서의 공산주의를 뜻하는 것이 아니다—를 펴서 방지할 수 있다. 첫째, 그들은 절대 필요한 것을 제외하고는 재산을 가져서는 안 된다. 둘째는 집인데 사람의 출입을 거절하기 위한 '빗장'이 달린 집에 살아서는 안 된다. 식료품은 절도 있는 병사가 필요로 하는 정도의 것을 받으며, 보수는 1년간의 지출을 감당할 만한 일정한 액을 시민으로부터 받을 뿐, 그 이상이 되어서는 안 된다. 그들은 금이나 은을 숭배하지 않는다. 가장 성스러운

> 금속은 그들 자신의 마음속에 있으며, 세속적인 금이나 은은 성스럽지 못한 행위의 원인이 되기 때문이다. 그러므로 그들은 금·은·보석에 손을 대지 않으며, 몸에 달지 않으며 금·은·보석이 있는 집에 살지 않으며 금그릇·은그릇으로 술을 마시지도 않는다."

다산초당 앞에서 이 글을 대하니 그 뜻이 『목민심서』와 통하여 실로 동서 선각자들이 사유하는 이치가 맞닿아 있음에 흥미롭다.

1801년부터 1818년까지 18년이라는 장구한 세월 동안 귀양살이로 보낸 다산초당은 원래 귤동마을에 터 잡고 살던 해남 윤씨 집안의 귤림처사 윤단의 산정이었다. 이곳 해남지역은 종가가 있는 윤씨 가문의 세력이 강한 곳이었는데 그로테스크한 자화상을 그린 윤두서(尹斗緖, 1668~1715)도 이곳 해남 출신이다. 윤두서는 윤선도의 증손자이며 정약용의 외할아버지이다. 정다산의 『목민심서』는 이곳 강진의 다산초당에서 집필한 책으로 그의 경세제민의 정신이 잘 드러나 있다.

> "새로 부임하는 수령은 관에서 주는 여비 외에는 받아서는 안 되며 백성에게서 거두어 들여서도 안 된다. 이것은 임금의 은혜를 숨기고 백성의 재물을 약탈하는 일이다. 행장을 차릴 때는 의복과 안장과 말[馬]은 모두 쓰던 것을 그대로 쓸 것이고 새로 마련하지 말아야 한다. 두루 다니며 공경과 대신과 간관은 찾아다니며 하직할 때에 마땅히 자신의 자격과 재능이 부족하다고 스스로 낮추어 말하고 봉급의 많고 적음을 말해서는 안 된다."

권력만 잡으면 본전을 뽑아야 직성이 풀리는 우리 시대 다수의 목민관들이 플라톤과 정다산의 테스트를 거친다면 아마 낙오자가 수두룩하게 나오지 않을까?

한 촌로가 버스 지나가지 않았냐며 비를 피한다.

"여기 사세요?"

"그라구마~. 강진 가는 참이여?"

"아닙니다. 땅끝에서 통일전망대까지 걸어가고 있는 중이에요."

"움메, 괜한 짓 허지 말고 차 타고 집에 가더라고~. 내가 차비 줄 테니께~."

"차만 타고 30년 넘게 살아왔는걸요. 걸으면 더 많은 것을 배울 수 있어요. 이제 모심기도 끝났으니깐 당분간 한가하시겠네요. 이렇게 강진도 나가시고."

"그라제. 근데 쌀을 많이 먹어줘야 쓸 것인데……."

"그러게 말이에요."

노인네는 손을 들어 자신의 일터인 듯 만덕간척지를 가리킨다. 세금 내고 쌀 키워 남는 거 없다며 푸념을 한 보따리로 내려놓으신다. 통일벼로 본격화된 소품종 다량생산이 결국 우리 민족 모두를 궁핍하고 허약하게 만들었고 자본주의 최적화 공식에 의해 이러한 궁핍은 내몰리듯 재생산되고 있지 않은가. 타고 남은 검은 재를 들여다보듯 한참이나 노인네의 구부러진 검은 손을 바라보았다.

"차비를 안 가지고 와부렀네~."

나는 흔쾌히 이천 원을 건네 드리고 내가 걷는 덕분에 이런 인연이 생긴 게 아니냐고 웃어 보였다.

버스를 타고 떠나는 촌로의 등줄이 어둡게만 보인다. 빈곤층 육백만 명의 시대를 살아가는 오늘날, 다시 다산의 목소리가 산을 타고 내려오는 듯하다. 정약용은 다산초당에서 '나무 한 그루, 풀 한 포기 병들지 않은 것이 없는' 이 땅과 그 병의 근원을 깊이 들여다보았다. 그는 실학과 애민의 길을 묵묵히 걸어가면서 그 당시 백성들의 비참한

실상을 시로 적었는데, 〈애절양〉이 그것이다.

갈밭 마을 젊은 여인 서러워라
현문 향해 울부짖다 하늘보고 호소하네
군인 남편 못 돌아옴은 있을 법도 한 일이나
예부터 남절양은 들어보지 못했노라
시아버지 죽어서 이미 상복 입었고
갓난아인 배냇물도 안 말랐는데
삼대의 이름이 군적에 실리다니
달려가서 억울함을 호소하려도
범 같은 문지기 버티어 있고
이정이 호통하여 단벌 소만 끌려갔네
갑자기 남편이 칼을 갈아 방안으로 뛰어들자
붉은 피 자리에 낭자하구나
스스로 한탄하네 "아이 낳은 죄로구나"
잠실궁형이 또한 지나친 형벌이고
민 땅 자식 거세함도 가엾은 일이거든
자식 낳고 사는 건 하늘이 내린 이치
하늘땅 어울려서 아들되고 딸되는 것
말, 돼지 거세함도 가엾다 이르는데
하물며 뒤를 잇는 사람 있어서랴
부자들은 한평생 풍악이나 즐기면서
한 알 쌀, 한 치 베도 바치는 일이 없으니
다 같은 백성인데 이다지 불공한고
객창에서 거듭거듭 시구편(목민관이 백성을 동일하게 사랑해야 한
다는 것을 뻐꾸기에 비유해서 읊은 『시경』의 편명)을 읊노라

예수 그리스도의 삶은 그렇게 가난했다. 민족도 가난했고 그 분도 가난했다. 하지만 그리스도는 한 번도 가난 자체를 비관하지 않았다.

가난을 안겨준 로마의 압제에 비판의 날을 세우지 않았다. '돈을 사랑함이 일만 악의 뿌리'라면서 오히려 부한 것을 경계했다. '가이사의 것은 가이사에게, 하나님의 것은 하나님께 바치라'고 했다. 왜 일까. 사회의 개혁이 필요하긴 하지만 인간에게 본질적으로 중요한 것은 아니었기 때문이다. 가난에서 벗어난다고, 부해진다고 사람이 행복해지는 것이 아님을 알고 있었던 것이다. 창조주의 형상을 따라 지음 받은 인간은 하나님의 섭리 안에 있을 때 가장 행복하며, 이러한 원리 안에 있게 되면 가난조차도 영광이 될 수 있다는 것이 그리스도의 메시지였다.

촌로가 떠나도 비는 여전히 맹렬하게 퍼붓는다. 어쩔 수 없이 신발을 벗고 걷기 시작했다. 동백나무 길을 따라 휘어져 돌아가니 둑에 가려 희미하던 구강포가 선명하게 자태를 드러낸다. 꿈에서도 가끔씩 나타나 나의 정서를 건드리던 그 구강포가 바로 여기에 이런 모양으로 있었구나. 만수위까지 차오르며 짙은 애모를 내비치는 구강포의 탐스러움이 끝없이 절절하다.

유월에 있을 사법시험을 위해 한창 긴장해 있던 삼월 어느 날. 동백꽃과 푸른 만의 넘실거림에 잠이 깼다. 어둔 창밖에서 불어오는 훈훈한 봄바람을 느끼며 지은 시가 바로 〈동백꽃〉이다.

동백꽃 바람맞으며
어깨 움츠린 꽃잎사이로
어무이 얼굴
떠오른다
가라앉는다.
바다를 향한
애심은
북풍에 골이 패이고

대체 몇 번의 봄은 지나가는가.
더 이상 반도를 타고 오르지 못하는
내 부끄러운 피의 고백은
구강포에서도
곰소만에서도
낙화하였다.
어무이 잘 살아계시오?

빗줄기는 가늘어질 기미가 없는데 강진읍내는 쉽게 그 모습을 드러내지 않는다. 걸음을 멈추지 않은 발바닥은 불이 날 지경이다. 길에 버려진 모자 하나를 오른발에 끼워 신고 걷는다. 터벅터벅. 속도를 조금이라도 높일라치면 발바닥이 까질 듯 아프다. 아내로부터 전화가 왔다. 강진 들어가는 인터체인지에서 전화를 받고 다시 걷자니 갑자기 하늘이 걷히고 햇살이 내비친다. 하나님이 얼굴을 내비치신다. 나는 구멍 난 양말을 두 번째로 버리고 발을 말린 뒤 분을 바르고 신을 신었다.

강진읍내에 도착하여 시계를 보니 오후 6시. 영랑생가를 돌아볼 여유가 있다. 영랑생가는 강진읍내 강진군청 뒤쪽에 있다. 1985년에 강진군청이 복원했는데, 행랑채 안으로 들어서면 안채가 있고 연못은 왼쪽에서, 영랑의 집필 장소였던 사랑채는 오른쪽에서 객을 맞는다. 그 사이에는 꽃이 거의 다 진 듬성한 모란 잎이 땅에 낮게 깔려 있고 시비 하나가 곁을 지킨다. 최근 복원해서일까 인위적인 면이 없지 않으나 김영랑이 머물던 자리의 향기는 여전히 살아서 꿈틀대고 있는 듯하다. 돌아 나오며 시비를 낭송해 본다.

모란이 피기까지는
나는 아직 나의 봄을 기둘리고 있을 테요.
모란이 뚝뚝 떨어져버린 날,

나는 비로소 봄을 여읜 설움에 잠길 테요.
오월 어느 날, 그 하루 무덥던 날,
떨어져 누운 꽃잎마저 시들어버리고는
천지에 모란은 자취도 없어지고
뻗쳐오르던 내 보람 서운케 무너졌느니.
모란이 지고 말면 그뿐, 내 한해는 다 가고 말아.
삼백 예순 날 하냥 섭섭해 우옵네다.
모란이 피기까지는
나는 아직 기둘리고 있을 테요.
찬란한 슬픔의 봄을.

찬란한 계절의 화려한 꽃과 달리 무리지어 자란 잎사귀들은 서운케 무너진 보람처럼 외롭고 쓸쓸하게만 자라고 있다. 모란만큼 꽃과 잎의 시정이 차이 나는 게 또 있을까?

일전에 어느 교수가 김영랑의 시를 정지용의 시와 비교하면서 김영랑은 음악적, 정지용은 회화적이라고 특징짓고 이와 더불어 정지용의 시는 노래로 만들어지기 쉬우나(박인수와 이동원의 '향수') 김영랑의 시는 그 자체의 음악성 때문에 노래로 만드는 데 운용의 한계가 있다고 지적했다.

설득력 있는 주장이다. 그런데 최근 김소월의 시 〈진달래꽃〉이 가수 마야에 의해 대중가요로 발표되어 많은 사람들의 사랑을 받았다. 북에는 소월, 남에는 영랑이란 말이 있듯이 소월의 시 또한 운율의 미가 뛰어나다. 이는 영랑의 시가 얼마든지 음악으로 만들어질 수 있는 가능성을 보여준 좋은 예가 된다. 물론 이번에 발표된 음악은 랩 요소가 많이 배어 있는데 다름 아닌 판소리 창법 등 우리 고유의 색깔과 무관하지만은 않은 것 같다. 음악예술가들의 다양한 시도를 간절히 기대해 본다.

이제 숙소를 잡아야 할 시간이 왔다. 강진읍내에는 큰 교회가 세 군데가 있다. 나는 다시 어설픈 그리스도가 되어 각 교회의 문을 두드려 보기로 했다. 강진읍교회에서는 단번에 문전박대 당하고, 강진제일교회에서는 인기척이 없다. 강진에덴교회에서는 풀어놓은 개에 물릴 뻔했다.

어느 교회에서도 환영받지 못하고 만 원도 안 되는 허름한 여인숙에 몸을 뉘었다. 여인숙의 방은 눅진한 곰팡이 냄새가 자극적이고 온수는 나오지 않는다. 화장실은 불결할 정도로 청소가 되어 있지 않다. 마구간보다는 깨끗하니 잠자리를 불평할 것은 못 되지만, 첨탑이 높은 교회일수록 나그네 맞이가 어려운 세태에 섭섭한 마음을 감출 수가 없다. 마치 내 혈육에게서 따돌림당한 것처럼.

마태복음 10장 40절에 "너희를 영접하는 자는 나를 영접하는 것이요. 나를 영접하는 자는 나 보내신 이를 영접하는 것이니라."고 기록돼 있다. 아마 톨스토이도 나와 같은 경험을 많이 했을지 모른다. 『사람은 무엇으로 사는가』라는 그의 작품 중에 이런 내용이 있었던 것 같다. 하루는 신이 어느 구두수리공에게 현몽하여 이르기를 내가 오늘 너를 찾아갈 터이니 나를 잘 대접하면 소원을 들어준다고 했다. 수리공은 하루를 꼬박 기다려도 신은 나타나지 않고 소외된 이웃들만 나타나니 신에게 탄원을 했다. 그러자 신이 깨우쳐 줬다. 세 번 너를 찾아갔다. 네가 푸대접하고 멸시한 세 명의 힘겨운 이웃이 바로 나였다고.

"이에 임금이 대답하여 이르시되 내가 진실로 너희에게 이르노니 이 지극히 작은 자 하나에게 하지 아니한 것이 곧 내게 하지 아니한 것이니라 하시리니 그들은 영벌에, 의인들은 영생에 들어가리라 하시니라"(마태복음 25:45~46)

## 고린도전서 13장

〈7월 8일, 강진읍내~장흥~보성군 대야리, 33㎞, 12시간〉

여인숙에서 고단한 밤을 지내고 행장을 꾸려 길을 나선다. 읍내에는 아직 이른 시각이라 식사를 할 만한 변변한 식당이 눈에 들어오지 않는다. 기사식당이 또 나오겠거니 하는 믿음으로 서둘러 강진을 떠났다. 이렇게 급히 강진을 박차고 나가는 이유가 어제 저녁 강진의 한 식당에서 먹은 김치찌개 맛이 지나치게 어설펐기 때문이라면 웃을 이도 있을 것이다. 하지만 여행에서 맛본 음식은 그 땅의 기억과 어쩔 수 없는 상관관계를 맺고 잔존하는 경향이 있다. 괜히 고집을 부렸나. 걷는 12㎞ 내내 자그마한 식당 하나도 보이지 않으니.

강진에서 장흥 가는 길은 좌우로 전형적인 논이 넓고 푸르게 펼쳐져 있고 국도 변에는 동백나무가 싱싱한 잎사귀를 힘 있게 뻗어 탐진강의 자태를 더욱 고조시키고 있다.

생동마을을 지나고 군동에 이르니 주민자치센터를 연다고 행사준비에 모두 분주하다. 마을 사람들이 하나둘씩 모여들고 얼굴엔 맑고 가벼운 웃음들이 그윽하다. 이런 웃음을 위하여 '자치(自治)'를 강조하는 게 아닐까? 최근 프랑스는 과도한 중앙집권으로 인한 국가적 분열현상에 위기감을 느껴 헌법에 정면으로 지방분권을 헌법이념으로 한다고 명시했다. 바야흐로 시대의 수레바퀴는 이념에 그친 평등으로부터 지역적 균등개발로 선회하면서 그 구체적 뼈대를 드러내고 있다.

우리나라도 사문화한 지방자치가 지금은 본 궤도에 오르려 하고 행정수도이전이다 뭐다 해서 분권적 시도가 움트고 있다. 사람도 피가 머리로만 모이면 죽는 것처럼 국가 공동체도 지역의 자율성과 능동성을 확보하지 못하면 건강하고 선도적인 국가로 자랄 수 없다. 다만 사람에 대한 사랑은 빠지고 정치적 이해관계 때문에 속도를 내는 것이라면 끝이 좋지 않을 것이다. 저 시골 할아버지, 할머니 모두가 당당한 주권을 행사할 때만 대한민국은 동맥경화로 쓰러지지 않을 것이다.

군동부터는 키 작은 은행나무 길이다. 우측에는 버드나무, 동백나무가 앞 다투어 고개를 내민다. 금천슈퍼를 지나니 갑자기 은행나무도 사라지고 그 자리에 배롱나무가 즐비하게 이어진다. 그냥 배롱나무가 아니라 멋들어지게 자란 배롱나무다. 여름에 백일 동안 꽃이 핀다고 하여 목백일홍이라고 불리는 이 나무는 그 줄기 곡선 뻗어 나감이 마치 축제 때 행하는 한바탕 신명나는 춤사위를 연상시킨다. 군동에 펼쳐진 버드나무가 시나위 장단에 맞춘 살풀이춤에 닿는 것처럼.

배롱나무의 잎사귀 끝은 빨갛게 달아올라 불이 붙은 듯 호사스럽다. 개화 직전의 광기인가. 그 광기는 반드시 꽃을 피운다. 경계를 넘을 필요도 없고, 50여 년의 세월을 기다려야 할 필요도 없다. 사이사이에 피어 있는 철쭉과 영산홍은 아무 데든지 따라다니는 토종 누렁이처럼 친근하다. 지난봄. 아파트 곳곳에 지천으로 붉게 피어 그 화려함으로 그토록 자주 나를 문밖으로 이끌어 낸 꽃들이다.

돌계단을 만들어 그 윗부분에 꽃나무를 심는 양식, 이른바 화계(花階, 꽃나무 계단) 양식은 일본식이다. 우리 주위에서 흔히 볼 수 있고 전국 아파트에 지천으로 핀 영산홍의 조형도 바로 이 화계양식이다.

어제 빗속을 양말만 신고 걸었던 게 화근이었나 보다. 운동화를 비에 젖지 않게 하려고 어쩔 수 없이 한 행동이었는데 발바닥엔 벌써 물집이 조그맣게 자라 올라 걸을 때마다 통증이 올라 온다.

장흥에서 18번 국도를 타고 보성군 회천면 율포리로 에둘러 가고 싶지만 애초 계획대로 곧장 보성으로 가야겠다. 드라마에서 자주 등장하던, 그 청신하게 휘어진 보성 차밭의 풍경을 직접 목도하고 싶지만 이런 아픈 다리로는 무리다. 10㎞ 정도를 더 돌아가야 할 뿐만 아니라 지도를 자세히 보니 '재'가 가는 길에 놓여 있다.

장흥을 스쳐 가려는데 마침 감자탕 가게가 왼쪽으로 눈에 띈다. 올라서니 주인아주머니가 반갑게 맞고 길 떠나는 자의 마음을 따사로운 미풍처럼 녹여 주신다. 친근한 표정과 감수성 풍부한 표현, 푸짐한 식사, 거기다가 비올 때 쓰라고 큰 비닐까지 챙겨 주신다. 장마철이긴 하지만 배낭객에게 비닐이 필요할 거란 생각을 어떻게 했을까. 이것이야말로 참된 감정이입이요, 상대방에 대한 민감한 반응이 아닌가.

스포츠양말로 갈아 신었더니 믿지 못할 정도로 물집 부위의 충격이 흡수된다. 내친 김에 장흥군 내로 가서 양말 몇 켤레를 사고 샌들도 사야겠다. 르까프 매장이 눈에 띈다. 헌데 스포츠양말 한 켤레에 사천오백 원이라니. 어제 젖었다고 무심코 버린 양말 한 켤레가 가슴을 친다.

길을 떠난 이후 처음으로 물집이 잡히고 보니 물집이 왜 이리 일찍 생겼는지 온갖 신경이 다 쓰인다. 내가 소중하게 생각하는 인간사회의 덕목 가운데 하나가 바로 화(和)다. 화(和)란 모든 것들이 제 위치에서 자신의 역할을 충실히 감당하는 것이 첫째요, 이러한 개개의 역할들이 서로의 기능과 모양을 존중하면서 하나로 통합된 질서를 형성하는 것이 둘째다. 플라톤은 『대화편』에서 도덕이란 무엇인가를 정의하면서 이는 '전체의 효과적인 조화'라고 하였다. 논어에 보면 '군자는 화이부동(和而不同)하고 소인은 동이불화(同而不和)'라고 해 화의 가치를 높였다. '동(同)'은 틀리건 맞건 무조건 따라 하는 것이고 '화(和)'는 틀린 건 틀리고 맞는 건 맞다고 하면서 힘을 합하는 것이다.

> "네 마음을 다하고 목숨을 다하고 뜻을 다하여 주 너의 하나님을 사랑하라 하셨으니 이것이 크고 첫째 되는 계명이요, 둘째는 그와 같으니 네 이웃을 네 몸과 같이 사랑하라 하셨으니."(마태복음 22:37~39)

기독교는 십자가의 수직으로 하나님과 인간의 아낌없는 사랑과 순종을 가르치고, 십자가의 수평을 통해 인간 공동체의 하나 된 사랑의 모습을 나타내고 있다. 화는 이 사랑에 내포된다.

나는 몸의 화에 실패한 것이다. 몸은 각 부분들이 하나의 정상적인 전체의 몸으로 통합되는 원칙을 가지고 있는데 이러한 원칙을 간과한 것이다. 영국의 정신분석학자 앤터니 스토(Anthony Storr)도 융(Carl

Gustav Jung)의 전기(傳記)에서 다음과 같이 동일한 견해를 밝힌다.

> 생리학자 클로드 베르나르(Claude Bernard) 이후, 과학자들은 신체가 자율적 개체라는 주장을 통설로 받아들인다. 인간의 생리학은 견제와 균형이라는 내부 체계의 통제를 받고 있다. 그래서 신체가 어느 한쪽으로 일방적으로 움직이면 다른 쪽으로 방향을 전환시켜 균형을 잡으려고 시도한다. 가령 피가 너무 알칼리성이 되면 신장에서 더 많은 알칼리를 배출하고 대신 산을 보유하는 메커니즘이 작동한다. 그래서 피의 화학 성분이 어느 한쪽으로 몰리지 않고 중간을 취하게 되는 것이다.

또 다른 사례로는 대단히 정밀한 자율 기능을 갖추고 있는 내분비 체계를 들 수 있다.

예를 들면, 하수체는 호르몬을 분비하여 갑상선을 자극함으로써 갑상선 호르몬인 티록신을 분비하게 한다. 그래서 피 속에 티록신이 많으면 많을수록 하수체는 갑상선 자극 호르몬의 양을 더 적게 분비한다. 인공두뇌학의 용어를 빌리자면 소위 역피드백이다. 이런 까닭으로 피 속에는 일정량의 티록신이 늘 순환한다. 그러나 갑상선 중독증이나 기타 질병의 경우에는 이 메커니즘이 잘못되기도 한다. 대체적으로 인간의 생리학은 아주 놀랍게 작동되고 있어서, '내적 환경'은 외부 세계의 변화나 다양한 교환이 일어나는데도 일정한 수준을 유지한다. 생리학에서 이런 균형을 추구하는 경향을 '생체항상성(homeostasis)'이라고 한다. 이것이 바로 몸에서 일어나는 화의 원리이다.

나는 어제 분명한 발바닥의 신음소리를 들었다. 이에 화로써 대처하지 못하고 고집스레 양말로 걸었던 것이 실패한 화의 부산물, 즉 물집이라는 결과로 나타난 것이다. 물론 폭우 때문에 어디에도 머물 형편이 아니었지만 앞으로 펼쳐질 여행에서는 좀 더 나의 모든 곳에서 들려오는 목소리에 민감하게 귀 기울여야겠다.

제암리를 지나니 조선 명종 때 문인 기봉 백광홍 선생의 관서별곡 시가비가 서 있다. 관서지방의 경관을 노래한 시인데 관서지방이란 한반도의 북서지방, 즉 지금의 평남·평북·평양·자강도 지역을 일컫는다. 기성별곡과 향산별곡을 합친 개념이며, 후에 정철의 관동별곡에 영향을 주었는데 보존하는 이의 관심이 뜸해졌는지 수풀은 무성하고 표지판은 내동댕이쳐 있다. 지금의 북한 땅을 노래한 관서별곡 시가비가 관동별곡의 빛나는 주목에 가려 이토록 서운케 버려져 있는 것이다. 하나의 노래에 불과하다고 치부해 버리는 사람이 있을지 모르나 분단은 문화예술의 구석구석에 미묘한 선을 그어 놓고 있는 것이 아닌가. 만일 한반도가 하나가 된 상황이라면 이 시가비는 지금보다 더 융숭한 대접을 받고 있을 것임이 틀림없다.

모처럼 비가 그치니 월만마을의 아저씨, 아주머니들이 일제히 논으로 나와 피를 뽑거나 농약을 친다. 나는 보이는 대로 "안녕하세요" 인사를 하고 그 답례로 웃음과 손 인사를 받았는데 신기하게도 그러한 짧은 만남들은 끝없는 길 위에서 여운으로 쌓여 적지 않은 위로와 힘이 된다. 특히 무표정한 얼굴로 지나치는 시골 어르신들은 나와 전혀 상관없는 인식의 순전한 객체에 머물다가, 나의 인사에 웃음으로 화답하고 몇 마디 건네면 그분들의 영혼은 진주처럼 내 인식의 범위에 들어와 박혀 반짝거리며 뿌리를 내린다. 여행에서는 내가 사라져야 한다. 살아온 나의 틀을 부여잡고서는 여행에서 만나는 놀라운 접근에서 아무것도 배울 수 없다.

안개가 짙어지고 길은 가팔라진다. 왜 이러지. 또 고개인가. 정상으로 보이는 곳에 감나무 하나가 서 있고 그 아래엔 〈감나무재〉라고 적힌 비석이 서 있다. 내 지도에도 없는 고개가 있다니. 우두망찰한 기분으로 재를 넘자 군동의 것과는 달리 키 크고 짙은 잎을 가진 은행나무 길이 펼쳐진다. 녹색 물감을 풀어 놓은 것 같은 논에는 자기들이 독수리 오 형제라도 되는 듯 왜가리 다섯 마리가 불량스럽게 서 있다. 그 폼이 제각각이고, 순간 날아가는 다섯 마리의 새가 마치 서로 무관한 사이인 듯 뿔뿔이 날아가는 모양이 어찌나 우습고 재밌던지 한참을 소리 내어 웃으며 걸었다.

장흥군 장동면이다. 날은 저물어 가고 몸은 다시 고통의 깊이를 더해 간다. 어둑한 시야를 보슬비가 더욱 가린다. 저기 보이는 고딕식 장동교회는 따뜻하게 나를 맞이해 줄 것인가. 똑똑. 한눈에 벌써 예감이 오는 인상이다. 재워 줄 형편이 안 된다는 반응이 돌아왔다. 저 번듯한 예배당은 그럼 무엇인가. 기도하면서 예배당에서 밤을 새우겠다고 해도 막무가내다. 철야기도 하는 성도들 때문이라지만 거짓말이다. 다 둘러보고 왔는데.

> "나그네를 대접하는 것은 그리스도가 내리신 최고의 명령 중 하나인데 그래도 안 되겠습니까?"
>
> "안 됩니다."
>
> "제가 그리스도라고 해도 안 되겠습니까?"
>
> "안 됩니다."

나는 울분이 치솟았지만 복 많이 받으라고 축복하며 나왔다. 경건의 모양은 있으나 경건의 내용은 없고 사랑의 메시지는 강하나 사랑의 열매는 없도다. 통호교회의 사랑이 없었다면 나는 지금쯤 더 큰 절망으로 아파하고 있을지 모른다. 다른 모든 것이 어두울 때 단 하나의 빛은 얼마나 중요한가. 그 빛은 결국 모든 어둠을 밝힐 것이며 나는 그 빛을 기억해 내며 길 위에 설 것이다.

좌로는 토란잎이 넉넉하여 밭에 연잎이 떠 있는 듯하고 우측엔 담뱃잎이 벌써 노랗게 물들어 추수를 재촉하고 있다.

장동면 대야리 마을회관은 근처에서 일하는 인부들이 독차지해 빈자리가 없다. 천주교 장동공소는 자물쇠로 굳게 잠겨 있는데 책임자를 찾아 나서기엔 날이 너무 어둡고 주위에 인적이 없다. 조금 더 나아가니 '서부교회'가 안개비를 맞고 있다. 이름처럼 미국 서부 시대에도 잘 어울릴 것 같은 키 큰 피라미드 모양의 철탑 높은 곳에 탐스러운 종이 어두워지는 하늘에 매달려 있다.

"여보세요. 누구 안 계십니까?"

불은 다 꺼져 있고 아무리 두드려도 인기척이 없다. 교회 앞 비닐하우스에 앉아 있는 아주머니에게 물었더니 얼마 전 목사님이 다른 교회로 부임해 가시고 교회는 지금 이장 관리하에 비어 있는 상태란다. 사람은 없고 온전히 하나님만 주인인 교회구나. 나는 텅 빈 교회 사택에 들어가 불을 켰다. 유효 기간을 일찌감치 넘긴 빵은 곰팡이의 제물이 되어 있고 짐 하나 없는 방은 싸늘하고 적막하여 을씨년스럽기까지 하다. 보일러를 켜니 금방 따뜻해진다. 몸을 씻고 방을 닦고 방 한 칸에 감사한 마음으로 몸을 뉘었다. 내가 인심의 험악함에 고통받는 것을 보시고 하나님께서 사람들을 물리쳐 가며 오늘 내게 이런 잠자리를 주신 것일까?

"내가 새벽 날개를 타고 바다 저 끝에 내려앉더라도 어디에서든 주의 손이 나를 인도하시며 주의 오른손으로 나를 꼭 붙드실 것입니다."(시편 139:9~10)

양쪽 발에 물집이 엄청 크게 잡혔다. 밤톨만 한 크기다. 바늘에 실을 꿰어 물집마다 통과시키고 실은 매달아 놓았다. 끈적끈적한 액이 실을 타고 흘러내린다. 아리스토텔레스를 펼쳤지만 읽을 힘이 없다. 그저 뜨거운 탕에 몸을 담그는 꿈만이 간절할 뿐. 가야 할 길은 먼데 몸이 망가지면 무슨 소용이 있으랴. 내일부터는 꼭 교회에서 잔다는 생각을 고집하지 말고 몸을 돌봐가며 나아가야겠다.

시간이 깊어질수록 두려움의 크기도 조금씩 자란다. 무디의 말이 떠오른다.

"우리의 가장 큰 적은 환경이 아니라, 바로 우리의 근심이다."

실체를 생각하자. 두려움이란 결국 허상에 불과하니깐.

## 자기를 사랑하고 돈을 사랑하고

〈7월 9일, 대야리~벌교, 33㎞, 11시간〉

낯선 시골의 밤은 블랙홀을 품고 있는지 주위의 빛이란 빛은 죄다 빨아댔다. 어머니의 태반 속에 다시 들어간 듯 나를 둘러싼 모든 물질들은 나의 양수(羊水)가 되고 나의 모든 감각은 일제히 일직선으로 일어나 어디선가 간간이 들려오는 한 줄기 소리, 빛 등에 과도한 에너지를 쏟아 붓고 있었다. 비는 밤새 추적추적 처마 밑으로 낙하하고 지붕과 뒤뜰에서는 사람 발자국 소리 같은 것이 부스럭댔다. 사람이 사라진 칠흑 속은 다시 창세기의 야생으로 되돌아간 듯 거칠고 공포로 가득했다.

"내가 사망의 음침한 골짜기로 다닐지라도 해를 두려워하지 않을 것은 주께서 나와 함께 하심이라 주의 지팡이와 막대기가 나를 안위하시나이다."(시편 23:4)

나는 주문을 외우듯 몇 번이고 시편을 외워댔다. 자신의 능력으로는 어찌할 수 없는 순간과 맞닥뜨렸을 때, 인간은 자신의 능력 끝에서 순간 절망하지만 각성한 사람이라면 자신의 능력을 맹렬하게 사르고 시간과 공간에 한정되어 고뇌하는 자아에 해방을 선사해 줄 불꽃을 꿈꾼다. 그 통로가 바로 기도이다. 입으로 흘러나오는 기도는 연속된 열망의 단면일 뿐 헤아릴 수 없는 허다한 세포들은 이미 초월자와 접속하기 위해 울부짖고 있다. 괴테의 『파우스트』에서 영혼을 메피스토펠레스에게 팔아 버린 파우스트도 결국 그러했다. 실존에서 출발한 파우스트는 제1부에서 이렇게 외친다.

"그렇다! 이 뜻을 위해 나는 모든 걸 바치겠다.
지혜의 마지막 결론은 이렇다.
자유도 생명도 날마다 싸워서 얻는 자만이
그것을 누릴 자격이 있는 것이다."

학문의 힘으로, 정령의 도움으로 신의 경지에 도달하려고 했던 파우스트. 그의 굳은 결의는 악마에게 끌려 다니다 살인까지 하고 부패해 갔다. 결국 '파우스트'는 선(善)을 향한 통로를 발견하게 된다.

"일체의 무상한 것은
한낱 비유일 뿐,
미칠 수 없는 것,
여기에서 실현되고,

형언할 수 없는 것,
여기에서 이루어진다.
영원히 여성적인 것이
우리를 이끌어 올리도다."

파우스트가 이십 세기의 인물로 부활한 것이 카뮈다. 카뮈를 대할 때마다 그는 『파우스트』의 1, 2, 3, 4부를 살다가 5부로 넘어가지 못하고 비명횡사한 인물이 아닐까 하는 생각을 지울 수 없다.

최근 박홍규 영남대 법학과 교수는 『카뮈를 위한 변명』이란 책을 선보였다. 그는 그동안 카뮈를 실존주의 작가로 높이 평가하면서 부조리한 안개를 그의 주변에 둘러쳐 온 현대 한국평론, 불문학계의 맹목성과 사대적 사고를 비판하였다. 그러면서 카뮈는 실제로는 아나키스트였으며 식민주의에 항거한 사회주의 계열의 사람이란 점을 부각시켰다.

한 인간에게는 여러 측면이 있을 수 있음을 인정한다고 하더라도 사회주의 계열과 관련한 박 교수의 견해에는 반론의 여지가 있다. 아마도 스페인내전에 참전했던 카뮈의 경력과 민족이라는 틀에 끼워 넣고 싶은 학자의 반시류적 충동이 이러한 평가에 일조했으리라 생각한다. 실제로 스페인내전이 있었고 카뮈는 참전했지만 실존과 인간의 부조리에 대한 자각이 전쟁이라는 소용돌이 속에서 극명하게 드러났을 뿐이지 참전과 같은 외적 질료를 무리하게 덧댐으로써 카뮈가 본질적으로 천착한 인간 부조리에 대한 탐구를 평가절하해서는 안 된다.

카뮈는 피에느와르, 즉 알제리의 프랑스인이었다. 1957년에 노벨상을 수상한 카뮈의 대표작은 『이방인』과 『페스트』인데 이 두 작품은 그가 교통사고로 짧은 생을 마감하기까지 격정적으로 추구한 삶의 색깔을 자연스럽게 뽑아낼 수 있다. 프랑스의 식민지였던 알제리의 프랑스인은 삼류의 인생들로서 주류 프랑스 세계에선 언제나 이방인일 수밖에 없었다. 뫼르소의 이유 없는 살인은 실제로는 이유 있는 행위였다. 한 인간을 파멸시키는 가장 손쉬운 방법은 전쟁도, 극빈도 아니며 '소외'인데, 카뮈는 이처럼 『이방인』이라는 작품을 통해 식민지적 삶이라는 무대 위에서 분명하게 드러난 실존의 문제를 다루고자 한 것이다. 즉, 식민지적 상황 자체가 아닌 그러한 상황하에서 벌거벗은 실존의 문제를 『페스트』에서 카뮈는 랑베르와 류의 입을 빌려 자신의 생각을 대변하고 있다. 랑베르의 말이다.

> "당신은 사랑을 위해서 죽을 수 있으세요? 그럴 수 없다고요? 바로 그것이죠. 그런데 당신은 하나의 관념을 위해서는 죽을 수 있습니다. 눈에 빤히 보입니다. 그런데 나는 이제 관념 때문에 죽는 것은 진저리가 나 있습니다. 나는 영웅주의를 믿지 않습니다. 나는 그것이 용이하다는 것을 알고 있으며, 그것은 파괴적인 것이라고 배웠습니다. 내가 마음이 끌리는 것은, 사랑하는 이를 위해서 살고 사랑하는 이를 위해서 죽는 것입니다."

이에 류는 말한다.

> "인간은 하나의 관념이 아닙니다. 이 모든 일은 영웅주의 같은 문제가 아니에요. 그것은 단지 성실성의 문제입니다. 페스트와 싸우는 유일한 방법은 성실성입니다."

이처럼 카뮈는 자신이 반파시스트운동에 가담한 경력을 관념에 헌신한 것이라고 비유하면서 그것이 과연 인간의 실존에 무슨 기여를 할 수 있는지 진지하게 되묻고 있는 것이다. 『페스트』에 등장하는 한 신부는 페스트의 만연을 신의 인간에 대한 징벌이라고 평가하면서 모든 알제리인들이 회개할 것을 촉구하고 있다. 하지만 사건이 진행되면서 그 신부의 사상은 변화를 겪는다. 즉, 페스트로 많은 사람이 죽어간 것은 우리의 죄 때문이 아니었다고. 우리에게 닥친 재앙에 맞서 인간이 실존을 잃지 않고 성실성을 가지고 함께 극복해 나가는 것이 결국 우리가 할 수 있는 최선이라고 카뮈를 대언하고 있다. 『페스트』 마지막에서도 그는 말한다.

> "나는 다만, 이제 다시는 페스트 환자가 되지 않고, 마땅히 해야 할 일을 꼭 해 나가며, 살아감으로써 마음의 평화를 되찾고 부끄럽지 않게 죽음을 바랄 수 있는 그런 인간이 되고 싶습니다. 그것이야말로 인간을 위로할 수 있는 것이며, 비록 인간을 구원해 줄 수는 없더라도 최소한 그들에게 해롭지 않도록 하여, 때로는 다소의 선을 행하도록 해 줄 수 있는 것입니다."

예술가의 소재는 자신의 경험의 테두리를 벗어나기 힘들다. 그리하여 두 작품 모두 알제리를 배경으로 하고 있으며 스페인내전도 등장한다. 하지만 위에서처럼 카뮈는 그 배경과 상황에 종속된 사고를 한 것이 아니라 그 속에서 인간이 걸어가야 할 실존의 문제를 다루고자 평생을 바쳤던 것이다.

너무나 짧은 생을 살다간 카뮈의 인생은 저 파우스트가 제1부에서 모든 걸 바치겠다고 외치던 모습과 많이 닮아 있다. 그래서 슬프다. 실존주의의 끝에는 언제나 눈물이 있다. 그것은 날마다 고군분투하는 우리네 모습이기도 하다. 카뮈가 일찍 죽지 않았다면 괴테가 서른일곱 살의 나이에 이탈리아를 감격으로 돌아보고 파우스트 제5부로의 통로를 발견했던 것처럼 카뮈의 실존도 구원의 통로를 발견할 수 있었을 것이라는 생각에 미치면 카뮈가 더욱 안타까워지기도 한다.

인간의 자연상태는 실존주의의 먹구름이다. 이런 까닭으로 우리는 카뮈로부터 무한한 공감을 얻는다. 그것이 바로 우리들의 원초적 모습이기 때문이다. 하지만 그 실존주의의 먹구름은 우리를 정신분열로 이끌거나 자살을 감행하게 하거나 회한의 숲에서 헤어 나오지 못하게 한다. 그리하여 실존주의자는 실존의 의식 없이 거리를 활보하는 자를 안타까워하면서 결국 그 활보하는 자를 안타까워하는 자신도 안타까워해야 하는 형국에 도달하는 것이다. 결국 이러한 공포를 이길 수 있는 방법은 내부의 울림과 외부의 빛을 결합하는 것이다. 하나님의 빛이 없는 창세기는 절망의 어둠이다.

카뮈는 『시지포스의 신화』에서 "……인간의 척도를 넘어선 것이다. '그러므로' 초인간적인 것이어야 한다."는 키르케고르의 말년 고백을 비판하며 "그러나 이 '그러므로'라는 것은 지나친 것이다. 여기에는 논리적 확실성이 없다. 실험적 개연성도 없다. 내가 말할 수 있는 모든 것은 사실 그것이 나의 척도를 초월한다는 것뿐이다. 여기서 부정적인 것을 끌어내지는 않을지라도 적어도 나는 이해할 수 없는 것 외에 아무것도 세우고 싶지 않다. 내가 알고 있는 것 그리고 오로지 그것만으로 살 수 있는지를 나는 알고 싶은 것이다."라고 말한다. 카뮈 자신은 이성만을 존중하며 지성이 명철성을 지닐 수 있는 중간의 길을 고수하길 원한다. 즉, 부조리한 삶을 지고 가겠다는 것이다. 그러면서 위에서 말한 인간의 절망에서 초월의 지평으로 넘어가는 '그러므로'라는 다리를 비논리적, 비합리적, 비이성적이라는 이유로 받아들이지 않는다. 그 다리를 건너면 이성 밖의 세계에 대한 설명이므로 다시 부조리에 빠진다고 그는 생각했던 것이다.

하지만 나는 두 가지의 의문이 생긴다. 첫째는, 그가 왜 그토록 이성에 집착했느냐다. 인간은 이성만으로 형성되어 있지 않고 감정과 서

정과 기타 온갖 비밀스런 것들로 가득 차 있다. 예를 들면 카뮈는 어머니가 위급한 아기를 구하기 위해 병원으로 뛰는 것을 이성만으로 설명할 수 있는가? 측정할 수 없는 그 어떤 큰 사랑의 힘을 이성만으로 해석해 내는 것은 무리다. 그저 사랑이라는 서술만이 가장 적합한 설명일지 모른다. 이성은 인간에게 자장을 미치는 모든 힘들을 포용하는 것이어야지 고립된 이성만으로 그 역시 부조리다. 또 한 가지 의문은 초월자에 이르는 '그러므로'의 다리를 건너면 다시 부조리에 빠지게 된다고 하면서 왜 자신은 삶의 부조리를 처절하게 안고 가려는지이다. 자신의 부조리는 정당하고 초월자가 개입하는 부조리는 받아들일 수 없다는 것이다.

그는 나이 마흔일곱에 교통사고로 뜻하지 않은 죽음을 당했다. 죽음이 자신을 삼키려고 달려올 때도 의연히 인간의 부조리를 안고 가겠다고 했지만 결국 죽음은 무의식이라는 지름길로 달려왔다. 키르케고르나 사르트르와 같은 자들이 죽음이라는 부조리 앞에서 초월자에 대한 부조리로 옮아간 것은 이성에 대한 굴복이 아니라 부조리한 인간을 완전케 하기 위한 용기 있는 결단이라고 볼 수 있다. 물론 키르케고르의 경우 에덴의 실존을 부정하는 등 각론에서는 차이가 있었지만. 나는 때때로 카뮈가 사고를 당하지 않고 의식적으로 죽음 앞에 서 있는 모습을 상상한다. 하나님에게 이르는 다리를 건너기 전까지의 인간 부조리를 철저하게 규명한 카뮈를 안타까운 마음으로 바라본다.

서부교회를 나섰다. 첼로의 G#음처럼 만물이 아직 나른한 자세로 안개에 싸여 있는데, 천상을 향한 길이 문득 펼쳐진다. 아파트 6층 높이 정도 돼 보이는 성스러운 전나무들이 하나의 흐트러짐도 없이 도열해 있다. 전나무 잎 하나하나는 모두 하늘나라의 꿈을 품은 듯 부풀어 올라 있고 누구든 이 길을 걸어 나가면 죄 씻음의 은혜에 빠져들

것만 같다. 하나님의 미소가 완전한 평화로 나를 이끄신다. 사랑의 속삭임이 평안으로 나를 인도한다.

감동을 문신처럼 가슴에 새기고 전나무 길을 빠져나와 보성리 끝에서 허기를 채웠다. 곰탕에 밥 두 그릇을 말고 단숨에 들이켜니 아주머니가 손수 커피를 타 주신다. 계산대 벽에는 전국 각지에서 찾아온 사람들이 와서 붙이고 간 수두룩한 명함들이 이 식당의 맛깔스러운 음식의 유명세를 대변하고 있다.

득량면에 들어서는 〈그럭재〉부터는 4차선의 널찍한 길이 펼쳐진다. 낮은 고개를 넘는데 아무런 문명의 이기도 오가지 않고 적막한 터에 나는 가장 큰 목소리로 노래를 불렀다. "찢기는 가슴 안고 사라졌던 이 땅에 피울음 있다……." 대학도서관 첫 불을 밝히며 공부하던 새벽길에서도 이 노래를 불렀었다. 아직 어둠이 내몰리지 않은 캠퍼스 오르막길을 걸으며 관악산 정상까지 들릴 정도로 외쳐댔던 것은 다 그놈의 외로움과 절망감을 몰아내기 위해서였다. 거대한 세상의 전면을 향해 한 치 앞도 나아가지 못하는 자신의 초라함을 깨워 어떻게든 답습의 무덤에서 부활하고 싶었다.

하지만 이제와 생각해 보니 그런 어둠의 터널은 나 혼자에게만 닥친 시련이 아니었다. 인간이라면 누구든지 성장을 위해 잔혹한 눈보라를 겪기 마련이다. 마치 하늘로 뻗기 위해 마디마디 상처의 흔적을 남겨야 하는 나무의 줄기처럼. 하지만 무의식으로 가라앉았던 과거는 현재로 연결되어 있는 동아줄을 쥐고 있어 오늘처럼 적막한 길 위에만 서면 마디마다 묻혔던 노래들을 곧추세운다. 결국 인간에게 닥치는 모든 절망은 마디를 뜬뜬히 만들고 그 마디로부터 뜨거운 노래가 흘러 넘치도록 하기 위한 것이리라. 동감을 표한 셰익스피어의 시다.

자기 내부에 음악이 없는 자,
감미로운 음의 조화도 그를 감동시키지 못하며
반역과 책략과 강탈만이 그에게 어울린다.
그의 정신의 움직임은 밤처럼 무디고,
그의 정감은 지옥처럼 캄캄하다.
그런 사람을 믿지 말아라.
음악에 귀를 기울이라.

그러나 나 자신의 답습에서 벗어나고 스스로의 초라함에서 벗어날 수 있는 완전한 길을 발견한 것은 외로움과 절망감이 극에 달할 때 홀연히 다가온 한 빛 때문이었다. 진리는 그렇게 나의 힘과 노력에서 오지 않았고, 하나님의 전적인 섭리와 은혜로 어둠 가운데 빠진 나에게 찾아 왔다.

"너는 알지 못하였느냐 듣지 못하였느냐 영원하신 하나님 여호와, 땅 끝까지 창조하신 이는 피곤하지 않으시며 곤비하지 않으시며 명철이 한이 없으시며 피곤한 자에게는 능력을 주시며 무능한 자에게는 힘을 더하시나니 소년이라도 피곤하며 곤비하며 장정이라도 넘어지며 쓰러지되 오직 여호와를 앙망하는 자는 새 힘을 얻으리니 독수리가 날개치며 올라감 같을 것이요 달음박질하여도 곤비하지 아니하겠고 걸어가도 피곤하지 아니하리로다."(이사야 40:28~31)

말씀이 육신이 된 것처럼 그 인자는 참된 치유자가 되어 오늘 나를 세우기를.

〈기러기휴게소〉

내리막길을 돌아가는데 감미로운 음악이 흐르는 휴게소가 발걸음을 붙잡는다. 아쟁과 해금의 절절한 연주 사이로 피리와 대금이 구슬프고

처연하게 헤집고 들어온다. 현악기가 연주되는 것을 보니 남도의 시나위임에 틀림없다. 이런 고즈넉한 곳에서 시나위를 듣게 되다니 적재적소란 바로 이 경우를 두고 하는 말일지니.

우리의 가락은 정악과 속악으로 나뉘는데 민간에서 행해지던 속악에는 시나위, 산조, 판소리 등이 있다. 그중 산조는 시나위에서 파생되어 독주곡의 형태로 발전되어 왔다. 시나위는 대금, 해금, 아쟁, 피리 등의 악기들이 모여 악보 없이 연주하는 즉흥성이 강한 음악이다. 시나위에는 무속에서 유래되어 육자배기로 불리는 남도와 경기의 것과 육자배기가 아닌 함경도 것이 있다. 특히 경기 시나위는 현악기가 사용되지 않는 것이 특징이며, 함경도 시나위는 퉁소가 사용되어 낙천적이고 신비한 느낌을 주는 것이 특징이다. 시나위는 즉흥성이 강한데 이는 우리 민족의 자유분방한 성격과 한(恨)의 정제된 표출방식을 보여준다. 나는 이 시나위를 우리 민족의 가장 우수한 전통음악으로 생각해 온 터였다.

휴게소 창밖으로 버드나무가 바람에 흔들린다. 시나위에 맞춰 시간과 공간의 제약에 항거하며 춤을 춘다. 한창 음악 감상에 빠져 있는데, 매점 아주머니가 이런 나를 보시고 주섬주섬 뭔가를 챙겨 나오신다. 쟁반에는 어묵 등이 가득하다.

"오늘 매상 저한테 다 쓰시는 것 아니에요?"

걱정이 돼 물으니, 걸어 다니는 사람들에게는 다 이렇게 대접을 해왔다고 당연한 표정을 지으신다. 김밥까지 내오시는 걸 보고 황급히 마다했다.

"그럼 커피를 타 줄 테니깐 가지고 가."

과분한 대접에 고개가 절로 숙여졌다. 커피를 들고 "아주머니 멋쟁이" 하며 나오는데 출입문에 '佛' 자가 굵고 선명하게 걸려 있다. 행위로 구원받지 못하는 것과 행함없는 믿음은 죽은 것이라는 말씀이 교차하는 순간이다.

고개 정상에 있는 〈기러기휴게소〉를 미끄러지듯 내려오니 김구의 은신처였던 전라남도 보성군 득량면 신전마을이 2번 국도에서 깊숙이 물러나 앉아 있다.

언젠가 『백범일지』를 읽으면서 깜짝 놀란 적이 있었다. 백범이 일본장교를 머리부터 발끝까지 난도질하고 그 피를 얼굴에 바르는 장면이었다. 치하포에서 쓰치다를 살해한 이 사건은 정의롭지 못한 것에 분연히 일어서는, 그렇지만 피와는 거리가 멀 것이라고 생각한 김구의 이미지에 새 옷을 입혔다.

후조 고능선 선생의 교훈에 따라 자신에게 질문을 던진 뒤 죽기를 각오하고 나서는 김구의 자세는 가히 장부답다. 흔적도 없이 역사의 망각 속으로 사라질 것을 각오해야 했을 것이다. 높은 뜻은 제대로 한 번 펴 보지도 못하고 없어질 것이라고 생각하지 않았겠는가. 역사적 잔존에 대한 미련 따윈 전혀 없이 대의만으로 충일했을지도.

가지 잡고 나무를 오르는 것은 기이한 일이 아니나(得樹攀枝無足奇)
벼랑에 매달려 잡은 손을 놓는 것은 가히 장부로다.(懸崖撒手丈夫兒)

유학자에서 동학교도로, 동학교도에서 걸시승(乞詩僧)으로, 걸시승에서 기독교인으로 변모해 간 백범의 사상 역정은 그가 민족과 인간을 위해 얼마나 진지하고 치열하게 자신의 신념체계를 검증해 갔는지를 증명한다. 민족을 향한 백범의 성실은 그가 가장 즐겼던 이 시를 통해서도 잘 드러난다.

> 踏雪野中去 不須胡亂行(답설야중거 불수호난행)
> 今日我行跡 遂作後人程(금일아행적 수작후인정)
>
> 눈 오는 벌판을 가로질러 걸어갈 때
> 발걸음 함부로 하지 말지어다.
> 오늘 내가 남긴 자국은
> 드디어 뒷사람의 길이 되느니.

김구가 가장 원했던 것은 남의 절제를 받지 않고 남에게 의뢰도 하지 않는 완전한 자주독립의 나라를 세우는 것이었다. 하지만 이 지구상의 인류가 진정한 평화와 복락을 누릴 수 있는 사상을 낳아 그것을 우리나라에 실현하기는커녕 아직도 우리는 신제국주의의 그늘에서 자유롭지 못한 상황에 놓여 있다. 젊은이들이여, 과거의 조그맣고 좁다란 생각을 버리고 민족의 큰 사명에 눈을 떠서 제 마음을 닦고 제 힘을 기르기를 낙 삼기 바란다는 김구의 떨리는 목소리를 뒤로하고 길을 재촉했다.

볕에 갈라지는 갈증, 물통은 이미 바닥을 드러냈다. 예당휴게소에 들러 아이스크림 하나를 산 뒤 휴대한 물통에 물을 채워 달라고 하니 그런 물은 없다고 딱 잘라 말한다. 연이어 들어온, 그 여자와 친해 보이는 짧은 머리의 한 남자는 "수돗물이나 마셔야겠네." 하며 나의 불편한 심기를 거든다. 그럼 저 식탁 위에 놓인 보리차는 썩은 물이라도 된단 말인가. 뒤돌아 나오는데 자기들끼리 주고받는 얘기가 들리는데 어떻게 하면 사장 되어 좋은 차를 굴리고 좋은 아파트에 사느냐 하는 것이었다. 물질, 물질, 물질. 물질은 인생 제1의 목표가 되고 사람을 서열화하는 절대적인 기준까지 되어 버린 느낌이다.

> "사람들은 자기를 사랑하고 돈을 사랑하고"(디모데후서 3:2)

예당휴게소에 발을 털고 몇 걸음 가니 탁 트인 〈득량만〉으로 눈의 그릇됨이 다 씻겨 나가는 것 같다. 마치 『파우스트』에서 "수많은 골짜기가 있는 험준한 산도 신처럼 날아가는 나의 행로를 막지 못하고 어느새 따뜻한 만을 낀 바다가 놀라는 내 눈앞에 전개되리라. 누구의 마음인들 하늘 높이 솟구쳐 나아가지 않으랴."는 구절이 꼭 들어맞는 진경이다.

〈득량만〉 청량한 빛을 받은 묘령의 아가씨가 생머리를 찰랑거리며 마을로 앞서 간다. 골목을 모롱모롱 돌아들어간다. 지나가며 문득 고개를 젖히니 어디론가 사라지고 담장을 넘어 나온 큰 감나무 잎만 바람에 살랑댈 뿐이다. 여기가 '호동'이다. 예전에는 여우가 많아 '弧洞'이라 하였는데 그 이름이 불경하고 물이 부족한 사정을 감안해 '湖洞'으로 개명한 지 50여 년이 넘었다고 한다. 그렇다면 조금 전의 그 여인은 혹시…… 머리칼이 쭈뼛 솟는다.

국도 변 낮은 담 너머로 한 청년이 막 전화를 끝낸다.

> "저기요, 물병 좀 채워 주세요. 먼 여행을 하고 있는데 물이 딱 떨어졌지 뭐예요. 부탁합니다."
>
> "어디까지 가시는데요?"
>
> "강원도 통일전망대까지 갑니다."

인상 좋은 그 청년은 시원한 보성녹차 우린 물을 가득 채워 주면서 '파이팅'을 외쳐 준다. 담을 넘어 건네받은 녹차를 고래 물먹듯이 벌컥 들이켜니 발은 땅에 얼어붙고 하늘은 낮게 내려와 청량하게 깔리는 느낌이다. 녹차와 인연을 맺지 못하고 보성군을 벗어나는 게 아닌가 싶었는데 뜻밖의 내 형제를 통해 뼛속까지 시원한 기억을 묻고 지나가게 되었다.

자전거 한 무리가 지나가고, 서울에서 내려오는 길이라는 세 명의 여학생들도 지나간다. 우리들은 단번에 서로의 정신을 알아채고 "수고하세요." "파이팅!"을 주고받았다. 찰나의 순간. 하지만 우리의 인사는 순간 그대로 영속성을 부여받아 이 여행이 멈추는 길 끝까지 가슴속에서 파도칠 것이다.

고흥으로 77번 국도와 갈라지는 지점부터는 배롱나무가 질서정연하게 자리하고 있다. 이 배롱나무는 벌교까지 약 10㎞ 이상 늘어져 있는데 이제 곧 꽃이 만개하면 그 연속된 아름다움의 낙원을 누가 능히 당해 낼 수 있을까. 이 꽃길은 순천까지 거의 40㎞를 뻗쳐 있다. 벌써 짙은 분홍 꽃이 핀 몇 그루의 목백일홍이 이른 인사를 보내고 있다. 꽃잎은 처녀의 분홍치마 결을 연상시키고 그 안에 솟은 수술은 가야금 현을 닮아 한껏 풍류 자락을 켜대고 있다.

인간과 자연을 생각한다. 자연에 대한 애정은 궁극적으로 인간을 향한 애정에 이르러야 하며 자연 그 자체에 그치는 탐미는 떠오르지 못한 해오름처럼 어둠에 묻혀 있는 불완전한 상태다. 인간에 대한 사랑이 없는 자연에 대한 인식은 허무맹랑한 상상력에 다름 아닌 것이다. 이런 측면에서 칸트 역시 "모든 자연의 체계는 곧 커다란 목적론의 체계라는 것이다. 그리하여 이 체계 안에는 자연의 창조가 나아가는 궁극의 목표로서 도덕의 주체인 인간이 있다."고 했다. 그런데 이러한 인간이 자연에의 경의와 애정을 보여주기는커녕 오히려 자연을 파괴하고 개발만을 앞세운다면 어떻게 될까? 미래학자 윌슨 교수는 『The future of nature』에서 다음과 같이 이야기한다.

"제3의 밀레니엄을 맞은 이 지구에 아마겟돈이 밀려오고 있다오. 그런데 예언자들의 말처럼 우주의 소용돌이가 우리 인류를 화염에 몰아넣는 게 아니라오. 지나치게 풍요롭고 독창적인 인간의 본성이 이 행성을 파멸시키고 있는 것이라오."

계속된 비와 연이은 행진으로 심신은 지쳐 가고 있다. 육신에 고통이 가득 차자 영안(靈眼)은 육안(肉眼)의 늪에 빠져 허우적댄다. 산은 그저 산이요, 물은 그대로의 물로 보일 뿐이다.

남편을 잃고 모압지방에서 베들레헴으로 먼 길을 떠났던 이방 여인 룻이 떠오른다. 유대 공동체의 일원으로 편입될 가능성이 거의 없는, 어쩌면 유대 공동체에서 쫓겨나는 일이 벌어질 수도 있는 두려운 목적지를 향하면서도 "어머니께서 죽으시는 곳에서 나도 죽어 거기 장사될 것"이라며 헌신하는 룻. 나오미에 대한 평생 헌신을 다짐하는 말이면서 동시에 과거와의 철저한 단절을 뜻하는 말이었다.

"만일 내가 죽는 일 외에 어머니와 떠나면 여호와께서 내게 벌을 내리시고 더 내리시기를 원하나이다."(룻기 1:17)

나오미는 불편했다. 룻을 데리고 가면 자기 아들들이 모압 여인들과 결혼했던 사실을 숨길 수도 없는 노릇이다. 부끄러운 과거들. 하나님은 철저한 자기 부정과 낮아짐을 나오미에게 요구했고 룻을 사용하셨다. 침묵을 유지하며 그 먼 길을 걸어갔을 두 사람.

나는 이 여정에서 부끄러운 과거로부터 철저하게 낮아져서 하나님께서 내 삶에 새로운 역사를 시작하실 수 있도록 할 수 있을까? 전적인 은혜를 간구해 본다.

벌교로 가는 길은 잘 닦인 2번 국도로, 이 길은 순천을 거쳐 경남까지 이어진다. 길은 넓지만 너무나 외로운 길이다. 순천, 광양에서 오는지 먹구름같이 육중한 덤프트럭들이 굉장한 바람과 매연과 소음을 찌꺼기처럼 내 몸에 뿌리고 무심히 지나간다. 아, 길이여. 어쩜 너는 우리네 인생과 많이도 닮았구나. 외로움과 두려움이 있는가 하면 즐거움과 환희도 있다. 때로는 이 길을 포기하고 싶을 정도의 고통이 밀려오기도 하지만 길 위에서 만나는 아름다운 마음들과 순간순간 하늘에서 내려오는 신령한 하나님의 기운들이 다시금 나를 일으켜 세우는구나. 땅 끝을 지나면서 구강포를 기대하고, 구강포를 벗어나며 보성의 향기를 열망하고, 보성을 돌아서서는 벌교의 붉은 힘을 설레며 이 길은 지탱되어 왔다.

반가운 벌교 이정표가 나오고서도 나그네는 아픈 다리를 이끌고 한참을 마을로 더 들어가야 했다. 젖은 옷도 말려야 하고 지친 몸도 풀어야 한다는 생각에 무작정 제일 처음 보이는 여관에 여장을 풀었다. 학생 신분을 핑계로 2000원을 깎았다. 빨래를 해서 바닥에 늘어놓고 선풍기로 말리기 시작했다. 물을 받아 목욕을 하는데 아무리 틀어도 미지근한 물만 나온다. 혼미한 의식도 빨래와 함께 바닥에 달라붙어 푸닥거리고 의식과 무의식을 나누는 투명한 막은 점점 균열을 일으킨다. 그 균열 속으로 온데간데없이 사라진 의식아. 나비처럼 날아오르렴. 경계도 없이. 오, 주님, 이 연약한 영혼을 불쌍히 여겨 주옵소서.

## 불멸성의 약속

〈7월 10일, 벌교~순천, 21㎞, 6시간〉

〈진트재〉에 올라섰다. 행정구역으로는 순천시에 접어들었지만 20㎞ 정도는 더 가야 시내가 나온다. 다시 하강한다던 장마전선은 저녁이나 되어야 비를 뿌릴 것 같은 하늘이다.

다시 넓은 2번 국도. 칠동, 서동, 척동마을 등 여러 마을을 지나면서도 오늘은 땅만 보고 걷는다. 길옆으로 계속되는 논들은 마치 어제의 만화경을 되돌려 보는 것 같은 착각 속에 빠지게 한다. 이 밭이 그

밭이요. 저 논이 그 논인 것 같다. 하지만 가만히 마음을 열고 바라보니 모든 밭과 논은 제각각의 노고와 소망들을 품고 있는 서로 다른 얼굴들이 아닌가. 지금 시점에서 바라본 솟구치며 가지런한 저 논과 밭 속에는 비를 기다리는 농부의 마음, 온 가족이 다 동원된 힘든 모심기, 태풍 속에서 노심초사한 마음, 풍년을 기다리는 소망들이 나이테처럼 세월을 지고 물들어 있다. 내가 걷는 길도 마찬가지다. 남들은 내가 지나간 길을 아무 의미 없는 아스팔트길 정도로 생각할지 모르지만, 그 길은 나의 불덩이 같은 영혼이 땀과 피를 흘리며 돌아 나온 애정 어린 흔적들이다.

이러한 모든 경험들은 의식과 맞작용을 일으키면서 게슈탈트(Gestalt), 즉 사람의 의식과 경험의 이형동질(異形同質)적 총화를 형성한다. 겸재 정선의 『인왕제색도』나 단원 김홍도의 『서당도』 등 조선 시대의 산수도나 풍속도를 한국인이 감상을 한다고 하자. 산수도나 풍속도를 그린 조선 시대의 화가가 품은 혼과 심상을 오늘의 한국인이 느끼고 감격에 빠져드는 이유는 수백 년의 세월을 뛰어넘어 면면히 전승되어 온 한국적 지각장을 공유하고 있기 때문이다. 이러한 총체적 지각장이 바로 게슈탈트이다. 게슈탈트적 접근은 흔히 조형예술 분야에서 주장되는 이론이긴 하지만 문화의 부분을 이루고 있는 것이라면 동일하게 적용할 수 있다.

이러한 게슈탈트적 접근은 앙드레 말로의 글을 통해 '인간의 영속성'이라는 명제에까지 이른다. 앙드레 말로의 '포승줄과 생쥐'라는 글에 이런 우화가 나온다.

"그러자 황제는 '대화가(大畵家)'를 처형하여 공중에 매달았다. 두 엄지발가락으로 겨우 몸무게를 지탱하게 될 것이었다. 지쳐 빠질 때

> 까지. 그는 한 발가락으로 지탱했다. 다른 엄지발가락으로 모래 위에 생쥐들을 그렸다. 생쥐들은 하도 잘 그려져서, 살아 그의 몸을 기어 올라가더니 그 포승줄을 갉아 끊었다. 그는 종종걸음으로 떠났다. 그는 생쥐들을 데리고 갔다."

『덧없는 인간과 예술』에서 밝힌 것처럼 여기서 '대화가'는 마침내 죽을 수밖에 없는 '숙명적인 인간'을 뜻하고 그 인간이 생쥐를 그리는 '예술적 창조'를 통해 '불멸의 인간'이 된다는 것이다. 루소 또한 예술가는 작품을 통하여 '당한 숙명'을 '극복된 숙명'으로 변모시킴으로써 '불멸성의 약속'을 받는 것이라고 말했다. 문화 속을 관통해 나가는 창조적 인간은 누구나 예술가다. 한 인간은 게슈탈트적 접근을 통하여 이전에 살았던 선조들의 불멸성을 이어받고, 그 자신도 최대한의 게슈탈트적 창조를 통하여 후대에 불멸성을 물려준다. 이러한 과정을 통하여 인간은 영속성을 약속받게 되는 것이다.

최근 병역문제 때문에 국적을 포기한 한 연예인의 입국문제가 사회적 이슈가 되었다. 격렬한 찬반은 동네 아주머니들 사이에서도 양분되었다. 동정하는 이가 있는가 하면 살벌한 비난도 있었다. 저마다의 주장에 일리가 있다. 한편 이 사건을 게슈탈트 측면에서 이해하는 것은 색다른 시각을 제공할 수 있다. 결론부터 얘기한다면 그에게는 한국인의 게슈탈트가 없다. 미국 땅에서 자라고 미국 음식을 먹으며 미국 문화를 깊이 수용하며 자란 미국적 게슈탈트를 소유한 그에게 한국인이라면 당연히 선택해야 마땅한 병역의 의무를 기대한다는 것은 어쩜 터무니없는 압력일지도 모른다. 옳고 그름의 문제가 아니다. 자신의 지각장에서 나온 당연한 선택이다. 다만, 모순된 언행에 대한 책임만은 피할 수 없다 하더라도.

오늘엔 두 끼를 먹었는데 아침에 육개장, 저녁엔 왕십리국밥을 먹었다. 벌교터미널 맞은편에 있는 〈뚝배기 식육 식당〉에서는 육개장에 쫄깃쫄깃한, 그러나 전혀 질기지 않은 한우고기를 넣어 내놓는데 아주머니는 곁에 앉아서 살아온 인생사를 구성지게 풀어놓는다. 2번 국도가 옆으로 생기는 바람에 지나가는 사람들이 줄어들어 수입도 많이 곤두박질 쳤다. 그럼에도 불구하고 딸 셋, 아들 하나를 대학교육시킨 아주머니가 대단하게 느껴졌다. 바로 우리 시대 어머니의 자화상이다.

"여기 벌교에는 방송국 같은 데서 촬영하러 많이 와. 우리 집이 소문이 났는지 많이들 알고 찾아오지. 그 있잖아. 서인석인가 왕건 할 때 견훤으로 나왔던 사람. 그 사람도 여기서 삼겹살 먹고 갔다니깐. 우리 가게 고기는 생고기인데 내가 직접 가져오는 데가 있어."

"이 육개장 맛이 장난이 아닌데요. 이렇게 유명한 집이라면 밖에는 거창하게 광고를 하고, 안에도 사인이나 연예인 사진 같은 것 좀 걸어놓고 하면 더 좋지 않아요?"

"아니야. 내 성격 탓도 있지만, 그런 광고 막 붙여놓으면 정작 이 고장을 찾는 연예인이 여기 오겠어? 하여튼 난 욕심 안 부리고 살아왔으니깐 이대로가 좋아."

순천에 도착하니 얼큰한 국물생각이 간절하다. 순천 청암대학을 조금 지나니 왕십리 순대곱창집이 나왔다. 국밥 맛이 일품이다. 가격은 오천 원을 넘지 않는다. 허기를 채운 뒤 잠시 순천 거리를 거닐었다.

꽃가게 하나가 있고 그 옆에 표구사 하나가 있는데 전시된 액자 위로 맑은 정신이 흐르고 있다. 꽃가게 옆에서 읽는 향기로운 흘림체는 정신이 육체를 씻을 수 있는 능력을 가지고 있음을 증명해 보이고 있다.

"병에 꽃을 꽂아 책상머리에 놓는 데는 각각 알맞은 곳이 있다. 매화는 한겨울에도 굴하지 않으니 그 매화꽃을 몇 바퀴 돌면 시상이 떠오르고, 살구꽃은 봄에 아리땁게 피니 화장대에 가장 알맞고, 배꽃은 비가 내리면 봄 처녀의 간장을 녹이고, 연꽃은 바람을 만나면 붉은 꽃잎이 벌어지고, 해당화꽃과 복숭아꽃, 오얏꽃은 화려한 잔치에서 아리따움을 다투고, 목단과 작약은 가무(歌舞)하는 자리에 어울리고, 꽃다운 계수나무 한 가지는 웃음을 짓기에 충분하고, 그윽한 난초 한 묶음은 이별하는 사람에게 줄 만하다."

청암대학 바로 옆에 있는 찜질방에서 하루를 묵어가야겠다. 뜨거운 탕에 부은 발을 담그니 육체적 카타르시스가 비길 바 없다. 이삼 년 전부터 전국에 생기기 시작한 찜질방은 나그네가 저렴하게 하룻밤을 쉬다 갈 수 있는 참 고마운 공간이다. 특히 나는 매일 일기를 써야 하기에 더욱 만족스럽다. 밤늦게까지 글을 쓰는 내가 신기한지 기웃거리는 찜질방 얼굴들. 지역 사람들의 얼굴을 만나고 잡담도 하면서 고립에서 벗어나니 일석삼조다.

찜질방 매점 아주머니의 딸이 오랜만에 놀러온 모양이다. 외국계 햄버거 체인점에서 일하는 것으로 보이는 딸이 바쁜 어머니의 저녁거리를 사 왔다. 효녀다.

나도 몇 해 전까지만 해도 햄버거를 즐겼는데 최근에는 전혀 먹지 않는다. 그 이유는 음식과 관련된 한 책을 만나고부터다. 제레미 리프킨이 지은 『쇠고기를 넘어서』라는 책이다.

"소, 돼지, 닭 등 가축들은 지구상 생산곡물의 1/3을 먹어치운다. 미국 생산 곡물의 70% 이상이 가축의 먹이로 사용된다. 미국에서는 1파운드의 쇠고기를 생산해 내기 위해서 16파운드의 곡물을 소에게 먹인다."

라고 시작하면서 동물들에게 들어가는 엄청난 양의 곡물과 그 곡물조차 없어 영양실조로 죽어 가는 제3세계 민족을 대비시킨 뒤,

"문명의 엄청난 식욕을 만족시켜야 하기 때문에 미국에서는 쇠고기를 대량생산해 내기 위한 많은 방법들을 강구하고 있다. 예를 들면 어린 수송아지들은 태어나자마자 순종적인 소 또는 고기질 개선을 위해 거세를 당한다. 좁은 우리 안에서 서로 싸우다 상처를 입는 것을 방지하기 위해 쇠뿔의 뿌리를 태워 버리는 화학약품을 사용하는데 마취 없이 사용된다. 그 외에도 성장촉진호르몬을 투여하고 소에게 먹이는 사료첨가물에는 약품과 항생제를 섞는다. 한편 소들이 먹는 곡물 자체도 문제가 많다. 소들이 먹은 곡물인 옥수수, 사탕수수, 콩 등의 95%가 다량의 제초제로 키운 것이며 미국 모든 제초제의 80%가 옥수수와 콩에 살포된다……."

그저 막연히 가능성만 의식하고 살아왔는데 눈으로 도표까지 확인하고 나니 어디 수입 쇠고기가 사람이 먹는 음식으로 보여야 말이지. 그 후로 나의 식성은 수입 쇠고기에 대해 민감한 반응을 보였다.

얼마 전에 있었던 일이다. 수원역에 있는 햄버거 가게에 앉아 아내를 기다리고 있는데 한 살이 갓 넘어 보이는 아기를 데리고 한 엄마가 자리를 잡았다. 엄마는 햄버거 하나를 시켜 오더니 그 속에 있는 쇠고기를 빼내어 아기에게 뜯어 먹이는 게 아닌가. 그때 느낀 안타까움은 말할 수 없을 정도였다. 나 자신도 결코 음식의 안전지대에 살고 있지 않다. 최근에는 유전자변형음식물이 표시도 없이 유통되고 있기 때문에 어디서 어떤 음식을 먹을지 제아무리 용을 써 봐도 내가 처해 있는 지금의 환경 안에서는 역부족인 것 같다. 아, 위대한 발전이 나에겐 한갓 신기루로만 보이는 순간이다.

문명은 결코 진화하거나 개선되지 않는다. 역사가 진보한다는 생각은 거짓이다. 에덴에서 인간이 타락한 이후 모든 병과 죽음이 왔고, 재난과 사고가 끊이지 않고 있다. "스스로 지혜 있다 하나 우준하게 되어 썩어지지 아니하는 하나님의 영광을 썩어질 사람과 금스와 버러지 형상의 우상으로 바꾸었느니라"(로마서 1:22~23)는 말씀처럼 인간은 하나님을 떠나 헛된 욕망을 추구했으며, 그 결과 하나님은 인간들을 "상실한 마음대로"(로마서 1:26) 두셨다. 자연의 파괴와 오남용 역시 인간이 하나님을 떠난 상실의 상태를 증명해주고 있다. 하지만 이 낡은 세상이 새로워지는 유일한 방법을 성경은 이야기 하고 있다.

"피조물이 고대하는 바는 하나님의 아들들이 나타나는 것이니."(로마서 8:19)

모든 자연도 인간과 함께 타락했으나 하나님의 아들들이 나타나고 영광 중에 오실 이를 보게 될 때 만물도 회복될 것이다.

"그 때에 이리가 어린 양과 함께 살며 표범이 어린 염소와 함께 누우며 송아지와 어린 사자와 살진 짐승이 함께 있어 어린 아이에게 끌리며 암소와 곰이 함께 먹으며 그것들의 새끼가 함께 엎드리며 사자가 소처럼 풀을 먹을 것이며 젖 먹는 아이가 독사의 구멍에서 장난하며 젖 뗀 어린 아이가 독사의 굴에 손을 넣을 것이라 내 거룩한 산 모든 곳에서 해 됨도 없고 상함도 없을 것이니 이는 물이 바다를 덮음같이 여호와를 아는 지식이 세상에 충만할 것임이니라."(이사야 11:6~9)

이것이 성경이 말하는 새로운 하늘과 새 땅이다.(베드로후서 3:13)

비는 또 억수같이 내린다. 아니 퍼붓는다. 통유리로 된 찜질방 커다란 유리창에 순천의 야경이 비치고 이에 빗물이 달려와 부딪혀 어리니 마음은 꽃과 같이 피어나고 낯선 땅의 정취가 새록새록하다.

## 소외된 사람이 없는 세상을 위해

〈7월 11일, 순천~하동, 49㎞, 14시간〉

부스스 눈꺼풀이 열리고 회색빛 하늘이 머리맡으로 들어온다. 하늘 전체를 빈틈없이 메우던 검은 구름에 서서히 균열이 생기고 여기저기서 희망의 빛줄기들이 순천에 내려앉으면서 춤추고 있다. 우려했던 비가 잠시 그친 것이다. 하루를 더 쉬어 가려 했던 마음을 고쳐먹고 긴장이 풀린 다리에 새 힘을 불어넣었다.

아침을 먹는데 신문에 국토순례단 모집광고가 나있다. 한 사회단체가 주최하는 국토순례이다. 관심이 가서 자세히 들여다보니 썩 내키지 않는 구석이 여기저기 보인다.

〈선착순 모집, 상패 등 수여, 순위결정방법 : 팀워크와 서울도착에 걸린 시간 등〉

국토순례를 하는 목적이 다 다르고 이에 내가 억지스런 딴죽을 걸 것까지는 없지만, 이 행사를 하는 저의가 무엇인지 고개가 절로 갸우뚱거리는 것은 어쩔 수가 없다. 요즘 젊은이들이 얼마나 소외 속에서 상처받고 있는가. 다 그놈의 잘난 자본주의 종교 때문이다. 경쟁과 효율, 속도와 외형의 무게에 짓눌려 온 젊은이들에게 다시 자본의 냄새가 가득한 국토순례를 가르치려 한다. 팀워크와 자신감을 기르는 것이 그들의 철학이라고 강변한다면 물론 다소간의 소득이 있음을 안정한다. 하지만 자아를 깨뜨리지 못한 순례는 결국 공허함과 되돌아온 소외와 다시 마주해야 하는 것이다. 국토순례는 느끼는 곳에서 잠시 멈추고, 조국이 말하는 곳에 귀를 기울이며, 속도의 자장에서 벗어나고, 땅이 부여하는 수많은 필연에 온몸을 던지는 일종의 구도의 시간임에도 불구하고 왜 경쟁적 방법으로 젊은이들의 경험을 얄팍하게 만들려는가.

전라도의 명문인 순천고등학교를 지나 순천시를 빠져나오는 데만해도 어지간히 힘겹고 여간 고역이 아니다. 잠시 멈춰 양발에 연고를 바르고 왼발에 하나, 오른발에 세 개의 밴드를 붙였다. 한결 낫다.

넓은 2번 국도는 순천과 광양을 위해 난 길인가. 거대한 화물차와 유조차들이 쉴 틈 없이 지나간다. 지난달에 있었던 화물노조파업문제가 완전히 해결되지 않았는지 아직도 트럭 앞머리엔 분노에 찬 붉은 글씨들이 팔랑거린다. 경제에는 중요한 길이겠지만, 거슬러 걷는 자에게는 난파선에 몰아치는 거센 파도와 같이 위험하고 힘겨운 길이다. 간혹 고인 물이 튀어 물세례를 받으면 숭고한 입술엔 무수한 독의 꽃이 핀다. 산만 한 트럭을 몰면서도 휴대폰을 사용하는 운전자가 부지

기수다. 과학기술은 급속히 발전하고 있는데 법이 그 폐해를 따라잡지 못하고 있는 것이다. 법과 정치로 할 수 없다면 어떻게 해야 하나. 교육만이 길이라고 플라톤과 김구가 부르짖었건만, 누가 교육을 시키며, 무슨 내용을 교육시키며, 어떻게 교육시킬 것인지 신뢰할 만한 것이 하나도 없지 않은가.

하동 가는 길은 광양을 거쳐 중간에 58번 지방도를 갈아탔다가 다시 2번 국도로 되돌아와야 한다. 밭에는 옥수수가 그 속살을 살짝살짝 내보이며 여물어 가고, 밤나무에 앙증맞게 앉은 연녹색의 새끼밤송이들이 참 귀엽다. 유년시절, 옥수수서리를 하면서 호연지기를 기르던 때가 있었다. 어린 우리들은 아무런 죄의식도 없이 서리를 했다. 재미있는데 누가 뭐라 할 것인가였다. 이젠 손 닿을 거리에 "날 잡아갑쇼" 하고 삐죽 나온 옥수수라도 감히 손댈 수가 없다. 왜일까? 옥수수는 눈에 보이는 옥수수 그 자체가 전부가 아님을 알기 때문이다. 농부의 생명과 소망의 결정체이기 때문이다. 이른 아침 밭에 나왔다가 서리당한 옥수수를 목도했을 때의 슬픈 농부의 마음을 헤아리기 때문이다. 이런 농작물을 아무런 거리낌 없이 도적질해 가는 젊은이들을 볼 때마다 나는 홍수가 났는데도 불구하고 동강 상류로부터 환호성을 지르며 래프팅하면서 내려오는 젊은이들이 오버랩된다. 그 동강 기슭엔 차오른 물에 집이 무너져 내린 가난하고 주름진 우리네 아버지, 어머니들이 시름에 잠겨 울고 있음에도 불구하고 말이다. 측은지심이 없는 호연지기는 만용에 다름 아니다.

진상면에서 잠시 쉬며 마지막 기운을 다하기로 했다. 나는 허름한 중국음식점에 들어가 삼선자장면을 시켰다. 일전에 나는 사법시험 과목의 하나인 '형사소송법'을 책으로 펴낸 일이 있다. 출판사 사장님이 워낙 의욕이 많으신 분이라 이것저것 많은 곳에 손을 대다 보니 책은 팔려 나가도 내 통장은 늘 돈 가뭄이 들었다. 사장님의 착한 심성을 아는지라 직접 돈을 달라고는 얘기 못 하고 나와 몇몇의 동료들은 종종 즐겁게 해 드린다는 명목으로 출판사를 찾아갔다. 그때마다 사장님은 삼선자장면을 시켜 주시며 무언의 유보를 청하는 것이었다. 헌데 문제는 사장님이 시켜 주시는 그 삼선자장면의 맛이 기가 막히다는 데 있다. 가난한 학생인 우리는 당장 눈앞의 자장면에 눈이 멀어 인세를 받지 않고서도 사장님과 원만한 관계를 유지할 수 있었다. 종국엔 돈을 받게 되었지만 그 침묵의 자장면을 먹던 시간들은 그 맛만큼이나 참으로 인간미가 가득하고 행복했다. 오늘 그리하여 나도 모르게 삼선자장면을 시키게 되었다.

중국집 아저씨의 아들로 보이는 중학생 또래의 아이가 서빙을 본다.

"아저씨 아드님이에요? 참 착하네."

"그런 소리 마십시오. 얘가 서울에서 왕따를 당해 이곳 시골로 이사를 왔다니까요."

말로만 듣던 왕따의 실상을 듣고 보니 기가 막힌다. 잘 안 어울리는 성격이다 싶으면 왕따를 시키는 것을 당연시하는 풍조가 학생들 사이에 만연해 있는 것 같다.

왕따라는 것은 본시 '이지매'로 유명한 일본에서 유행하던 것인데 이것이 우리 땅에 수입된 것이다. 일본에서는 재일 한국인, 재일 조선인 등을 상대로 '이지매'가 널리 퍼져 있었다. 이러한 '이지매' 경향이 우리 땅의 학생들 사이에 수입되어 퍼진 이유는 무엇일까? 그것은 두 나라가 공통적으로 직면해 있는 사회적 분위기, 즉 '가혹한 입시 경쟁체제'와 '차별하는 사회에 대한 다수의 묵인' 그리고 '당하는 사람의 체념' 때문이라는 주장이 많다. 『나는 빠리의 택시운전사』로 유명한 한겨레신

문의 홍세화는 이러한 개인적 왕따가 사회적 왕따로 확산되었다고 주장한다. 즉, 부익부빈익빈 현상을 개선하기보다는 더욱 악화시켜 가난한 사람들을 사회에서 추방하고 주변화시키는 현실, 정리해고로 쫓겨난 실업자의 책임을 그들의 무능력으로 돌리는 일, 힘없는 여성 노동자들을 우선적으로 해고시키는 일, 반대자를 여차하면 감옥에 집어넣는 일, 억울한 일을 당한 사람들을 모른 체하는 일 등을 그동안 우리 사회가 앓아 온 사회적 왕따의 구체적 모습으로 들고 있다.

한마디로 왕따는 정의가 제 목소리를 내지 못하는 데 기인한다. 한 학생이 왕따를 당했을 때 그것이 정의롭지 못한 행동이라고 생각하는 다수의 학생이 이를 묵인하는 것이 문제의 발단이다. 사회적 왕따도 마찬가지다. 나 한 사람의 정의로운 목소리가 무슨 소용이 있겠는가라고 생각하면서 힘 있는 자의 부정의를 묵인하는 사회적 분위기가 사회적 왕따를 초래한다.

한번은 어느 거리에서 한 여학생의 티셔츠에 새겨진 문구에 가슴이 따뜻해졌던 기억이 있다.

> "No stranger In the world any more"(아무도 소외된 사람이 없는 세상을 위해)

세리 삭개오도, 버려진 사마리아 여인도 사랑으로 품으신 참 좋으신 예수님만이 이 세상을 분리와 소외로부터 치유할 수 있음을 나는 믿는다. 예수님이 참 희망임을 절실히 깨닫는 시간들이 계속된다. 만왕의 왕으로 나귀를 타신 예수님. 어린아이들도 품으신 예수님.

> "어린아이들이 내게로 오는 것을 허락하고 막지 말라. 하나님 나라는 이런 아이들과 같은 사람의 것이다."(마가복음 10:14)

진상면 면사무소를 지나니 2번 국도는 다시 국도다운 구수한 2차선으로 모습을 바꾼다. 도대체 나는 몇 시간을 걷고 있는가. 정신이 혼미하다. 지금 나를 지탱하는 두 다리는 이성의 지배를 무시하고 걷는다. 가슴에서 막 깨어난 또 다른 목소리가 걸음을 독려한다. 뱀처럼 기어올라야 하는 험한 〈탄치재〉지만 승전의 깃발을 휘날리며 부르짖는다. 앞으로, 앞으로.

힘들고 멀지만 하동을 돌아 구례를 향하는 코스를 선택한 것은 나에게 중요한 상징성이 있어서였다. 군부독재시절과 3김 시대를 살아오면서 나는 경상도민이라는 이유로 정신적 · 물리적 고립과 왜곡을 강요당했었다. 김대중 씨가 김대중 선생으로 불리던 시절만 하더라도 경상도 사람이 전라도에 가면 맞아 죽는다는 소문이 내 귀에까지 들렸다. 그 외에도 전라도에 대한 온갖 흑색선전과 적개심을 유발하는 소문들이 나돌았는데 그것들이 어떤 목적에서, 어디서부터 나왔는지 이제 알 만한 사람은 다 안다. 나는 그런 식으로 전라도인과 다른 부류로 강제 분류됐고 그 땅을 밟는 것조차 두려워했다. 그 후 의식이 자라면서 내가 속았고 기만당했다는 생각에 가슴이 미어졌고 나에게 남은 모든 상처는 어떻게든 치유해야 한다고 생각했다. 이번 여행은 내 깊고 어두운 상처를 아물게 할 수 있을까? 나는 그런 마음으로 전라도를 넘어 경상도에 이르고 다시 섬진강을 타고 올라 전라도와 다시 접속하기로 한 것이다. 섬진강은 치유의 강으로 내 의식을 관류하고 있었다. 언젠가 섬진강을 소재로 한 KBS '한국의 미'를 방송할 때였는데 모든 눈과 귀를 집중시키고 감동의 도가니 속으로 빠져들었다. 내가 혼신을 다해 〈탄치재〉를 굽이쳐 올라가는 것은 바로 그 섬진강이 저 고개 너머에 있기 때문이다. 그 역사적 땅 밟기의 시작인 하동이 나를 부르고 있기 때문이다.

거대한 밤나무 잎사귀들이 무리를 지어 나를 격려한다. 흔들리며 영차영차 구호를 외친다. 아, 나의 힘겨운 걸음걸음마다 지극한 이해의 눈빛으로 나와 합일을 꿈꾼 그대들이여. 스피노자는 말했다.

> "가장 참다운 선은 사람의 마음이 자연과 더불어 공유하고 있는 통일의 지식이다. 사람의 마음은 지식을 탐구하면 탐구할수록 자기 힘과 자연의 질서를 더욱 더 이해하고, 더욱 잘 자기를 이끌어 나가게 될 것이다. 그리고 자연의 질서를 이해하면 이해할수록, 점점 더 용이하게 부질없는 일에서 자기를 해방하여 자유를 누릴 수 있을 것이다. 이것이 완전한 방법이다."

자연을 보면서 하나님을 본다. 사람을 보면서 하나님을 본다.

고개를 넘으니 장마에 불어난 황토색 섬진강이 유장하게 흐르고 그 유장함에 어울리는 하동이 달팽이 곡선처럼 부드럽고 소담스럽게 자리하고 있다. 한 폭의 희미한 수묵화처럼 외침은 굵고 여백은 넉넉하다. 환희는 순식간에 몸과 마음의 긴장을 허물어 놓는다. 나는 쓰러질 듯한 휘청걸음으로 좁은 다리를 건너 억양처럼 힘든 하루를 접으려 했다. 생경한 기분으로 하동마을을 둘러보다 하동읍교회로 들어갔다. 아무도 방해하는 사람 없고 자유와 평화의 분위기가 감돈다. 기도실에 들어가 나도 이해 못 할 거칠고 방향 없는 기도를 주섬주섬 내려놓고 부지불식간에 잠이 들었다.

## 광야는 축복이다

〈7월 12일, 하동~섬진강~구례 , 30㎞, 9시간〉

상상을 해 보자. 이 엄청난 벚나무들 사이로 하얀 꽃잎들이 휘날렸을 그 달콤한 봄날의 거리를. 꽃은 이미 져 버린 여름의 한가운데를 지나면서도 나는 특유한 상상의 힘을 집중시켜 그때를 그려 냈다. 꽃잎은 휘날리고 수많은 사람들이 지나다닌다. 하지만 소란스럽지는 않다. 상상의 세계이므로. 마치 느린 화면으로 중요한 순간을 표현하는 영화의 한 장면처럼 말이다. 과거는 늘 말이 없다. 영화의 장면들을 느린 화면으로 보여주는 것은 시청자에게 현실 이미지에서 과거 이미지로 복귀하도록 시도하는 방식이라고 할 수 있겠다. 그리하여 동영상은 사진으로 가까워지면서 침묵 속으로 빠져든다.

상상의 골을 빠져나오니 비는 소리 없이 보슬보슬 대고 휘돌아 감기며 흐르는 섬진강은 적막한 나의 마음을 아는지 모르는지 무표정한 얼굴로 나의 길을 역류하고 있다. 언제나 이 섬진강을 떠올리게 하는 시가 있었으니, 강용택의 〈그 강에 가고 싶다〉다.

그 강에 가고 싶다.
사람이 없더라도 강물은 저 홀로 흐르고
사람이 없더라도 강물은 멀리 간다.
인자는 나도
애가 타서 무엇을 기다리지 않을 때도 되었다.
봄이 되어 꽃이 핀다고
금방 기뻐 웃을 일도 아니고
가을이 되어 잎이 진다고
산에서 눈길을 쉬이 거둘 일도 아니다.
강가에서는 그저 물을 볼일이요.
가만가만 다가가서 물 깊이 산이 거기 늘 앉아 있고
이만큼 걸어 항상 물이 거기 흐른다.
인자는 강가에 가지 않아도
산은 내 머리맡에 와 앉아 쉬었다가 저 혼자 가고
강물은 때로 나를 따라와 머물다가 멀리 간다.
강에 가고 싶다.
물이 산을 두고 가지 않고
산 또한 물을 두고 가지 않는다.
그 산에 그 강
그 강에 가고 싶다.

어디 하나 어긋남 없는 심상이 내게도 동일하게 피어난다. 화개장터는 아직 멀었나? 아무도 없는 공원은 강을 향하여 앉아 나그네를 부른다. 아직 비는 보슬보슬 내리지만, 아카시아 넝쿨로 하늘을 가린 벤치엔 마른자리가 그대로다. 강을 보며 앉아 더러워진 신발을 벗어 발이 숨 쉴 수 있도록 했다. 바람은 시원하게 불어오고 새들은 나를 의식하지도 못한 채 대담한 짝짓기를 눈앞에서 펼친다. 가만히 귀를 열어 사위에서 들려오는 모든 소리에 집중을 하니 두 가지 물소리가 협화음을 이룬다. 저기 계곡에서 힘차게 달려 내려오는 물줄기는 경쾌하고 높은 음으로 함성을 지른다. 이에 반해 온갖 실개천과 지류들을 용광로처럼 안고 가는 유장한 섬진강에서는 '웅~~' 하는 콘트라베이스 같은 소리가 들린다. 아니 그보다 더 깊고 흔들림 없는 저음이다.

소설 『토지』의 무대가 된 평사리 최 참판 댁 가는 길이 보인다.

조금 더 지나니 쌍계사입구라고 적힌 표지판이 나온다. 그런가 보다 하고 지나려는데 오른쪽 아래에서 왁자지껄한 소리가 들려오는 것이 아닌가. 유심히 보니 아뿔싸 저기가 화개장터다. 다시 걸음을 뒤로 돌려 화개장터로 들어서니 언젠가 텔레비전으로 보았던 모습보다 크고 재미난 구석이 많다. 1일, 6일 서는 5일장이라 오늘은 조용한 편이지만, 오늘 같은 장날이 아닌 때에도 활기찬 기운이 여전한 곳이 또한 바로 화개장터다. 나는 재첩국을 시켜 밥을 말았다. 섬진강에 와서 재첩국을 빼먹고 가면 말이 안 되지. 희뿌연 국물 사이로 떠다니다 나의 미감 속으로 강렬히 침투해 오는 재첩 알갱이들. 섬진강을 마시면 아마 이 맛일 게다.

윗마을 구례와 아랫마을 하동의 중간쯤에 위치한 이곳 화개장터는 명실 공히 경상도와 전라도의 물리적 접점일 뿐만 아니라 각각의 특징적 정서를 한민족적 의식으로 통합시키는 정신적 대동의 장이다. 이를 고무시키듯 화개장터 앞에는 경상도 국도 19번과 전라도 지방도 861번을 연결시키는 가칭 '남도대교'가 섬진강을 가로질러 한창 마무리 공사 중이다. 그 남도대교 곁에는 이제 곧 그 장엄한 기능을 다하고 희미한 역사 속으로 사라질 굵은 동아줄과 나룻배가 거친 바람에 쓸쓸히 팔랑거리며 묘한 대조를 이루고 있다.

장터의 중요한 기능 중에 이제는 사라진 것이 있다. 일제 시대나 1960년대까지만 해도 판소리나 탈춤과 같은 민중예술이 장터에서 연행되었다. 이러한 행위를 통해 장터는 사람을 끌어 모을 수 있어서 좋고, '꾼'은 호구지책을 해결할 수 있어서 좋았다. 이처럼 장터라는 장소는 한국 전통예술사에서 그 의미가 크다. 장터에서 전통예술은 민중에 의해 깊이 있게 감상되었고 고도화된 예술의 전승은 자연스럽게 이루어질 수 있었다. 요즘 장터에 가보면 '꾼'들은 사라지고 리어카에서 흘러나오는 뽕짝소리만 애달프다.

피시방이 있다. 나는 그동안의 감흥을 짧은 메일로 지인에게 띄우고 다시 길을 나섰다.

이제 구례군 경계를 넘어 들어간다. 비에 더욱 처량하게 서 있는 석주관칠의사묘를 오른쪽으로 바라본다. 1597년(선조 31년) 정유재란 때 석주관을 지키기 위하여 왜병과 싸우다가 전사한 의사 7인의 무덤이다. 자세히 보지 않으면 평범하기 그지없는 묘에 우리 민족 수난의 역사가 응어리져 있다.

좀더 지나 전라남도 구례군 토지면에 당도하니 저 멀리 우뚝 서 있는 구례군이 백운산의 옷자락을 부여잡고 있는 모습이 눈에 들어온다. 비는 그치지 않고 발목의 통증은 점점 더 커져 나는 잠시 쉬어갈 겸 버스 정류소로 들어갔다. 얼마 안 있어서 자전거를 탄 아저씨와 중학생 하나가 내게 다가와 말을 건넨다. 한눈에 오늘 큰 술자리가 있었음을 알 수 있겠다. 한때 서울에서 잘나가는 건축회사를 운영하다가 IMF를 거치면서 영화로운 사업의 뼈아픈 몰락을 경험한 아저씨는 그 후 낙향하여 술로 세월을 보내고 있다고 했다. 하지만 아저씨의 이야기를 듣자하니 머리회전이 빠르고 세상사에 대한 문제의식이 예리했다.

> "오늘 하룻밤 자고 갈 곳 없을까요?"
> "우리 집에서 재워 줄게. 주민등록 좀 줘 봐."
> "여기 있습니다."

낯선 사람을 들이려면 신분 확인이 필요할 수도 있겠다 싶어 순간 머뭇거리다 주민등록증을 건네줬다.

몇 가지 질문을 더 한 뒤 아저씨는 집에서 하룻밤을 자고 가는 것을 허락했다.

대나무 숲을 돌아 들어가니 낡은 슬레이트집이 나온다. 아저씨는 아들 셋과 딸 하나를 두고 살고 있는데 위에 둘은 순천으로 대학에 가고 지금은 중학생인 정훈이와 딸이 아버지를 모시고 있다. 사모님은 집에 들어설 때부터 보이질 않고, 벽에 걸린 사진 속에도 없지만 내 쪽에서 먼저 물어볼 수가 없다. 괜하게 아픔의 생채기를 건드릴까 봐서다. 아저씨는 아직 관문이 남아 있다며 안심하지 말라 한다. 무슨 영문인지 몰라 되물으니 내가 전과자인지, 간첩인지 어떻게 알 수 있냐고, 그래서 한자로 된 자신의 가훈 십계명을 다 읽어 내면 믿어 주겠다 한다. 서울 모 구청에서 근무했었다는 아저씨의 아버지가 유품으로 남기고 간 가훈은 A4 용지 한 장에 빼곡히 한자로 가득했다. 가만히 읽어 내려가니 어려운 글자는 별로 보이지 않는다. 아저씨는 대단하다며 칭찬을 했지만 가훈이란 본시 특별한 내용이 없는 경우가 많은 게 사실이다. 건강하고 화목하고 착하고 성실하게…… 괴짜 아저씨가 강력하게 권하는 소주 한 잔을 거부할 수 없어 들이켜고, 이런저런 이야기에 밤이 깊어 간다.

왜 여행을 떠나왔냐는 질문에 아무리 대답해도 나의 국토순례를 납득하지 못하는 눈치다. 결국 그냥 시간이 남아서 한다는 식으로 받아들이고 만다. 자본에 떠밀린 대부분의 이웃처럼 아저씨의 관심도 어떻게 하면 잘살 수 있냐는 것이다. 한편 박정희 향수에 젖어 있는 사람이다. 하긴 내가 걸은 시골 구석구석은 가난에 한숨이 짙었다. 빚은 또 왜 그리 많은지. 지하철파업이다, 자동차파업이다, 텔레비전을 보다 보면 아저씨는 분노가 치민다고 털어놨다. 이유를 물으니, 잘사는 사람들이 더 큰 요구를 하며 파업하는 꼴을 못 보겠다는 것이다. 생계의 한계선에서 가난과 싸우는 수많은 노동자와 농민들을 생각하면 가슴이 아프단다. 요즘은 주5일근무제를 노동계에서 주장하는데 대체 아저씨와 같은 노동자들이 누리기엔 너무도 요원한 이 제도 때문에 낮은 자들이 느끼는 상대적 박탈감은 더 심하단다.

잘 버는 노동자들의 파업과 쟁의행위도 역시 정당한 것이다. 하지만 이 땅에는 힘없이 하루하루의 밥벌이를 위해 목숨을 걸어야 하는 낮은 계층의 노동자들이 너무나 많다. 사용자와 노동자 사이의 빈부격차는 말할 것도 없고 이제 노동자와 노동자 사이의 빈부격차도 갈수록 심각해지고 있다. 얼마 전 한 재벌에서는 국민소득 2만 달러를 목표로 경영전략을 세웠다고 발표했다. 전체 파이를 키우는 것이 중요한 과제임은 두말하면 잔소리다. 하지만 1만 달러 시대에서도 불균등한 분배의 희생자가 된 사람들이 2만 달러 시대라고 균등한 분배를 보장받을 수 있을까? 가진 자들만을 위한 성장이라면, 소수만을 위한 2만 달러라면 차라리 속도를 늦추고 구조적인 정의에 더 힘을 쏟는 편이 낫지 않을까? 총체적 붕괴를 우려한다.

대학시절 이창수(현재 성토모 사무국장)라는 선배가 토지개혁에 관련된 동아리 활동을 했었는데 나는 나중에서야 그 활동이 이스라엘의 희년제도에서 모티브를 따온 것임을 알게 되었다. 희년이란 이스라엘이 가나안에 들어간 때를 기점으로 안식년(7년)을 일곱 번 보낸 다음 해인 50번째의 해를 가리킨다. 희년제도(레위기 25:8~17, 23~55)란 50년마다 땅과 가옥의 현 소유주가 누구인가에 관계없이 원래의 주인에게 땅과 집을 돌려주고 종 되었던 자를 본래의 자유자로 해방시켜 주는 제도다. 주기에 따라 공동체의 경제적, 정치적 회복이 자동적으로 가능하도록 한 것이다. 희년 정신은 '기본 자산의 신성성'에 바탕을 둔다. 즉, 토지와 가옥, 몸은 하나님이 위로부터 내려 주신 은사요 거룩한 선물이므로 매매할 수 없다는 것이다. 생산수단(토지)의 소유 여부라는 '사회적 관계'로 파괴되는 '공동체적 관계'와 '형제적 질서'를 희년제도를 통해 회복하고자 했다.

루소가 『인간불평등기원』에서 광기어린 목소리로 부르짖고, 마르크스가 제창했으나 현실적으로 실패한 사회주의의 건설보다 더 유토피아적이고 이념적일 것 같은 제도가 옛 이스라엘에서 실제로 행해졌던 것이다. 희년제도는 쉽게 말하자면 오늘날 국민소득 1만 달러 달성 후에 평등한 재분배를 실시하고 2만 달러 달성 후에 다시 평등한 재분배를 실시하는 것과 유사한 제도로서 우리 민족이 결국 하나의 '형제 공동체'임을 전제로 하는 것이다. 희년제도를 액면 그대로 시행하는 것이 무리가 있겠지만 우리 사회에도 희년제도처럼 성장뿐만 아니라 분배의 문제 역시 역점을 두는 분위기와 제도적 실천이 확산되기를 바란다.

> "가난한 자를 구제하는 궁핍하지 아니하려니와 못 본 체하는 자에게는 저주가 크리라."(잠언 28:27)

섬진강에는 수많은 생물들이 평화스런 번영을 누리고 있다. 은어, 재첩, 연어, 쏘가리, 메기…… 섬진강 변에서 살아가는 사람 중에는 이러한 섬진강의 풍요에 의지하여 살아가는 이가 아직도 많다. 괴짜 아저씨도 그중의 한 사람이다. 평소에는 식탁에 오르는 반찬을 위해, 오늘 같은 날은 손님접대를 위해 섬진강 변에 나가 쏘가리를 낚아 올린다. 하지만 저기 빛나는 광양제철소에서 섬진강 하구의 엄청난 민물을 끌어가기 때문에 날이 갈수록 짠 바닷물이 더 상류까지 섬진강을 거슬러 올라가고 이 때문에 재첩은 물론 온갖 민물들의 평화도 깨지고 있다.

"몇 년 전만 해도 낚시를 드리우기만 하면 풍요로운 수확의 기쁨을 누릴 수 있었었는데……."

아저씨의 푸념에도 아랑곳 않고 식탁 위의 쏘가리 매운탕은 펄펄 끓어 뚜껑이 들썩거린다. 화개장터에서 재첩국을 먹고 있을 때 내 옆자리에 있던 사람이 먹던 것이 바로 이 쏘가리 매운탕이었다. 재첩국도 한 맛 했지만 쏘가리 매운탕 냄새가 어찌나 나의 미감을 자극하던지. 하지만 거금 이만 원 이상을 들여야 먹을 수 있기 때문에 마음을 접었었다. 그 매운탕이 지금 내 눈앞에서 끓고 있다. 대충 세 봐도 예닐곱 마리는 넘어 보인다. 광야에서 만나를 먹었듯이 채워진 필요를 먹는다. 오, 하나님의 섬세함이란.

광야는 비록 눈물겨운 곳이긴 하나 축복의 장소다. 만나를 통해 채우시는 하나님을 경험하는 것은 물론 말씀을 주시고, 승리를 주시고, 성막을 주시는 하나님을 만날 수 있기 때문이다.

정훈이 방에서 하룻밤을 자기로 했다. 노아의 배가 된 듯 억수 같은 비에 집이 울렁거리고 어디로 들어왔는지 청개구리 두 마리가 비를 피해 방안을 뛰어다닌다. 앞으로 법관이 꿈이라는 정훈이와 책에 대하여, 피라미드에 대하여, 곤충들에 대하여 이런저런 이야기를 나누다 잠이 들었다.

## 진리가 너희를 자유롭게 하리라

〈7월 13일, 토지면~지리산~남원, 45㎞, 12시간〉

하루 더 놀다 가라고 정훈이가 옷자락을 부여잡는다. 나는 조만간 다시 오겠다고 약속했다. 낮은 처마만큼 처량하게 추적거리는 빗속을 나선다. 빈곤의 어둠 속에서도 촛불처럼 뜨거운 정훈이가 이 낮은 처마 밑에 있다는 것을 위로 삼아 겨우 걸음을 뗐다.

비는 백운산을 가리지 못하고 있다. 구름에 싸인 청량한 아침의 백운산은 그 기상이 맞은편 지리산에 모자라지 않는다. 아마 오래전엔 섬진강 상류까지 바닷물이 차지 않았을까? 결국 저 백운산과 지리산은 같은 피를 나눈 형제요, 수족이 아니었을까? 이곳 지리를 모르는 한 사람을 세워놓으면 아마 어디가 지리산이며 어디가 백운산인지 구분하기 힘들 정도로 운치가 닮았다.

지리산 봉우리들은 아직 단잠에서 깨어나지 못했는지 조용하다. 흘러가는 구름은 한결같이 멈추어 서서 이브의 부끄럼성을 가리는 듯, 아니면 제법 차가운 새벽바람을 막아 주는 누비이불이 되는 듯 지리산의 산정을 품으며 자비를 베푼다. 어느 순간 지리산이 깨어난다. 사방으로 흩어지는 빗방울은 세차게 날아와 살갗을 후벼 판다. 천둥이 치고 번개가 번쩍거리며 가깝게 보이던 지리산은 안개와 구름의 장막 속으로 자취를 감췄다.

4차선 넓은 19번 국도를 걸어가는 나그네는 그 장엄한 지리산의 면모를 제대로 감상하지도 못하고, 설상가상 모질게 내달리는 차가 튀겨 내는 물세례에 얼굴이 따갑다. 춘향을 만나러 가는 길을 막아서는 것 같다. 두륜산은 끝까지 자신의 자태를 온전히 드러내지 않았지만, 지리산은 다를 것이라 믿는다. 나는 서울 간 오빠를 기다리며 동구 밖을 서성대는 소녀처럼, 통영바다를 바라보고 싶어 대한해협 끝을 서성대던 윤이상처럼, 마케도니아의 환상에 사로잡혀 지중해 해변에 서 있던 사도 바울처럼 지리산 자락을 오직 정결하고 간절한 마음 하나만을 가지고 맴돌며 걷는다.

남원에 거의 다 오니 우두망찰하던 기상은 갑자기 물러가 버린다. 영웅호걸이 가슴을 드러내고 소인배의 아둔함을 망치질한다. 보지 못한 자는 보지 못해서 말하지 못하고 본 자는 보았기 때문에 말하지 못한다는 옛말이 그릇됨이 없다. 예당을 지나면서 만난 〈득량만〉의 풍경과 〈탄치재〉를 넘어 다가온 섬진강의 신비로움과 안개 속에서 얼굴을 내민 청신하고 장쾌한 지리산의 자태를 어찌 말로 다 설명할 수 있겠는가. 가난과 억압에 쫓긴 내 형제를 위해 기도하며 감지하는 지리산을 노래한 바 있다.

지리산
눈 쌓인 산을 보면
피가 끓는다.
푸른 저 대숲을 보면
노여움이 불붙는다.
저 대 밑에
저 산 밑에
지금도 흐를 붉은 피
지금도 흘러 울부짖을 것이며
깃발이여
타는 눈동자 떠나던
흰옷들의 그 눈부심
한 자루의 녹슨 낫과
울며 껴안던 그 오랜 가난과
돌아오마던 덧없는 약속 남기고
가버린 것들이여
지금도 내 가슴에 울부짖는 것들이여
얼어붙은 겨울 밑 시냇물 흐름처럼 갔고
시냇물 흐름처럼 지금도 살아 돌아와
이렇게 나를 못 살게 두드리는 소리여
옛 노래여
눈 쌓인 산을 보면 노여움이 불붙는다.
아아 지금도 살아서 내 가슴에 굽이친다.
지리산이여
지리산이여

하나님과 조용히 마주했을 때와 마찬가지로 순진무구한 자연과 마주할 때에도 난 자유의 가치 속에서 황홀감을 느낀다. 그것은 하나님과 자연이 품고 있는 끝없는 자유의 질서가 감전되어 오기 때문이다. 어디서 읽었는지 잘 생각은 나지 않지만 자유에 대해 수첩에 옮겨 놓았던 구절이 있다.

> "진정한 자유란 자신이 본래 모습으로 살 수 있는 권리를 의미한다. 그것은 자신의 꿈을 추구할 수 있는 자유, 성공의 유혹과 가족의 영향력 때문에 묻혀 버렸던 본래의 자아를 다시 찾는 자유이다. 가장 중요한 것은 마음과 정신과 감정을 활짝 열고 삶을 살 수 있는 자유이고, 계속해서 배울 수 있는 자유이고, 아이 같은 경이감을 소중하게 생각할 수 있는 자유이다. 이러한 종류의 자유만이 우리를 다시 젊게 만들 수 있다."

우리 자신의 본래 모습이란 무엇일까 질문해 본다. 마음 저 깊은 심연 속에 창세 전 수면 위에 운행하던 여호와의 신이 꿈틀거린다. 태양의 빛을 받아 밝게 빛나는 길 위 풀숲 이슬의 영롱함도 지리산의 장엄함에 모자라지 않는다. 아, 하나님의 손길을 닮은 그대여, 무한한 자유를 영위하는 그대여.

많은 사람들이 '자유'를 이야기하고 있지만 '진리'만이 우리를 자유롭게 할 수 있다.(요한복음 8:32) 사람들은 자유를 이야기할 때 흔히 어떤 구속으로부터의 자유를 말한다. 남편으로부터, 아내로부터, 부모로부터, 정부로부터의 자유를 말한다. 요한복음 8장에서 예수님이 '진리를 알지니 진리가 너희를 자유롭게 하리라.'고 말하자 제자들은 "아브라함의 자손이 종이 된 적이 없는데 어찌 자유롭게 될 것이라고 말하느냐"고 반문했다. 자유에 대한 오해가 그들에게 있었다. 기독교의 본질적인 자유의 개념은 '죄의 종이 된 것으로부터의 자유'를 뜻한다. 죄로 인해 죽음이 오게 되었고,(로마서 5:12) 누구도 사망을 피해갈 수 없다. 하지만 결국 끝에 가서는 '사망'이 멸망하게 된다.(고린도전서 15:26) 진리, 곧 생명의 예수 그리스도가 그 '사망'을 멸망시킨다. 이 본질적인 자유의 해방이 해결될 때에만, 나머지 자유의 문제가 진정으로 해결된다.

깨끗하고 말쑥하게 단장한 남원은 여느 도시보다 나그네를 즐겁게 하는 맛이 있다. 남원의 나이는 춘향과 더불어 10대 소녀에 멈추었나보다. 수줍고 단아하게 나그네를 유혹하는 소담스런 도시여. 요천 둑길에 올라서면 섬진강 폭의 절반쯤 돼 보이는 요천에 물길질이 드세다. 기상이 심상치 않아 유심히 살펴보니 섬진강과 마찬가지로 국가하천이다. 요천을 따라 내려가는 요천 둑길 위에는 청아하고 밝은 잎사귀들이 하늘을 가려 빛의 산란을 증폭시키고 여기저기서 행복에 겨운 미소를 머금고 시민들이 유유자적하고 있다. 천삼백 원을 내고 광한루원에 들어서니 왼편으로 춘향이의 그네가 하늘을 높이 날고 그 길을 따라 돌아서면 오작교와 만난다. 오작교 위에 서니 물길질하는 잉어떼의 금빛이 눈부시도록 아름답다. 아내에게 전화를 했다.

"춘향이가 없네."

"춘향이 못 만나서 어떡해요?"

"오작교에 서니 춘향은 간 곳 없고 당신 얼굴만 다리 밑을 흘러가더라."

춘향이 하면 떠오르는 것이 무엇인가? 한 남자에 대한 일편단심. 그렇다. 백기완 선생도 춘향을 예로 들면서 한국 여인의 정절미를 설명하곤 했었다. 이는 하나님의 인간에 대한 일편단심에 닿아 있다고 한다면 억지일까? 하여간 난 요즘 젊은 세대가 춘향의 일편단심을 고리타분하게 생각하고 있다는 사실을 알고 있다. 기다림의 미학이 식으면서 민중의 연애 문화도 바뀌고 있는 것이다.

한편 예전에 영화나 텔레비전으로 〈춘향전〉을 보면서 느낀 것 중에 이런 것이 있었다. 이 도령이 장원급제를 하여 돌아왔기 망정이지 만일 이 도령이 시험에 낙방하고 정말 거지 신세로 돌아왔다면 〈춘향전〉의 교훈은 어떻게 바뀌었을까? 극 중에서 춘향은 낙방했다는 이 도령의 거짓말에 괜찮다고 자신을 위로한다. 오히려 이 도령의 몰골을 안타까워하며 자신이 이 도령을 도와줄 수 없는 처지임을 슬퍼한다. 변 사또의 숙청요구를 계속 거부하다 죽기 일보직전까지 간다. 이때 이 도령이 마패를 들고 와서 춘향을 구해 주지 못하고 극 중과 달리 거지꼴로 나타났다면 춘향은 죽고 교훈은 이렇게 남게 되었을지도 모른다. "능력 있는 사람을 붙잡아라. 쓸데없이 기다리지 말라." 이런 측면에서 본다면 이 도령의 장원급제 모티브는 오늘날 '남자 잘 만나 소위 팔자 고치는 여인' 소재로 한 대부분의 드라마나 영화에 그 정신이 면면히 흘러오고 있다고 볼 수 있다.

사실 우리의 현실은 춘향전이나 드라마와 같지 않은 경우가 더 많다. 오랜 시간 기다려도 빈곤의 끝은 보이지 않고 기다렸던 애인이나 남편은 실직하거나 몹쓸 병에 걸린다. 이러한 현실을 떠나 춘향전을 통해 대리만족을 느끼고 싶었고 그 대리만족 역할을 해 주는 것이 또한 '대중극'일지 모른다. 하지만 '대중극'의 딜레마는 그 환상을 보고 나서 현실로 돌아오는 순간 더 큰 좌절을 경험한다는 것이다. 왜냐하면 현실은 백마 탄 남자도 없고 무엇이든 들어주는 요술램프가 있는 것도 아니기 때문이다. 작가가 현실에 맞는 교훈을 주고 싶었다면 이 도령이 비록 거지로 돌아왔더라도 가난과 비방을 무릎 쓰고 행복하게 살아가는 모습을 보여주어야 했을 것이다. 인간이 뭔가를 해 주기를 바라지 않고 그저 인간의 모든 부패에도 불구하고 끝까지 사랑을 쏟아 붓는 신의 눈동자처럼 말이다. 가난에 대한 진정한 극복은 가난함을 긍정하는 사람에게서 발견되는 것처럼 낮고 억울한 인생도 그것을 긍정하고 하나님께만 영광과 감사의 제목을 두는 사람에게서 극복될 수 있는 것이다.

"비록 무화과나무가 무성치 못하며 포도나무에 열매가 없으며 감람나무에 소출이 없으며 밭에 먹을 것이 없으며 우리에 양이 없으며 외양간에 소가 없을지라도 나는 여호와로 말미암아 즐거워하며 나의 구원의 하나님으로 말미암아 기뻐하리로다."(하박국 3:17~18)

춘향에 대해 생각할 때 그녀의 예술적 면모를 간과할 수 없다. 이 도령이 젊은 혈기에 춘향을 막연히 사모한 게 아니라 뭔가가 있지는 않았을까? 장원급제까지 할 정도의 지식인인 이 도령이 그의 첩도 아닌 배필로 생각할 정도의 여자라면 그냥 무지렁이 여자가 아니었음은 분명하다.

춘향의 어머니 월매의 신분은 기생이다. 춘향은 그런 기생의 집안에서 태어나 철저히 교육을 받았던 여성이다. 즉, 기생으로서 갖추어야 할 모든 것을 갖추었다는 얘기다. 기생 하면 흔히 천한 신분으로 천한 교육을 받은 사람들을 생각하기 쉽지만 실제로는 그렇지 않다. 황병기 선생에 의하면 조선의 기생은 지금의 탤런트에 해당할 거라고 한다. 아니 지금의 탤런트를 능가한다. 당시의 기생은 시서화는 물론 가무에 모두 능했던 사람들이었다. 당대의 최고의 지식인이면서 최고의 예술가였다. 만일 우리나라에 기생이 없었다면 우리의 것, 특히 우리 음악과 춤은 많은 부분이 아예 존재할 수 없게 되었을 것이다. 그들이 우리 음악과 춤을 예술적으로 승화시키고 계승, 발전시키지 않았다면 지금 우리가 세계에 내놓을 수 있는 가무는 아무것도 없게 되었을지도 모른다.

피를 토하며 예술적 승화를 이루려 했던 기생들의 노력은 이 도령과 같은 사람이 있었기 때문에 가능했다. 즉, 기생들의 그림, 춤, 음악, 시를 평가하고 까다롭게 실력을 평가할 수 있는 안목을 가진 사람들이 존재했다는 것. 이 도령은 바로 그런 사람이었다.

우리 미술사의 권위자인 권영필 교수는 「한국미술의 미적 본질」이라는 논문에서 조선 후기의 예술 현상을 가리켜 '기층문화와 상층문화의 만남과 조화'라고 설명했다. 기층문화를 상징하는 춘향과 상층문화를 상징하는 이 도령의 이러한 예술적 조화는 조선 시대 이후 우리 문화의 괄목상대한 도약을 예고하는 참으로 중요한 시스템이었다.

지금 우리의 현실은 어떤가. 피 토하는 자도 없고 견제하고 이끌어 주는 자도 없다. 아니 정확하게 말하자면 드물다고 말함이 낫겠다. 조선 시대의 시스템이 붕괴된 원인은 무엇인가? 바로 일제의 강점과 이에 따른 문화의 단절 때문이다. 일제는 전통문화의 전승을 막고 식민사관을 비롯한 황국민화 정책을 추진했다. 우리 민족 스스로의 책임도 피하기 어렵다. 이광수, 서정주, 모윤숙 등 우리의 가장 든든한 정신적 지주들이 이러한 황국민화 정책에 동조하고 조장에 나섰다. 민족의식은 혼미해지고 정체성은 희미해 갔다. 해방이 되었다. 우리는 문화적 전승을 도모해야 했다. 하지만 어떻게 되었는가. 친일파 지도자들이 여전히 각계의 요직을 꿰차고 미국의 신탁을 거들었다. 우리 민족은 친일파를 단죄함으로써 문화적 전승으로 복귀하지 못하고 오히려 서구적 문화에 급속히 편승해 갔다. 서구적 문화는 너무나 자극적인 소돔의 유혹처럼 민족의 얼굴을 왜곡시켰고 호랑이의 기상을 토끼의 피동성으로 바꾸어 놓았다.

이제 우리나라에서도 중요한 국제행사가 많이 개최되고 있다. 이러한 국제적인 행사에는 으레 전야제가 있기 마련이고 그 무대에는 우리나라의 대표 음악이 오르게 된다. 우리의 음악 주소를 세계에 보여주어야 하는 무대들이다. 하지만 언제나 찹찹한 마음으로 돌아서게 되는 이유는 뭘까? 무대 바로 앞에 자리한 세계의 지도자들이 이 무대를 보고 느낄 감정을 생각하면 참으로 답답할 때가 많다. 우리의 것을 충분히 보여주지 못했다는 아쉬움 때문이다. 휘트니 휴스턴이나 마이클 잭슨 등 이름도 열거하기 힘든 기라성 같은 음악가들의 음악을 듣고 살아온 외국인들이 이 무대를 보고 생각할 것은 뻔하다. "어, 우리 미국 음악, 미국 춤을 본떴네. 근데 영 시원찮다. 따라하려면 제대로 해야지" 하지 않을까? 탈춤과 같은 고전적 춤사위를 현대 춤으로 절묘하게 변용하지 못하고, 속악이나 판소리와 같은 감각을 현대 음으로 재창조해 내지 못한 우리 예술문화의 현주소가 안타까울 뿐이다. 가끔 난타 같은 것이 나오기도 해서 다행이기도 하지만 대부분의 경우 아쉬움이 크다.

아직 늦지 않았다. 문화의 창조적 전승 없이는 우리의 미래도 장담할 수 없는 것이다. 종교나 이념적인 이유로 무조건 배척할 것이 아니라 생각의 지평을 열고 지혜롭게 분별하여 아름답게 만들어 가려는 노력을 게을리 해서는 안 될 것이다.

시내로 나가 영화 〈살인의 추억〉을 보고 싶어 길을 물었더니 남원시에는 〈장화홍련〉을 상영하고 있는 제일극장밖에 없다면서 도리어 미안해한다. 남원시민 스스로 남원시가 작은 도시라는 것을 일깨워 준다. 번화가를 두세 번 돌았는데도 긴 시간이 걸리지 않는다. 저녁 먹으러 들어간 삼겹살집 아주머니도 남원시에는 밥벌이가 없다며 외지에 다 나간 자식들 얘기를 해 주신다.

동학농민전쟁이 일어나던 그 시절에만 해도 남원은 대단한 도시였다. 남원은 물산이 풍부한 교역 도시며 국방상으로 중요한 요새 도시 그리고 양반과 기층 생산 계급 간의 활발한 변동이 있었던 활기 넘치고 풍성한 도시로서 새로운 역사적 세력이 성장할 수 있는 물질적인 기반을 갖춘 도시였다. 동학농민전쟁에서 가장 조직적이고 거대한 힘을 가지고 있던 남접의 포—동학의 교구—가 김개남의 포였는데 그 포가 바로 남원을 거점으로 하였다.

남원 순복음교회 지하 기도실에 들어가 조용히 기도를 드리고 책을 꺼내 들었다. 요즘 읽는 책은 중국의 여류작가 다이 호우잉의 『사람아, 아 사람아』와 대중서신에서 나온 『역사를 앞서간 사상가』 두 권이다. 신영복 교수가 번역한 『사람아, 아 사람아』는 중국 문화혁명의 소용돌이 속에서 펼쳐지는 젊은이들의 사랑과 신념의 흐름을 섬세한 필치로 그려낸 수작이다. 작가는 '호젠후'의 목소리를 빌려 나에게 힘주어 말하고 있다.

> "수천 년에 걸친 봉건제에 의해서 우리들은 점점 다음과 같은 인간으로 길들여지고 말았다. 인간의 가치에 대해서 생각하는 습관이 없고, 생활에 대한 독자적 견해를 갖는 데에 익숙하지 못하며, 자기를 독특한 개성으로 고양시키는 것을 좋아하지 않는다. 그야말로, 인간의 가치가 얼마나 사회에 독특한 '이것'을 제공할 수 있느냐에 있는 것이 아니라, 얼마나 자기를 '그것'에 섞어 넣거나 복종시키는가, 다시 말해서 개성을 공통성으로 해소시키는가에 있는 것 같다.
>
> 다행히 역사적으로 이런 상황에 안주하지 않고 갖가지 낡은 관념에 얽매이지 않는 사람들이 끊임없이 존재했다. 그들은 무리에서 뛰어나 새롭고 독특하며 강렬한 개성을 얻었다. 그리고 앞장서서 사람들의 마음의 목소리를 외치고 천군만마를 이끌고 역사를 전진시켰던 것이다. 생각해 보라. 어떠한 시대의 혁명가가 그렇지 않았던가! 그러한 인물이 우리들에게 존경의 염을 품게 하는 것은 그야말로 그들이 그

시대의 조건하에서 최대한 인간의 가치를 실현시켰기 때문이 아니겠는가. 그러므로 우리들은 독특한 개성을 무한히 찬미하는 것이다. 모든 친구들에게 제창하고 싶다. 개성을 존중하라. 개성을 길러라."

한편 『세느강은 좌우로 나누고 한강은 남북을 가른다』의 저자인 홍세화는 한국 사회의 '탁류'를 공격성마저 띤 뻔뻔스러움, 약삭빠른 냉소가 묻어 나오는 현실, 절망과 체념의 신음소리가 배어나고 있는 분위기로 열거하면서 물질만능주의와 배금주의가 개성의 꽃을 피우기를 애당초 불가능하게 만들었다고 개탄했다. 두 선각자 모두 민족에게 우리 시대를 반추하여 새롭게 일어서기를 기원하는 목소리임이 분명하다.

## 이겨낼 수 있는 용기와 힘을 주소서

〈7월 14일, 남원~장수, 35㎞, 10시간〉

여행을 시작한 지 열흘째 되는 아침. 푸른 하늘은 가을빛을 닮아 있고 이를 벗 삼아 걸어갈 하루를 생각하니 시작하는 걸음부터 흥이 솟구친다. 아리따운 춘향같이 불그레한 그리움을 머금은 노란 참나리 꽃과 녹색의 철쭉 잎들이 장수군을 향하는 요천 길에 눈물 젖은 옷고름을 찍어대고 있다. 잘 있거라 남원아. 한국의 미를 간직한 소담스러운 도시여.

장원급제한 이몽룡 때문인가? 남원을 빠져나오는 곳곳에 무궁화꽃이 만발했다. 걷다가 우연히 마주치는 무궁화가 어찌 반갑지 않겠는

가. 하지만 아쉬운 것이 하나 있다. 가로수로 쓰기에는 아직 적합하지가 않다는 것이다. 세계 어느 국가보다도 도로망이 그물처럼 잘돼 있는 우리나라에서 가로수를 무궁화나무로 심어 민족자존을 강화시킬 수 있다면 얼마나 좋을까. 지금의 무궁화나무는 키가 작고 무리지어 덤불처럼 자라고 있다. 최근 한 소식통에 의하면 뜻있는 사람이 무궁화를 개량하여 가로수로 쓸 수 있을 정도로 키가 큰 종자를 개발하고 있다고 하니 가까운 장래에 대한의 곳곳에 무궁화가 태극기처럼 흩날릴 때가 올 것이라 믿는다.

내가 좋아하는 2차선 국도이다. 오늘 다시 돌아온 19번 국도는 지리산의 여운들이 병풍처럼 나그네를 호위하며 친근한 투로 말을 걸어온다. 그리하여 든든하고 외롭지 않은 길이다. 저 멀리 녹음이 우거진 지리산에는 짙은 소나무 계열의 온음과 옅은 자작나무와 전나무들의 반음들이 바람에 물결을 이루며 역동적인 화음을 만들어 내고 있다.

비 그친 뒤의 풍광이라서 그럴까? 남원시내를 벗어나면서 펼쳐진 눈부신 햇살과 반짝이는 푸른 벼 물결, 요천의 우렁찬 물소리와 노래 부르는 농부의 소리, 나그네를 경계하는 늙은 개의 으르렁 소리와 경운기 소리가 모두 같은 본질의 생명력으로 나에게 흡수되고 있다. 나는 멈추어 서서 시간을 머물게 했다. 그리곤 오감과 모든 인식의 도구들을 총동원해서 물아일체의 느낌을 끌어내려고 하였다.

칸트는 "우리의 경험이 인식되는 데에는 두 단계가 있다. 첫째 단계는 공간 및 시간이라는 '감성의 형식'에 의해서 지각이 성립되고, 둘째 단계에서는 그 '지각의 범주'라는 사고의 형식을 적용하는 것이다." 라고 하였다. 나 역시 공간과 시간 속에 인식을 위해 내 영혼을 던져버렸다. 비록 칸트는 이러한 인식으로 '물자체(物自體)'에 이르지는 못한다고 하였으나, 나는 한층 그 자연과 가까운 인식을 경험하게 되고 이러한 경험들은 나 자신의 무한한 형성에 기여하게 될 것이다. 베르그송도 같은 견해를 나타낸 바 있다.

> "의식적 존재자에게는 존재하는 것은 변화하는 것이고 변화하는 것은 성숙하는 것이며 성숙하는 것은 자기 자신을 무한히 계속 형성하는 것이다."

지나가면서 눈에 익지 않은 것들이 있으면 전라도 사투리로 물어보는 습관이 생겼다. "움메~. 이게 뭐시다요~." 돌아오는 건 언제나 친절한 내 형제들의 영혼이다. 잠자리는 날고 코스모스는 때 이른 가을 정취를 끌고 와 개화하기에 바쁘다. 쑥부쟁이, 들국화, 봉숭아, 패랭이, 무궁화, 붓꽃들이 여름 길을 더욱 흥겹게 장식하고 있다.

남원시 산동면 식련리를 지나다 보니 '어른을 공경합시다'라는 문구가 벽에 적혀 있고, '지덕노체'라는 글씨가 원형으로 둥글게 돌에 새겨져 있다. 시대는 너무나 빨리 변해 이러한 문구의 의미는 퇴색되어 가고 있다. 농경문화에서는 가장 중요한 것이 경륜이었다. 그리하여 나이가 들수록 더 많은 농경지식을 가지게 되었고 이에 따라 농경정보를 많이 가진 노인들이 부를 누리게 되었으며 그 부 때문에 존경을 받을 수 있었다. 하지만 첨단정보화 시대를 살아가는 오늘날 젊은이들은 다른 세대보다 더 많은 정보를 소유한다. 인터넷으로 컴퓨터 자판이나 휴대폰의 버튼만 몇 번 두드리면 엄청난 정보들이 젊은이들의 수중으로 잠긴다. 이러한 정보는 다시 새로운 부를 창출하는 원동력이 되었다. 부를 차지하기 시작한 젊은이들은 노인들을 더 이상 존경의 대상으로 보지 않게 되었다. 하지만 하나님 안에서는 '나이'는 정마 숫자에 불과하다.

"마지막 날에 내가 내 영을 모든 육체에 부어주겠다. 그래서 너희 아들들과 너희 딸들은 예언을 하고 너희 젊은이들은 환상을 보고 너희 나이 든 사람들은 꿈을 꿀 것이다."(사도행전 2:17)

어린이부터 노인에 이르기까지 아름다운 공동체를 형성하기 위해서는 하나님의 영이 부어져야 한다. 물질과 눈에 보이는 것으로 서로를 평가하지 않고, 오직 하나님의 영을 사모하는 마음으로 가득 찬다면 예언과 환상과 꿈이 나이를 불문하고 우리의 공동체를 살아 숨쉬게 만들 것이다.

배산임수의 지형을 갖춘 이곡 태평 대촌 등구 평선마을을 지나고 장수군 번암면에 접어들었다. 조금만 더 가면 88고속도로 남장수 IC가 나올 터이니 그곳에 도착하면 허기를 좀 채울 수 있겠지. 다다르니 반가운 기사식당이 나를 맞는다. 기사들을 우대하기 위해 요즘은 죄다 '님' 자를 붙여 '기사님 식당'이다. 이 식당의 별미라는 '뚝배기 우렁된장'을 시켰다. 사막이나 내륙에서 살아온 사람들은 요오드가 늘 부족하다고 한다. 나도 내륙에 살아 요오드가 부족한 탓일까, 아니면 부산 앞 바다가 나의 고향이기 때문일까? 나는 항상 미역이나 파래에 먼저 손이 가고 해산물을 즐겨했다. 우렁된장국이 나오니 식탁은 온통 요오드천국이다.

마을로 들어가는 입구마다 '쌀 수입 반대'라는 붉은 깃발이 맥없이 나부낀다. '한 · 칠레 간 FTA반대'라는 빛바랜 현수막도 펄럭인다. 쌀 수입을 왜 하냐고 정훈이가 물었었다. 정훈이네 괴짜 아저씨도 벼농사를 지으신다.

"우리나라가 이룩한 경제성장은 농업의 희생 위에서 이루어진 거야. 값싼 노동력을 공장에서 이용하기 위해 농업의 저성장을 유지해온 거지. 성장의 굴레에 들어와 버린 지금, 사람들은 도시에 몰려들고 도시 노동자들의 값싼 생활비를 보장해 주기 위해 농산물의 가격을 올리지 못해. 상공업 등의 산업은 국가 간의 교역을 통해 더 높은 성장을 끌어올릴 수 있는데 이 과정에서 농업 부분이 희생되고 있는 거야. 정치인들의 표가 도시에 몰려 있는 것도 중요한 이유지. 하지만 이전에 영국에서 농업을 타 산업과 맞바꾸려다 결국 민족 생존에 위협을 겪은 적이 있었듯이 이윤이 남지 않는다고 농업을 다른 나라에 넘겨주게 되면 언젠가는 생명을 내놓아야 되는 엄청난 비극이 생길지 몰라."

"그럼 어떻게 해야 해요"

답을 알 수 없다. 하지만 분명한 건 상품을 다각화하고 고품질로 승부하지 않으면 결국 승산이 없다는 사실.

길을 가다 보니 검은 날개에 신비한 색깔이 수놓인 어여쁜 나비가 죽어 있다. 아들 영찬이가 제일 먼저 인식한 생물이 나비였다. 영찬이는 책에서든, 거리에서든 나비만 보면 "나비야, 나비야" 하고 목청을 높였다. 영찬이에게 있어서 나비는 "화려하고 가벼운 두 날개로 재빨리 날아다니는 그 무엇"이 아닐까? 나비는 죽어도 아들에게 나비의 '일반관념'은 남는다. 이러한 '일반관념'을 가리켜 플라톤은 '이데아'라 했다.

"여기에 하나의 동그라미가 있다. 내가 고무로 지우면 없어진다. 하지만 '동그라미'라는 개념은 영원히 존재한다." - 플라톤

질료와 형상의 개념을 가지고 형상을 강조한 아리스토텔레스의 경우 방법적 차이가 조금 있지만, 플라톤 이후 모든 철학자가 찾고자 한 탐구의 대상이 바로 이데아, 즉 '인간의 일반관념'이 아닐까? 일부에서는 플라톤의 '이데아론'이 이원론이며 물질이나 육적인 것을 경시했다고 저평가하기도 한다. 플라톤의 이원론을 일각에서 비난하는 이유는 무

엇일까? 플라톤의 이원론이란 실재와 현상, 이데아와 감관적 대상, 이성과 지각, 영혼과 육신 등의 각 쌍에 있어서 앞의 것이 실재성에 있어서나 선에 있어서 뒤의 것보다 우위에 있다고 보는 것이다. 플라톤의 이원론을 긍정하면 보이는 세계의 창조가 악하다고 인정하는 셈이 되기 때문에 이원론을 반대하는 것이다. 지우개로 동그라미를 지우는 것처럼 결국 보이는 것에 대한 경시로 이어진다고 보는 것이다. 하지만 "보이는 것에 매몰되어 일반관념을 파악해 내지 못해서는 안 된다."고 해석할 때에는 얼마나 유용한 이론인가. 나 역시 이 여행을 하면서 인간이 죽더라도 남게 될 '인간의 보편개념'에 대한 인식이 깊어졌다.

트럭 한 대가 지나간다. '벌교부농회'. 트럭에 적힌 글씨가 이 트럭의 출발지를 알려준다. 무심하게 지나칠 수도 있는 트럭 한 대에 깊은 애정과 관심을 실어 보낸다. 하나의 지명에 불과한 '벌교'는 단지 내가 고통과 기쁨으로 밟은 땅이라는 이유만으로도 내 영혼에 살아 있는 의미가 됐다.

장수를 10㎞ 남겨둔 금촌마을부터는 오르막길이다. 지리산 동행이 끝나니 장안산이 새로운 친구로 다가온다. 산은 나를 따르고 나는 산을 벗한다. 외롭지 않고 격려가 되는 길. 태양은 기세등등하고 목은 타들어 간다. 물통의 물은 바닥이 났는데 이 고개는 어디서 정상을 이룰까?

전라북도 장수군 번암면에서 장수읍으로 들어가니 저 멀리 수분령 휴게소가 아련히 모습을 드러낸다. 당도하여 보니 약수터까지 있지 않은가. 이곳은 해발 539m로 금강과 섬진강의 발원지다. 오늘 장수 가는 길은 여유가 있어 한참을 쉬었다. 파라솔 그늘 아래에서 아이스크림 하나를 다부지게 물고 두 다리는 자유롭게 다른 의자 위로 뻗어 올렸다. 고개 정상에서 모든 시공간에서 벗어나 자유롭게 쉬는 이 충만감을 대체 어떻게 설명해야 할까.

아버지께 전화를 드렸다. 어깨 한번 쭉 펴드리지 못하고 고생만 시켜 드리는 못난 아들은 전화할 때마다 참으로 죄스럽다. 삼미특수강에서 20년 이상을 근속하신 아버지는 참 성실한 샐러리맨이었다. 23년을 꼬박 9시 출근, 6시 퇴근하는 생활을 했다는 것은 나에겐 초인적 의지로 보였다. 하지만 전쟁과 가난으로 대학에 진학하지 못한 꼬리표는 같이 입사한 다른 동료들의 추월을 허용했다. 집안의 모든 짐을 진 아버지는 모든 억울함과 서운함을 무릅쓰고 오랜 시간 동안 한 직장에 봉사했다. 어머니는 본시 유복한 집안에서 태어났지만 가난한 월남 파병용사와 결혼했다는 이유로 쫓겨나야만 했다. 힘든 시기에 성실과 신앙만이 우리 가정의 모든 것이었다. 삼미특수강의 지배구조가 2세로 넘어가면서 무리하게 경영이 이루어졌고 결국 회사는 문을 닫았다. 아버지는 퇴직금도 제대로 받지 못하고 회사를 나오셨지만, 나의 원망스런 시험준비는 끝이 나지 않았다. 수년이 지난 지금에도 나의 시험준비는 여전하고, 환갑을 넘으신 어머니는 물론 아버지도 아직 경제활동을 하신다.

가족의 희생을 감수하고 사법시험에 매달린 시간들은 의미가 있었을까? 정의에 대한 신념? 내 가슴속에는 정의롭지 못한 것에 대한 결연한 항거가 분명 살아 있었다. 하지만 그러한 신념이 어찌 사법시험을 고집하게 했을까? 나는 가족주의와 혈연주의와 권위주의적 가치질서에서 벗어나지 못한 채 20대를 살았기 때문이었다. 서른 즈음에서야 비로소 나의 아둔함을 깨닫기 시작했다. 결국 신념의 휘장을 뜯어보니 그 뒤엔 판·검사되어 잘살아 보겠다는 물질에 대한 욕망, 떵떵거리며 지위를 이용해 보겠다는 속물근성과 보상심리들이 끝도 없이 부패해 나의 신념의 강을 흐리고 있었다. 속절없이 낭비해 버린 나의 소중한 이십대가 억울해지기 시작했다. 내가 뭘 좋아하는지, 내가 무엇을 할 때 가장 열정을 쏟는지도 이십대를 넘어서야 비로소 깨달았다. 이제

나는 꿈꾼다. 흐린 물로 가득 찬 내 정수리에 생수의 강이 흘러넘치는 하루하루를. 공의와 진리의 담대한 지배가 내 눈앞에 펼쳐지기를. 무엇보다도 내 삶의 모든 것들이 오직 복음을 위해서만 의미가 있기를. 성령이 나를 취하고, 지배하고, 이끌어가는 삶이 되기를.

"내가 달려갈 길과 주 예수께 받은 사명 곧 하나님의 은혜의 복음을 증언하는 일을 마치려 함에는 나의 생명조차 조금도 귀한 것으로 여기지 아니하노라."(사도행전 20:24)

나는 이 글을 쓰는 지금도 두 손을 모은다. 욕망이 공의를 그르치지 않고, 물질이 정신을 훼방하지 않으며, 어둠이 구원을 가로막지 않도록. 정말 비겁하게 살지 않도록. 나 자신을 속이지 않도록. 복음의 뿌리를 든든히 내리도록.

"내가 복음을 부끄러워하지 아니하노니 이 복음은 모든 믿는 자에게 구원을 주시는 하나님의 능력이 됨이라 먼저는 유대인에게요 그리고 헬라인에게로다."(로마서 1:16)

약수터에서 물통을 채우고 내리막길을 휘파람 불며 내려간다. 모든 게 잘될 거야. 옆에서 카뮈가 뭐라 한다.

"희망이라는 것은 실존적인 인간에겐 무익한 거야."

나의 친구 카뮈 양반, 당신을 존경하지만 이럴 때마다 불쑥불쑥 끼어드는 당신이 때론 무척 밉다오. 하나님을 부정한 당신이 희망을 부정한 채 모든 고통을 안고 가는 것을 보면 당신의 면모가 더욱 초인적이라고 생각되기도 하오. 하지만 친구여, 내 마음속에서 들려오는 이 노래 소리는 무엇이오? 나도 모르는 마음속의 거대한 희망의 빛줄기는 대체 어디서 온 것이오? 나는 이 음성을 외면하기가 힘드오. 친구여, 당신의 마음에서도 분명 이 노래가 들릴 텐데, 당신은 못 듣는 척하는 것이오? 아니면 안 들으려 하는 것이오? 나는 이 노래가 비논리적이라고 생각하지 않소. 너무나 생생한 데 어찌 이 음성이 비논리적이라는 것이오. 이 음성을 외면하는 것이 더욱 비논리적인 것이 아니겠소. 나는 당신을 사랑하오. 한 번만 이 노래 소리에 마음을 열어 보시오. 그리고 당신이 떠받치고 있는 거대한 시지포스의 바위를 던져 버리시오. 당신이 던진 바위는 소금처럼 은혜의 강에 남김없이 녹아 당신의 부패를 영원히 막아 줄 것이오.

수남초등학교 앞을 지나가는데 아기 주먹 크기의 호두가 주렁주렁 달린 나무 아래 평상에서 두 양반이 나를 불러 세운다.

"쉬다 가시오."

평상에 행장을 풀고 이야기를 나누었다. 김신조 사건 이후 대관령에서 이곳 장수로 이사 왔다는 아저씨는 오갈피로 재미를 톡톡히 봤다고 한다.

"정부에서 권장하는 작물을 믿고 농사를 지었다가 낭패를 본 사람들이 많지만 농사짓는 사람도 머리를 써야 해. 같은 2000평 밭이라도 나는 연 2000만 원은 우습지. 농사짓는 사람 문제야. 일은 많이 하지도 않고 매일 읍내 다방 가서 놀 생각이나 하고."

정부에서 권하는 작물에 무작정 따를 것이 아니라 스스로 분석해서 결정해야 한다는 것은 일리가 있는 얘기이다. 하지만 아직도 많은 농민들은 그 소유 토지 규모가 작을 뿐만 아니라 소작으로 생계를 근근이 유지하는 경우가 적지 않다. 한편 상층계급의 유지를 위한 하층계급의 희생 또는 분배의 문제라는 구조적 측면을 도외시할 수 없다. 예전에 미국에서 사 먹는 바나나와 오렌지는 풍부하고, 질 좋은 청바지는 매우 쌌다. 그 이유는 미국 정부의 지원을 받은 남미 독재 정부가 자국 농부들에게 저물가를 강요했기 때문이었다. 코카콜라와 사탕수수는 중남미의 자메이카나 도미니카공화국 농부들의 저임금에서 나오는 것이다. 루소의 『인간불평등기원』엔 이런 말이 나온다.

> "자연상태에서는 불평등이 존재하지 않는 것이나 마찬가지였고, 불평등의 폭력과 크기는 우리 능력의 발전과 인간 정신의 진보와 함께 형성되었으며, 마침내 소유권과 법률의 고안을 통해 항구적인 것으로 또 합법적인 것으로 정착되었다는 것이 밝혀졌다. 한 줌도 안 되는 인간이 넘치는 풍요에 숨 막혀 할 때, 대다수 인간들이 굶주리고, 살아가는 데 꼭 필요한 물품마저 갖추지 못하고 있다는 것은 자연의 법칙에 어긋난다…… 인류사상 최초로 한 조각의 땅에 울타리를 둘러치고 '이것은 내 것이야'라고 말할 생각이 든 사람. 그리고 단순하게도 그러는 그를 믿는 사람들을 발견한 사람이 바로 시민 사회를 처음 세운 사람이다. 만약 누군가 나서서 말뚝을 뽑아 버리고 이웃들에게 '조심해라. 사기꾼을 믿어서는 안 된다. 당신들은 땅의 산물은 모두의 것이지만 땅은 그 누구의 것도 아니라는 사실을 잊은 때 몰락하게 된다.'라고 외쳤더라면 인류는 그 많은 범죄와 전쟁과 살인을 겪지 않았어도 되었을 것이다. 또 그 많은 비참함과 놀라운 일을 겪지 않아도 되었을 것이다."

빈곤과 가난은 한 개인의 노력부족 때문이라고 치부할 수 있을 만큼 단순한 문제가 아니다. 농촌에서 오갈피를 키워 돈을 조금 더 번다고 자신의 능력을 자랑하고 나머지 농민들을 업신여기는 것도 마땅치 않다. 함께 현실을 타개하고 함께 잘살 수 있는 방법을 함께 고민해야 한다. 한편 농촌의 음란과 도박과 음주의 문제 또한 심각하다. 그 원인을 힘든 노동에 돌린다든지, 아니면 여유시간과 적당한 놀이문화의 부재에서 찾을 수도 있겠지만, 근본적인 영적 대각성이 필요하다.

장수성당 앞 〈구억관〉이라는 식당에 들어가 추어탕을 시켰다. 수심이 깊어 보이는 아주머니는 손님을 접대하는 행동에 아무런 민첩함이 없다. 이야기를 주고받던 중 우리는 동향 사람이라는 것을 알게 되었다. 아주머니의 얼굴에 생기가 돈는다. 부산에서 이곳으로 남편 따라 이사 온 지 20년이 넘었는데 친정에는 단 한 번도 가본 적이 없다고 한다. 생활은 힘들고, 마음은 늘 외롭고, 고향의 향기는 너무나 멀리 있고 아주머니의 타향 삶은 그렇게 짓눌려 있는 것 같다. 식사를 마치고 나가는 나를 향해 한 마디 한다.

"내가 가게 주인이라면 밥값 안 받을 텐데, 미안해요."

영화관이 없는 마을이기 때문에 장수읍은 여름을 맞아 어제에 이어 오늘도 논개사당에서 영화 상영을 한다. 어제는 〈살인의 추억〉, 오늘은 〈매트릭스Ⅱ〉다. 모두 최신영화들이다. 8시가 되자 사람들은 하나둘씩 모여 올라가는데 나는 조용히 하루를 정리하기 위해 장수교회로 향했다.

새벽기도실이 개방되어 있어서 들어가 기도를 드린 뒤 조용히 글을 쓰고 있는데 난데없이 한 무리가 꽹과리, 장구 등을 들고 왁자지껄하게 들어온다. 전통악기를 배우는 시간이다. 사람들 속으로 들어와 사람들을 위해 개방된 교회의 모습이 역동적이고 청년답다. 여덟 마치다 뭐다 해 가며 십수 명이 울려 대는 소리는 그냥 치는 막소리가 아니라 엄연히 악보도 있고 정연한 질서가 있는 장엄한 행위예술이다. '농악'이라는 말 못지않게 '사물놀이'도 이젠 귀에 익숙한 용어가 되었다. 사물놀이를 오래된 예술로 생각하기 쉬우나 이 기악곡이 생겨난 것은 20여 년밖에 되지 않는다. 사물놀이는 1978년 무렵에 김덕수를 중심으로 한 몇몇 귀재들이 만든 새로운 양식의 음악이다. 원래 농악에서 앞치배니 뒤치배니 하는 것들을 다 잘라 내고 가장 중심이 되는 네 가지 악기만을 뽑아내어 4인조 타악기 악단으로 만든 것이다.

들고 있는 종이가 파동에 밀려 떨고 있다. 그 거대한 소리에도 불구하고 듣는 이는 전혀 고통스럽지 않고 흥겨울 뿐이다. 그 변화무쌍함, 숨 막히게 진행되는 절정의 연속, 역동성, 힘과 저돌성 사이로 사람들의 삶의 아픔과 소망이 배어 나온다. 쩌렁쩌렁한 놀이가 끝나고 나는 강습생들과 어울려 감자와 음료수를 나눠 먹었다. 장수군 아줌마, 아저씨들의 따뜻하고 정겨운 친화력이 나를 감동시킨다. 교리로 나를 먼저 재단하기 바빴던 일부 목회자들과 달리 그저 나그네의 시름을 걱정하며 무사히 자고 가라고 신신당부한다. 출입문이 고장이다. 주방에다 매트를 깔고 주방문을 잠갔다. 그리고 기도를 드렸다.

> "주여, 오늘 나에게 힘을 주시니 감사합니다. 내일 눈을 떴을 때 살아 있는 나를 발견하게 하여 주소서. 모든 어려움과 외로움, 두려움을 만나지 않게 해 달라고 기도하는 것은 아닙니다. 오직 그 모든 것을 이겨 낼 수 있는 용기와 힘을 주소서. 당신이 나의 곁에 있다는 믿음을 잊지 않게 해 주소서. 미련한 자의 사랑을 끝없이 바칠 당신의 영원한 가슴이 있다는 것에 대해 감사드립니다. 아멘."

사람들의 음악과 온기가 아직도 남아 있다. 평화를 느끼며 잠이 들었다.

## 기쁜 소식, 우주보다 넓다

〈7월 15일, 장수~무주, 50㎞, 14시간〉

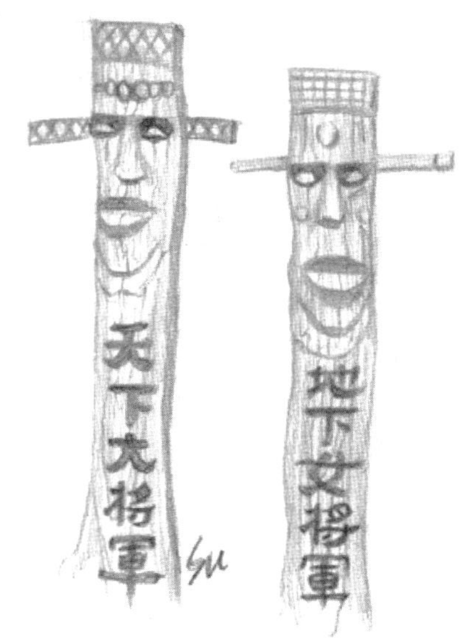


고도가 높고 분지인 동네라서 그런지 여름인데도 아침 공기가 마치 초겨울 같다. 추위에 소름이 돋는다. 오늘은 자그마치 50㎞ 정도를 걸어야 한다. 장수를 벗어나기 위해 〈싸리재〉(해발 540m)를 오른다. 뻐꾹새가 잘 가라고 인사한다. 길가엔 장수의 명물인 사과나무 묘목이 즐비하게 서 있다.

'들꽃이 아름다운 장수'라는 글이 적힌 큰 간판을 배경으로 〈대장군〉 둘이 나그네를 배웅한다. 찢어진 눈을 가진 것이 북방형인 것에 비해 여기 장수에 서 있는 두 장승은 왕방울 눈을 한 전형적인 남방형 장승이다. 코도 주먹코에 가까워 영락없이 남쪽 사람들의 형상을 닮았다. 큰 앞니가 새겨져 있고 입술은 립스틱을 바른 듯 빨갛다. 남자 장승은 머리에 관을 쓰고 까만 수염을 묘사한 양각이 도드라져 있다. 곧은 나무로 남자 장승을 깎은 것과 달리 여자 장승은 뱀장어처럼 휘어져 유려한 곡선미를 뽐내는 나무를 구해다 깎고 나무에 원래 있던 돌출부위를 턱으로 자연스럽게 배치시켰다. 머리엔 기름을 바른 듯 가지런하고 비녀를 꽂았다. 솟대나 신목과 같이 신석기나 청동기 시대부터 있어 온 것으로 보는 이런 장승들은 옛 사람들에겐 성물이었고 숭배의 대상이었지만 지금은 단순한 미적 장식으로 예술적 상징이 되고 있다.

모교인 서울대학교에서도 축제 때 교문 앞 운동장 입구에 장승을 세웠다가 밤새 목이 잘려 나간 사건이 있었다. 누가 그랬는지는 삼척동자도 알 수 있다. 장승이 종교적으로 쓰이는 경우가 아직 있다. 하지만 사도행전의 말처럼 너희들은 잠잠하라 진리이면 그대로 있고 진리가 아니면 내가 친히 무너뜨리겠다는 것이 복음적 대처방법이라면 굳이 흉악스럽게 목을 자를 것까지는 없지 않았을까 하는 아쉬운 마음이 든다. 우리는 지금까지 무례한 기독교의 모습을 많이 보여주었다. 세상 사람들은 우리의 무례함 때문에 복음의 문턱을 넘어 오는 것조차 망설였다. 오히려 비난하기에 바빴다. 친근한 기독교, 사랑이 많은 기독교, 인격적인 기독교의 문화를 만들어 나가야 할 때다.

데카르트와 데카르트주의가 다른 것처럼 비록 장승이 무교의 전통에서 시작되었지만 무교와 무교하에서 이루어진 예술의 흔적들은 구별할 필요가 있다. 종교는 무교에서 불교로 불교에서 유교로 바뀌었지만 시대를 초월해 종교예술 안에 숨 쉬는 그 시대의 사람들의 의식구조, 예술적 기질, 자연환경과 인간의 관계 등 무수한 코드들이 그 작품 속에 남아 있을진대 종교가 다르다는 이유로 무작정 방치하거나 잘라 버리는 행위는 섣부른 모습이다. 오히려 민족적 혼과 예술미를 뽑아내 기독교의 정신으로 오늘에 아름답게 재창조하고 변용시켜 나가려는 적극적 노력이 더 필요하지 않을까. 강박관념도 옳지 않다. 안절부절못하는 모습도 옳지 않다. 복음은 얼마나 큰가. 우주보다 넓다. 여유와 사랑으로 누룩처럼 번지는 복음의 향기가 되어야 할 것이다.

〈싸리재〉를 넘으니 계남면이다. 내리막길 왼편으로 멋들어진 소나무가 눈에 확 들어온다. 화려한 곡선미를 품고 있는 소나무를 올려다보며 앞에서 한참을 서 있었다. 곧은 소나무도 좋아하지만 휘어져 올라가는 소나무 역시 나의 마음을 더없이 풍요로 채운다. 『한국인의 조형의식』에서 김영기 교수는 다음과 같이 말한다.

> "직선은 논리적, 합리적, 기하학적 개념을 가지고 있으며 자연에는 존재하지 않는다. 따라서 직선은 인위적인 선이며, 인간이 만든 구조물에만 공통적으로 나타난다."

한국의 지형은 곡선미가 두드러지며 한국 예술은 이러한 미를 잘 반영해 왔다. 결국 이는 우리 민족의 원만하고 풍요로운 기질의 반영이었고 이렇게 반영된 예술은 '문화적 일반관념'이 되었던 것이다. 그림같이 휘어져 올라가는 저 소나무를 보고 내가 느끼는 평화로운 감정이 바로 그 축적된 '문화적 일반관념'에서 비롯된 게슈탈트적 이해인 것이다.

'살기 좋은 무진장'이라는 글씨가 측면에 적힌 버스가 지나간다. 무진장이란 무주, 진안, 장수를 뜻하고 나는 지금 무주로 가고 있다. 대전·통영 간 고속도로가 저기 머리 위로 지나간다. 저 도로를 처음 탔던 수년 전, 전라도의 수려한 풍광에 적지 않게 매혹되었던 적이 있다. 그저 회색의 빛으로만 상상했던 내 지각장에 새로운 문이 열리고 남도의 이미지는 상상의 저변으로부터 요동쳤다.

다시 본격적으로 19번 국도를 오르기 전에 청명가든에 들러 백반을 시켰다. 할머니가 직접 노동해서 꾸려 가는 식당인데 맛이 꽤 괜찮다. 할머니는 지난 세월 내내 유랑하며 살아왔는데 정말 살기가 힘겹다며 연신 한숨을 내뱉으신다. 이번 여행에서 만나는 수많은 이웃들은 왜 그리도 깊은 한숨의 골에서 헤어나지 못하는 것일까? 화려한 뮤지컬이 끝나고 모든 배우와 관객이 다 돌아간 뒤의 무대처럼 단 한줄기 미풍도 지나가지 않는 그 쓸쓸함이란. 볶은 콩을 두 줌이나 내 호주머니에 넣어 주시며 심심할 때 먹으라고 하는데 눈물이 울컥 치민다. 여호와로만 인해 즐거움의 낙을 누리는 참 아름다운 삶을 모든 백성들이 갖길 소망한다.

> "오직 그만이 나의 반석이시오 나의 구원이시오 나의 요새이시니 내가 흔들리지 아니하리로다."(시편 62:6)

오르막 중간에서 성광사 일주문의 반김에 미소로 화답하고 정상에 오르니 평화로운 장계리의 모습이 한눈에 들어온다. 잘 있으시오, 장계리여. 중방마을에서 쉬었다. 면소재지에 약간 평지가 있을 뿐 길은 좌우로 아래위로 쉼 없이 요동친다. 이제부터 산지가 많은 지형이기 때문에 힘이 들더라도 각오해야 할 것 같다. 압골마을 고속도로 밑에서 한참을 또 쉬었다. 이제 내리막길에서 느끼는 발목의 통증은 시간이 갈수록 증폭된다. 재를 넘을 때마다 쉬어야 했다. 이러다가 인대가 늘어나서 이 여행을 끝내지 못하는 것은 아니겠지. 몸에 좀 더 신경을 써야겠다.

〈싸리재〉를 넘어서면서부터는 밭에 인삼이 제법 규모 있게 재배되고 있다. 검은 마대로 응달을 만들어 키우는 인삼의 빨간 씨앗이 앵두같이 탐스럽게 여물어 가고 있다. 아주머니에게 물으니 그 빨간 열매를 비벼서 말리면 그것이 인삼씨앗이 된다고 한다. 그늘에는 버섯도 있다. 그늘진 비닐하우스 아래에 물기 많은 소나무 토막들이 둘씩 이마를 맞대고 서 있는데 그 썩어 가는 나무 둘레로 짙은 생명의 싹이 귀엽게 돋아나고 있다. 송이버섯이렷다.

19번 국도를 타고 올라온 지 며칠 째인가? 하동에서 올라올 때부터였으니 거의 5일쯤 되는 것 같다. 계북초등학교에서 들려오는 풍악소리에 떠밀려 〈솔재〉(해발 530m)를 넘는다. 외롭게 〈솔재〉 정상에 서 있는 낮은 소나무 하나가 마치 자신이 마을의 수장(首長)인 듯 힘겨운 나그네 어깨 위에 그늘을 드리우며 전송을 해 준다.

외림마을을 지나는 동안 한낮의 뜨거운 광선 때문에 슬슬 짜증이 나려 한다. 하지만 어제보다 더 싱그럽게 자란 오늘의 청포도엔 이 빛이 얼마나 소중한 에너지원일까. 빛은 자연에게 생명의 원천이다. 자라게 하고, 숨쉬게 하고, 열매를 맺게 한다. 빛이 없으면 자연은 살 수가 없다. 사람도 마찬가지다. 자연과 달리 사람은 영혼에 빛이 없어도 살 수 없다. 사람은 영과 육으로 지음을 받았기 때문이다.(로마서 8:16) 요한복음은 예수 그리스도를 '참된 빛'이라고 표현하면서 "빛이 어둠에 비춰되 어둠이 깨닫지 못하더라."고 말하고 있다. 수많은 사람들이 육으로는 살아 있는 것 같지만 영으로는 죽어 있다. 예수 그리스도의 빛을 육중한 죄와 욕정의 철문으로 막아 버렸기 때문이다.

태양빛을 볼 때마다 정면으로는 도저히 눈 뜨고 볼 수 없는 태양빛의 엄청난 능력을 느낀다. 인간이 감당할 수 없는 빛이다. 예수, 곧 참빛 역시 우리에게 있어 태양은 비교도 안 될 만큼 초월적인 빛이다. 그 빛은 우리의 죄를 낱낱이 드러낸다.(시편 90:8) 자신의 의로움으로 하나님 앞에 설 자는 아무도 존재하지 않는다. 그리스도가 십자가에 죽고 다시 살아나심으로 우리의 허물과 죄를 대신하셨다. 하나님은 인간을 의롭다 하기 위해 죽기까지 그의 아들을 우리에게 내어 주셨고, 앞으로 어떠한 일이 있더라도 예수를 믿기만 한다면 우리의 과거와 미래의 죄까지도 묻지 않으신다고 약속하셨다. 그래서 예수 그리스도는 참빛이시다.

괴테는 『파우스트』에서 "우리가 생각하는 것들은 과거의 사람들이 다 생각했던 것들이다."고 말했다. 나는 조금이라도 복잡한 생각을 하면 괴테의 법언이 물귀신처럼 달라붙는다. 나만 그렇지는 않을 것이다. 누구든 전 시대에 생각하지 않은 독특한 그 무엇을 생각하고 싶어 한다. 하지만 괴테의 말에 따르면 결국 우리의 인식, 우리의 학문이라는 것이 하나님의 통치 속에서 얼마나 오랫동안 반복되었으며 결국엔 한계에 부딪혀 구슬프게 꿈틀거릴 수밖에 없는 그 무엇이 아닌가. 어쨌든 지금 짜증은 낭비다. 감사할 수 없을 때에라도 감사하자.

주고마을을 지나니 '생명존중의 땅 무주군 안성면'이라는 글씨가 갈색 입간판에 흘려 적혀 있다. 교회 새벽기도 때문에 일찍 눈을 떠 아침 6시부터 걸어서인지 벌써 무주군에 접어들었다. 하지만 아직도 20여 ㎞가 더 남아 있다. 순천에서 〈탄치재〉를 넘어 하동 갈 때보다 더 힘든 길이다. 오르락내리락…… 갓길도 없이 내리막인 곳도 있다. 출발하고 30여 ㎞를 걸었을 때부터는 아무런 메모도 할 수가 없다. 기력이 소진했다. 그저 상체를 숙이고 앞만 보고 걷는다. 햇살은 약해지고 산 빛은 잦아드는데 무주는 닿을 듯하면서도 닿지 않는 신기루 같은 곳이다. 무주의 자랑인 무주구천동의 원래 뜻이 혹시 '주인 없이 구천을 떠도는 실체 없는 동네'라는 뜻은 아닐까? 피식 웃어 본다.

드디어 저 고개만 넘으면 무주다. 14시간에 걸친 강행군이 이렇게 막을 내린다. 하루 이틀 지날수록 걷는 데 이력이 난다. 내가 이렇게 걸을 수 있으리라고는 아무도 생각하지 못했을 것이다. 나 자신도 놀라울 따름이다. 직립보행의 인간으로서 내가 하루 동안 걸을 수 있는 거리를 한 번도 생각해 본 적이 없다. 할 필요도 없는 사회문화 속에서 살아온 게 사실이다. 시간이 돈인 시대에 살고 있으니 조금이라도 빨리 도달하는 게 문명화된 인간이 마땅히 지향해야 할 행동양식이 된 것이다. 문제는 대부분의 사람들은 그렇게 바쁘게 오가다가도 집에 오면 TV에 모든 시간을 빼앗기고 좀 시간이 남으면 술 먹고 수다 떠는 등 뭐 특별히 시간에 대한 중대한 관념이 없어 보인다. 그러다가 결국 알게 되겠지. 아, 비루한 우리네 삶이여.

> "이는 그들이 하나님의 진리를 거짓 것으로 바꾸어 피조물을 조물주보다 더 경배하고 섬김이라 주는 곧 영원히 찬송할 이시로다 아멘."(로마서 1:25)

중앙교를 지나는데 하늘엔 둥근 달이 휘황찬란하고 아래로 흐르는 남대천 소리는 마치 우레와 같다. 섬진강 폭의 절반쯤 되어 보이는 남대천. 한참이나 남대천을 바라보았다. 더위가 싹 가신다. 오는 길은 비록 힘들었지만 멋있는 고을이란 이런 곳이 아닐까? 힘든 나그네의 피로를 한꺼번에 씻어 주는 그 어떤 비밀스런 생명력을 간직한 그런 곳. 한 발 더 내딛지도 못하고 여관에 여장을 풀었다. 관광명소라서 그런지 아무리 학생이라고 해도 이만 원 이하는 안 된다고 한다. 온갖 아양을 다 동원해 결국 만 오천 원짜리 방으로 인도되었는데 다리가 낄 정도의 협소한 공간에서 볼일을 봐야 할 정도의 방이다. 쾨쾨한 냄새를 깔고 자리에 누워 창문을 여니 앞 건물의 육중한 벽에 가려 달빛도 들어오지 못한다. 아, 생각난다. 인자의 머리 둘 곳 없는 서러움이여.(누가복음 9:58)

## 하늘의 향기 뿜는 그대

〈7월 16일, 무주~영동, 29㎞, 7시간〉

해가 중천에 자리하고서야 겨우 눈을 떠 길을 나섰다. 무주읍내를 빠져나가는 길은 은행나무와 단풍나무로 단장되어 있다. 거리 어디에서나 2014년 동계올림픽 개최의 결의를 다지는 현수막을 쉽게 볼 수 있다. 늦게 출발한 탓인지 벌써 따가운 햇살이 고개를 쳐든다. 하지만 무주의 깊은 산바람은 어찌나 시원한지 전혀 더위를 느낄 수 없다.

오늘 걸을 거리는 29㎞. 종종 40, 50㎞씩 걷기도 하니 이제 이십여 킬로는 한결 가벼운 마음으로 시작할 수 있게 되었다. 육신에 고행의 흔적을 남기기 위해 이 길을 나선 것은 아니었다. 너무 무리해서 걷는 것은 아닐까? 발바닥에 불이 나고 물집은 잡히지만 그것도 반복되다 보니 굳살이 되어 가고 몸은 신의 은혜로 피로감은 심하지 않다. 더욱 길 위에 나를 세우는 이유는 걸을 때 나는 가장 큰 자유를 느낀다는 사실 때문이다. 원동기가 돌아가면 불이 켜지는 것처럼 나의 정신은 걸을 때 더욱 맹렬한 상상력과 자유의지에 사로잡히게 된다. 이를 두고 어찌 고행이라 할 수 있겠는가. 베를렌은 시인 랭보를 가리켜 '바람구두를 신은 사나이'라고 했다. 아프리카 하라르에서 해변까지 그 죽음의 사막을 15번이나 지나다닌 그 랭보에 비하면 아무것도 아니겠지만.

아침 식사를 할 때였다. 전주에 주소를 두고 전주와 무주를 오가며 버스 운전을 하는 서른 살 난 청년이 푸념을 늘어놓았다. 유심히 들어보니 월급은 백만 원을 겨우 넘고 집에는 거의 들어가지 못하고 떠돌며 직장은 불안정하여 있던 여자친구도 다 떠나가고 대체 결혼은 언제 할 수 있을지 막막하다는 것이다. 힘내시오. 형제여. 그대의 눈동자를 보니 희망이 타오르고 있지 않소. 그대의 말에는 굳은 심지가 느껴진다오. R. 타고르의 시 〈기탄잘리〉를 당신에게 들려주고 싶소.

"그대는 환상 속에서 구름에 올라가서 그 구름을 절정이라고 생각할 것이다. 그리고 그대는 광막한 바다 위를 지나가면서 바다를 먼 거리라고 주장할 것이다. 그러나 나는 그대들에게 말한다. 그대가 그대의 이웃사람에게 아침의 아름다움을 찬양할 때, 그대는 보다 넓은 바다를 건너게 될 것이라고. 그대는 자주 무한자인 하나님을 노래하지만 사실은 그대들은 그 노래를 듣지 않는다. 그대들은 노래하는 새들과 바람이 지나갈 때에 나뭇가지를 저 버리는 나뭇잎들에 귀 기울이려는가. 그렇다면 잊지 마라. 이러한 것들은 가지를 떠났을 때에만

> 노래한다는 것을. 나는 그대들이 우리 모두가 하나님의 숨결을 담고 있는 향기임을 알게 되길 바란다. 우리는 잎 속에서, 꽃 속에서, 때로는 열매 속에서 하나님이니라."

그렇지. 예수님도 요한복음 10장에서 하나님의 말씀을 받은 사람들은 모두 신이라는 구약의 말씀을 인용하셨지.

〈싸리재〉 넘으며 시작된 인삼밭은 영동 가는 길 곳곳에서 그 흐름을 이어간다. 자두나무에는 붉고 굵은 자두들이 나무가 부러질 듯 매달려 있고 탐스러운 청포도는 맵시 있는 색시같이 영글어 있다. 저만치 농부들이 복숭아 출하를 위해 바삐 움직인다.

율속마을을 지나니 학산—영동 간 도로가 한창 작업 중이다. 예전의 국도는 마을 사이를 지나가면서 마을과 눈도 마주치고 마을 사람들의 숨결도 고스란히 담아 갔다. 이와 달리 신작로는 산을 자르고 구멍을 내고 속도와 직선을 추구하며 세워진다. 급기야 마을의 뒤통수를 쳐다보면서 지나간다. 길은 거만해지고 인간과 길의 소통은 멀어졌다. 갑자기 변심한 여인처럼 차갑고 멀게만 느껴진다.

영동 가는 길에는 산이 많아서 그런지 마을이 드물다. 생명존중의 땅 무주군을 벗어나기 위해서는 〈학산재〉(해발 310m)를 넘어야 한다. 고드미와 바로미(충청북도 마스코트)가 반갑게 맞는다. 그때 아내에게서 전화가 왔다. 무주에 간 김에 무주구천동에 차를 타고서라도 한번 가보지 그랬냐는 것이다. 무주구천동에 버금가는 아름다운 그림들을 내가 지나가는 길 위에서도 얼마든지 만날 수 있는걸. 〈학산재〉 넘어가는 길이 바로 그러한 길이다. 나는 〈학산재〉 내리막길 중턱에 무작정 주저앉아 산속의 모든 소리와 빛들을 흡수하기 시작했다. 산들바람이 불고 새소리 청아한 적막한 고개. 한 편의 시가 이러한 순간에 스스로 가슴으로부터 솟구친다.

학산재 굽이돌아 바람과 함께 넘으니
하늘 가린 회화나무 나그네의 시름 잊고
청아한 산새들 소리님이 되어 맴도네.

시정은 문자를 넘어선다. 아무 날 차를 타고 와서 펜을 든다고 할지라도 지금 같은 심정은 느끼지 못할 것이다. 누적된 피로를 베개 삼아 실제로 앉아 보지 않으면 듣는 자의 감흥 또한 충만에 이르지 못할 것이다. 결국 "서울 생활이란 내 삶에 있어서 하찮은 문장 위에 찍힌 방점과도 같은 것이었어요."라는 시인 기형도의 말처럼 문명의 찌끼를 씻지 않은 마음으로는 읊는 자나 듣는 자나 한갓 방점과도 같은 연약함으로 자연과 자신의 곁을 스쳐가야 하는 것이다.

왼편으로 수상보트를 즐길 만한 봉황저수지의 물결이 고요하고 나그네를 알아차린 목이 긴 물새가 큰 파동을 물 위에 내며 솟아오른다.

잠시 장마가 주춤하고 있다. 이러한 쉼표를 틈타 한여름의 축복을 마음껏 누리려는 매미소리 한번 대단하다. 매미소리가 한낮의 경운기 소리를 압도한다. 한 주유소에서 잠시 쉬어 가려는데 주유소 아저씨가 시원한 생수를 그냥 내주신다. 이렇게 고마울 때가. 낯선 나그네에게 건네주는 공짜 생수 한 병이 테레사의 저 위대한 선행에 결코 모자라지 않다.

조선 시대 선비들은 과거시험을 보기 위해 한 달을 꼬박 걸어 한양을 갔다고 한다. 이렇게 힘들고 아픈 길을 걸어서 어떻게 제대로 된 시험을 치를 수 있었을까 의구심이 가지만 오늘의 잣대로 그때의 일을 쉽게 판단할 수는 없는 법. 우리 시대에 사법시험을 치르는 풍경은 불과 몇 십 년 전과도 많이 달라졌다. 절이나 산속 깊이 들어가 공부하는 사람은 이제 극히 드물어졌다. 이제는 신림동 고시촌에 제각기 둥지를 틀고 학원 강의에 많은 시간을 투자한다. 사법시험에도 자본화의 흐름이 밀어닥쳐 돈을 많이 쏟아 부을수록 합격률이 더 높아지는 세태가 됐다. 암기 비중이 높은 시험문제는 창조성이 떨어지고 당락이 운에 좌우되는 경우가 적지 않다. 법적으로 편향된 한 영역만을 테스트하기 때문에 이 시험만으로 한 인간의 현명함을 판단할 수 없을 뿐만 아니라 법적 정의를 세울 수 있는 인격을 판단해 내기는 더욱 어려운 노릇이다. 다 그런 건 아니지만 새파란 청년 수험생들의 대화 속에서는 아무런 진지함을 찾아볼 수 없는 경우가 많다. 사법시험을 겪으면서 난 제도가 공장처럼 뭔가를 찍어 내는 것 같다는 느낌에 까무러칠 뻔하기도 했다. 제도에 인간이 매몰된 경우는 우리 시대의 사시만이 아닌 것이다. 과거시험을 치를 당시에도 오늘날과 유사한 부정적 면이 없지는 않았을 것이다. 하지만 적어도 길에 대해서 국한하면 한양을 향하는 그들은 길 위에서 조국과 소외된 이들의 아픔을 가슴속에 담았을 것이다. 한 발 한 발 내딛으면서 그들의 정신은 폐쇄성을 극복하고 자유의 공간으로 나아갔을 것이다. 자신의 연약함을 인정하고 겸손함을 배웠을 것이다. 땅의 생산적, 포용적 질서를 배움과 동시에 땅의 만만치 않음에 숭고해졌을 것이다. 목민관이 된 그들은 적어도 가볍지 않은 사상을 가졌을 것이다.

여의도교회에서 의료선교 온다는 묵정침례교회의 광고 현수막이 보인다. 서울영락교회에서도 장수군 장수교회 등 미자립교회를 위해 거금을 들고 내려온다고 들었는데, 여름이 되면 매년 행해지는 교회들의 봉사활동은 우리 시대 교회의 자연스런 모습이 되었다. 특히 여름이 되면 해외로 나가는 비행기 좌석의 절반 이상이 선교와 봉사의 목적이라는 말은 하나님께서 우리 민족에게 부어주신 엄청난 축복을 가늠케 한다.

어제 손빨래한 내의 두 장과 양말이 죄다 말랐다. 배낭 위에 걸어놓고 다니니깐 땡볕에 곧장 마른다. 충청북도 영동군 양강면 원동리에 이르니 평상 하나에 그늘이 드리워져 있다. 오늘은 여유가 있기 때문에 한참을 누워 있었다. 흔들리는 느티나무가 들려주는 자장가에 비몽사몽 헤맨다. 저만치서 키 작은 요정이 다가온다. 그녀는 낙원의 요정이다. 그녀는 양귀비꽃으로 만든 관을 금발 위에 쓰고 포도나무로 몸의 일부를 가렸을 뿐, 아무것도 입지 않았다. 매우 놀란 차가운 내 시선을 느끼자 그녀는 이렇게 말했다.

"난 숲의 딸이에요. 두려워 말아요."

문득 잠에서 깨어나니 여자아이 둘과 남자아이 둘이 지촌리를 향해 난 길로 총총히 빨려 들어가고 있다. 오, 타고르여 당신이 꿈에서까지 내게 말할 줄은.

플라타너스 울창한 길을 걸어 드디어 영동 땅을 밟았다. 나그네에게 저녁밥을 어디서 먹느냐는 중요한 문제다. 이런저런 마을 이야기도 듣고 잠자리에 대한 정보도 얻을 수 있기 때문이다. 오늘 찾아 들어간 식당은 200g에 이천구백 원 하는 〈싸다 돼지 삼겹살〉 집인데 방학을 앞둔 아들이 나를 따라가겠다고 떼를 쓴다. 나중에 책이 나오면 보내주겠다고 겨우 달랬는데 아주머니는 콜라 한 병을 서비스로 내놓으신다. 그리고 문경까지 가는 지름길도 같이 연구해 준다. 사실 오늘은 교회에서 자려고 했다. 그런데 아주머니가 아르바이트생을 시켜 황토방으로 친히 안내를 해 주는 것이 아닌가. 호의에 못 이긴 까닭도 있지만, 지난 이틀간 쌓인 피로를 풀고 정리하지 못한 글도 마무리해야 하기 때문에 따라나섰다. 새벽 2시까지 글을 쓰고 책도 보고 대형화면으로 영화를 보면서 아저씨들과 수다도 떨다가 편한 마음으로 잠자리에 들었다.

## 내 발을 반석 위에 두사

〈7월 17일, 영동~노근리~상주, 34㎞, 10시간〉

영동천 공원화 작업이 한창이다. 영동군은 영동천이 아래위를 수평으로 나뉘며 지나가고 신·구 지역이 균형 있게 배치되어 있다. 마치 미니 서울시를 보는 것 같은 착각이 든다. 영동군을 빠져나가는 길에는 하얀 별사탕 모양의 대추꽃이 활짝 피어 있고 도톰한 대추가 푸르게 솟아나고 있다. 어제는 초복이었다. 대추꽃이 필 무렵 삼복에 비가 오면 대추 농사가 흉작이 된다는 말이 있다. 초복은 무사히 보냈으니 중·말복에도 비가 없기를 빌어 본다. 동무한 살구나무까지 나를 반기니 떠나온 집 생각이 절로 난다.

수원에서 내가 살고 있는 곳은 원천 유원지에 맞닿은 원천주공아파트 일층이다. 남동쪽을 향하여 기역자로 생긴 구조 때문에 겨울엔 하루 종일 빛이 들어와 따뜻하고 여름에는 빨리 땡볕에서 벗어날 수 있어 시원하다. 전엔 여름만 되면 에어컨 타령에 아내랑 신경전을 벌였는데 이곳으로 이사한 이후로는 30도가 넘는 불볕더위에도 선풍기 한 번 틀어 본 적이 없다. 이 아파트를 사랑하는 이유는 이것만이 아니다. 베란다 밖으로 펼쳐져 있는 나무와 초록빛 잔디밭도 내 마음을 흡족하게 한다. 비바람 부는 날이면 거실에 누워 바람에 이리저리 흔들리며 비를 맞는 단풍나무, 살구나무, 대추나무를 보고, 휘황찬란한 밤이 되면 은은한 달빛은 나무들의 그림자를 집 안 구석구석에 들여와 온통 수묵화의 정취를 선사해 준다. 날마다 아침이 되면 나는 문을 활짝 열고 나무들의 안부를 묻고 하루의 축복 어린 성장을 기도한다. 단풍아, 살구야, 대추야 그리고 소나무, 자두나무, 수수꽃다리야 잘 자라라.

최근 가슴 아픈 일이 두 번 있었는데, 한 번은 어느 날 문을 열어보니 베란다 창을 하늘거리며 가득 채우고 있던 단풍나무가 싹둑 반이 잘려 나가 있는 게 아닌가. 나는 피붙이를 잃어버린 것처럼 슬픔과 분노가 치밀어 올라 하루 종일 안절부절못했다. 나무가 더욱 크게 자라도록 하기 위해서 자른 것이겠지만. 또 한 번은 살구나무에 노랗게 살구가 익어갈 때였는데, 그렇지 않아도 몸이 부실해 지지대에 의지해 있는 그 살구나무를 가는 이, 오는 이 할 것 없이 발로 차고 지나가는 게 아닌가. 열매를 떨어뜨려 가져가려는 것이다. 열매가 다 떨어지고 나서야 발길질은 멈추고 나의 아픔도 그칠 수 있었다. 오, 가련한 과실수여. 이제 여름이 지나고 대추가 여물면 사랑하는 대추나무의 수난을 또 어떻게 본단 말인가.

상주를 향하는 4번 국도는 경부고속도로와 만났다 헤어졌다를 반복하며 조금씩 멀어져 간다. 조현마을을 지나면서는 방대한 포도밭이 시작된다. 포도밭에서 라디오 소리가 계속 흘러나온다. 같은 주파수를 맞추었는지 이 포도밭이 멀어지면 저 포도밭 소리가 겹쳐 울려 마치 돌림노래를 듣고 있는 것 같다. 거리 차이 때문이다. 새를 쫓기 위해 허수아비를 만든 것처럼 사람 도둑을 경계하기 위해서 라디오 소리가 등장한 것이다. 사람이 있음을 미리 알려 도둑의 접근을 막고자 함이다. 간혹 전신주에 광고가 나붙어 있다. '라디오 팝니다'

다섯 명의 동덕여대생들이 차량의 호위를 받으며 자전거를 타고 휑하니 지나간다. 등 뒤에 붙은 글씨를 보니 동덕여대 재단에 이사장·총장 등의 비리가 개입되었다고 써 있다. 14일부터 교육부 감사가 있었던 걸로 어렴풋하게 들은 바 있는데 그때부터 서울을 내려왔나 보다. 모든 것이 언어다. 침묵도 언어며 자전거 시위도 무언가를 얘기하는 언어다. 다만 나와 다른 점이 있다면 나의 국토종단은 자신에게 던지는 내면을 향한 언어다. 나는 복잡한 치장도 없이, 태극기나 현수막도 없이 오직 나 자신에게 수많은 얘기를 던지며 길을 간다. 하지만 결국 내면을 향한 성찰은 외부의 열매를 향해 있다는 점에서는 공통분모다. 동덕여대는 나와 인연이 많다. 카투사시절 피크닉(카투사들이 일 년에 몇 번 외부인들을 초청해 벌이는 축제)을 위해 우리 부대에 초청되었을 뿐만 아니라 젊은 날 여러 번의 미팅도 동덕여대생들이었다. 그들은 겸손하고 차분한 열정을 가지고 있다는 인상을 받았었다. 부디 모든 문제가 상처 없이 잘 해결되기를 바라는 마음을 힘찬 페달 위에 실어 보낸다.

조금 더 진행해 노근리 앞에서 멈추었다. '노근리 인권 백일장' 행사가 얼마 전에 있었는지 현수막이 낮게 드리워져 있다. 이상하리만치

평온한 여름풍경이다.

그날도 무덥고 찌는 7월 어느 여름이었다. 영문도 모른 채 사방에서 날아드는 기관총 사격. 넓지도 않은 저 좁은 공간에 갇혀 수백의 이웃들이 총탄에 쓰러져 가고 천하는 순식간에 핏빛으로 물들었다. 그 죽음에 대한 모든 상처는 이제 치유되었는가. 아무 일 없었다는 듯이 쌍굴 밑으로 흐르는 개울 물소리 정적에 미세한 파동을 내고 어느 경찰관 한 명이 속도계를 들여다 보며 난폭한 속도에 경고를 보내고 있다. 돌아오는 내리막길을 바람처럼 달려오다가 노근리 앞에서 제각기 속도를 줄이는 자동차들. 속도계를 인식했기 때문인가, 노근리의 아픔을 인지했기 때문인가. 노근터널의 쌍굴은 마치 잠 못 들어 충혈한 눈처럼 부릅뜨고서 그릇된 역사의 종언을 지켜보고자 하고 있다.

'This is NOGEUN-RI incident Point'라는 안내판이 쌍굴 왼편에 여섯 철심에 의지해 세워져 있다. 보통 'incident' 하면 우연히 일어난 대수롭지 않은 일을 가리킬 때 사용한다. 누가 영작을 했는지 모르지만 뭔가 사건의 의미를 축소하려는 듯한 의도가 엿보인다. 만행을 뜻하는 'cruelty'가 더 맞는 표현인 것 같다.

노근리를 벗어나 산길을 돌아가려는데 어디선가 날아와 나의 주위를 맴도는 새까만 새 두 마리. 어찌나 까만지 풀리지 않은 한(恨)을 품고 구천을 떠도는 영혼 같다는 엉뚱한 생각에 섬뜩한 느낌마저 들었다.

구슬픈 영혼의 그림자를 뒤로하고 터널 하나를 지나니 오른쪽으로 기사식당이 나온다. 영동을 출발한 후로 아무런 휴게소도, 식당도 없어 심한 허기를 움켜쥐고 있는 상황이다. 한참 허기를 채우고 있는데 스르륵 문이 열리고 나처럼 배낭여행하는 한 여자가 들어온다. 아까 내가 앞질러 간 사람이다. 사연을 들어 보니 노무사 1차 시험에 떨어지고 여수를 출발해 올라오는 길이란다. 남자도 힘든 길을 여자 혼자

서 해내려는 걸 보니 더욱 그 뜻이 살뜰해 보인다.

길 위에서 만나는 사람들은 제각기 아픔 하나씩을 가슴속에 담고 간다. 자전거를 타거나 걷거나 간에 아픔 없이 국토대장정을 하는 사람은 없다. 그처럼 조국의 땅은 아픈 자에게 위로를, 텅 빈 자에게 풍요를 준다. 무한한 포용력이며 엄청난 생산력이다.

마을 하나가 나오고 그 길 끝에서 49번 지방도와 만난다. 그곳에서 왼쪽으로 방향을 튼다. 훤칠하게 생긴 산봉우리를 정면으로 바라보고 쭉 걷다가 반야사 입구를 등지고 서서히 경사를 오른다. 멋들어진 산길이다. 너무나 아름다운 온갖 새소리. 풀벌레들은 꼬리를 비벼대며 바리톤으로 울림의 화음을 만들어 낸다. 구름은 산허리에 걸려 있고 지나가는 차도 흔치 않다. 천국은 적어도 이만큼은 되어야 하지 않을까라는 생각이 들 정도다.

이제 정상이다 싶으면 다시 굽이쳐 올라간다. 한참을 속고 나서야 정상에 이르는데 해발 350m다. 〈싸리재〉같이 500m가 넘는 고개인 줄 알았는데. 애당초 산을 오르는 지점의 고도가 낮아서인지 훨씬 높게만 느껴졌다.

경상북도 상주시 모동면 〈수봉재〉다. 소백의 중심 맥인 백화산을 넘어오는 〈수봉재〉는 신라와 백제의 국경지대였던 곳이다. 그날의 함성과 깃발들을 애써 떠올리며 내려오는데 아래쪽에서 수봉사 목탁소리 청아하게 울려 퍼지고 길은 서둘러 나그네를 평지로 내몬다.

갑자기 시야가 탁 트이고 산들은 아득하게 멀리 물러선다. 상주시 모동면 수봉리다. 포도평야라고 불러도 될 정도로 거대한 포도밭이 계속해서 펼쳐져 있다. 금계천을 지나니 하늘이 순식간에 어두워진다. 모동면은 모서면에 비해 상대적으로 번화하다. 24시간 피시방이 있고 식당, 여관도 많이 있다. 시간이 조금 남아 모서면까지 걸었더니 그곳에는 여관도 없고 교회는 거처할 형편이 못 된다. 할머니 한 분이 나를 불러 세운다. 자초지종을 얘기하니 이장에게 허락받고 마을회관에서 자고 가라고 한다. 이장님 댁에 가 보니 인기척이 없어 무작정 마을회관에 여장을 풀고 버티기 작전에 들어갔다. 할머니들이 내오신 따끈따끈한 찐 감자를 나눠 먹으며 도란도란 얘기에 재미가 더했다.

서울 상왕십리에서 이곳으로 시집을 왔다는 45세 된 아주머니가 음료수를 사들고 왔다. 큰아들은 수원에서 전문대를 다니고 작은아들은 공고를 졸업한 후 어제 분당으로 취업해 갔다고 한다. 아저씨는 결혼 당시 군인이었는데 시아버지가 돌아가시자 농사일을 시작했다. 포도, 사과를 재배하는 밭이 3000평이나 된다고 하기에 얼마 전 오갈피 아저씨가 생각나서 넓은 밭이 부럽다고 말했다. 하지만 아주머니는,

> "3000평 고생고생 수확해 봐야 남는 거 없어요. 농약 값은 얼마나 많이 드는지 몰라요. 값도 제대로 못 받아요. 농사짓는 사람이 제일 불쌍한 것 같아요. 저희도 작년에 적자만 봤다니까요."

그 아름답던 포도밭은 이제 도시민으로부터의 푸대접과 빈곤의 상징으로 보일 것이다. 공교롭게도 텔레비전에서는 빚에 시달리던 농부가 스스로 목숨을 끊었다는 기사가 흘러나온다. 어쩔 도리 없는 이 농촌의 빈곤이 저 백화산이 마르고 닳을 때쯤이면 나아질까?

다시 장마가 북상하고 있다. 주말까지 전국에 호의주의보가 발령되었다. 나는 가야 할 길보다 아침에 농약을 치던 농부들의 모습이 어슴푸레 떠오른다. 비에 농약이 씻겨 나가면 그 비싼 농약을 또다시 쳐야 한다는 것을 알면서도 약을 치던 농부들이여. 파멸의 길을 알면서도 가야만 하는 대한민국의 굳센 보병들이여. 웅덩이와 수렁에 빠진 백성들에게 하나님이 말씀하신다.

"내가 여호와를 기다리고 기다렸더니 귀를 기울이사 나의 부르짖음을 들으셨도다. 나를 기가 막힐 웅덩이와 수렁에서 끌어올리시고 내 발을 반석 위에 두사 내 걸음을 견고하게 하셨도다."(시편 40:1~2)

## 여행은 해서 무엇 하겠는가

〈7월 18일, 삼포리~상주시, 25㎞, 6시간〉

밤새 비가 많이 왔다. 아침 일찍 서둘러 상주를 향했다. 하지만 이번 비는 심상치 않다. 사나운 비에 몸이 자꾸만 젖어든다. 정오가 지나도록 쉬지 않고 걸어 상주에 도착하자 비는 더욱 거세진다. 도리 없이 가까운 옥찜질방으로 향했다. 비가 올 때는 찜질방이 제격이다. 통유리 너머로 바라보는 낯선 도시의 풍경이란. 언뜻 보면 그리 낯선 곳이 아닐지도 모르겠다. 논과 밭과 산과 강. 하지만 일상의 노선에서 벗어났다는 생각이 더욱 이곳을 낯설게 만들고 더 나아가 기존 관념마저도 더욱 명확해지고 생생하고 유기적인 성격을 띠게 된다. 진정

새롭다는 장면과 마주하고 있다. 37세 생일날 불현듯 이탈리아로 떠나 새로움과 조우했던 괴테처럼.

뉴스를 보니 100㎜ 이상의 폭우가 쏟아질 거란다. 나는 반환점을 돈다는 기분으로 하루 종일 푹 쉬기로 했다.

여행을 떠나온 뒤 내 땅에 대한 애정이 증폭된 것은 더 말할 나위가 없지만 이와 동시에 소박한 일상의 아름다움, 가까운 곳에서 발견하는 진리의 소중함도 절실히 깨달았다. 여기저기서 잔잔하지만 힘차게 삶의 페달을 밟는 백성들의 얼굴이 얼마나 굳고 단단하게 보이는가. 나는 가까이 있을 때나 멀리 떠나 있을 때나, 갇혔을 때나 해방했을 때나, 굶주렸을 때나 풍족할 때나 그 어느 때든지 몽매한 눈을 열어 하나님을 모셔 들이면 마음껏 자유의 대기를 날아오를 수 있다는 것을 예감한다. 그분과 더불어 먹을 수 있는 삶. 카뮈의 스승이며 여행을 좋아했던 장 그르니에 역시 『섬』에서 소박한 것, 자족하는 것에서 만나게 되는 진리의 편린들을 언급했다.

"여행은 해서 무엇 하겠는가? 산을 넘으면 또 산이요, 들을 지나면 또 들이요, 사막을 건너면 또 사막이다. 결국 절대로 끝이 없을 터이고 나는 끝내 나의 둘시네를 찾지 못하고 말 것이다. 그러니 누군가 말했듯이 이 짤막한 공간 속에 긴 희망을 가두어 두자. 마리르 호반의 자갈밭과 난간을 따라가며 사는 것은 불가능하니 그저 그것의 영광스러운 대용품이나 찾을 수밖에! 그럼 무엇을? 에~ 또, 태양과 바다와 꽃들이 있는 곳이면 어디나 나에게는 보로메 섬들이 될 것 같다. 그리도 가냘프게 그리고 인간적으로 보호해 주는 마른 돌담 하나만으로도 나를 격리시켜 주기에 족할 것이고 어느 농가의 문턱에 선 두 그루의 시프레 나무만으로도 나를 반겨 맞아주기에 족할 것이니……. 한 번의 악수, 어떤 총명의 표시, 어떤 눈길…… 이런 것들이 바로—이토록 가까운, 이토록 잔혹하게 가까운—나의 보로메 섬들일 터이다."

돌담을 부정적인 '격리'로 보지 않고 비밀을 만들어 주는 창조적이고 미학적인 장치로 해석하고 그 비밀을 통해 아름다움을 이끌어 내는 경지는 따라갈 길이 없다. 그리고 떠나서만이 여행이 아니라 하나님께서 머물기를 원하시는 바로 그곳이 진정한 우리의 여행지이며 깨달음과 섬김의 장소라는 가르침으로 들린다.

그동안 나는 예루살렘에서 25리 떨어진 엠마오로 걸어가던 예수의 두 제자 중의 한 사람이었다. 무언가 생각하고 이야기를 나누었지만 얼굴에는 슬픈 기색이 역력했다.(누가복음 24장) 미련하여 선지자들이 말한 모든 것을 마음에 더디 믿는 자였다. 부활 신앙이 약했던 것이다. 십자가에 달리신 예수와 함께 그가 부활하여 세상 권세를 멸했다는 신앙이 부족했던 것이다. 엠마오, 그 패배의 도시로 내려갈 때 내게 먼저 다가온 살아 있는 하나님의 현현을 보지 못했던 것이다. 베드로에게 다시 나타나시어 손수 음식을 지어주시던 그분 때문에 오늘 미치도록 그분이 그립다. 예수여, 그대가 내 안에 있어도 그대가 그립습니다.

거센 빗방울이 통유리를 사정없이 내리친다.

## 인생은 강물처럼

〈7월 19일, 상주~문경새재입구, 4㎞, 13시간〉

미곡처리장 옆에 위치한 숙소를 나섰다. 이제 갓 7시를 넘긴 시간임에도 불구하고 농부들의 이마엔 벌써 땀방울이 맺혔다. 폭우가 그쳤으니 농약을 쳐야 하기 때문이다. 비 갠 뒤에 극명하게 실체를 드러낸 농작물들을 유심히 보니 참깨, 고추엔 역병이 돌아 말라 비틀어져 있고, 벼에는 잎 도열병이 번져 있으며, 단감·포도 등에는 탄저병이 자라고 있다. 올해엔 유난히 맑은 날이 적고 비 오는 날이 많기 때문이다. 이장인 듯한 사람의 목소리가 아침 마을에 확성기를 타고 퍼진다.

> "마을 주민들은 오늘 정오까지 마을회관으로 모여 주십시오. 올해 농사는 어떻게 지을지, 병충해는 어떻게 방지할 지 뭐 이야기할 예정이오니 다 나와 주십시오."

희미한 안개가 국도 위에 깔리고 습한 대기에는 솔과 대나무 향기가 스며 마치 솔 차와 대나무 차를 끓여 대기 중에 뿌려놓은 것 같다. 저 멀리 왼쪽으로 상주시가 한눈에 들어온다. 중부 내륙으로 올라오면서 만나는 시들은 많은 경우 번화한 시내 자체는 크지 않고 시골 영역을 광역으로 묶어 시를 만든 것으로 남원시나 상주시 등이 그 예다. 이런 도시의 시내는 멀리서 보면 한눈에 잡힌다.

곶감의 고장 상주시를 빠져나오려는데 여고생들의 거대한 자전거 행렬과 마주쳤다. 작년에 북경과 천진에서 보았던 그 놀라운 자전거 행렬이 겹쳐 떠오른다. 중국에 가서 제일 놀란 것 중 하나는 거리에 널려 있는 외제차들이었다. 벤츠, 폭스바겐, 사브 등등. 순간적으로 중국이 자동차 생산국이 아니라는 걸 까맣게 잊고 있었던 것이었다. 아니 더 정확히 말하면 수출만 안 할 뿐이지 내수용으로 쓰는 자동차는 생산한다. 아직 수출이 활발하지 못한 것은 기술력이 낮은 탓인데 중국이 어떤 나라인가? 엄청난 속도로 경제대국이 되어 가고 있는 나라가 아닌가. 최근에는 중국이 자동차 생산량 세계 5위 안에 들었다는 소식이 들려오는 것을 보면 세계적인 자동차 수출국이 될 날도 멀지 않아 보인다. 간혹 보이는 프라이드가 반가웠다.

한편 또 놀랐던 건 물밀듯이 밀려드는 자전거 행렬이었다. 여자들은 짧은 치마를 입고 거침없이 자전거를 타는데 가끔 속옷이 보이는 것도 대수롭지 않은 표정이었다. 서울에서 수원 정도의 거리만큼 북경에서 남동쪽으로 떨어진 천진에 가면 여성들의 자전거 타기는 더욱 대담해졌다. 더운 날씨 탓이기도 하지만 설명할 길 없는 문화적 차이를 느꼈다. 작년 북경의 날씨는 정말 대단했다. 무거운 습기를 머금은 대기는 40도를 육박했다. 한번은 40도를 웃도는 날씨 같았는데 40도가 넘었다는 뉴스가 없었다. 의아해서 물었더니 중국은 40도가 넘으면 법으로 노동을 금지하고 있기 때문에 노동을 계속시키기 위해서 공식적으로 40도가 넘었다는 발표를 잘 안 한다는 것이었다.

성신여중과 상주여상 학생들인데 나의 행색이 신기한가 보다. 해남에서 걸어왔다는 말을 듣고는 문경 가는 나를 따라나서겠다고 야단법석이다. 오늘이 방학이기 때문이다. 따라나선다는 것이 말처럼 쉬운 일인가. 하지만 중·고등학생들은 어디가나 모험심과 호기심의 불덩어리임을 여기서도 확인할 수 있다. 시원한 북천을 따라 내려가는 여학생들의 웃음꽃이 지루한 아침을 한결 가볍게 만들고 있다.

4차선 3번 국도는 잘도 빠졌다. 사벌면을 지날 때는 MBC 〈상도〉 촬영지 표시가 우측을 가리키고 있다. 걷다가 허기를 채우려 했지만 문경에 이르기까지 단 하나의 식당도 보이지 않는다. 〈공갈못〉 휴게소가 하나 있긴 하지만 그건 반대편에 있어서 건너갈 수가 없다. 분리벽이 높은 것도 있지만 어쩐지 불도 꺼져 썰렁한 게 영업을 안 하는 것 같다. 나그네의 입을 전혀 신경 쓰지 않는 이런 길은 정말 야속하다. 걸어보니 휴게소가 너무나 드문 국도. 야속할 뿐만 아니라 지겨운 것은 모든 마을이 멀리 물러나 있는 자기만 잘난 도로다. 이에 더해 산만한 트럭들이 연신 매연과 돌가루를 얼굴에 뿌리고 지나갈 때는 상종 못할 도로라는 생각마저 들었다. 하지만 불평은 금물. 좁고 험한 길을 축복의 길로 여기자.

경북에 오니 간혹 대구 유니버시아드 대회를 자축하는 광고를 접한다. 지방뉴스시간이 되면 TOP 뉴스 중의 하나가 바로 이 유니버시아드 대회이다. 하지만 U대회를 한 달여 앞둔 지금 서울 사람들 중 몇 명이 대구 U대회를 알고 있을까? 알더라도 어렴풋 정도. 경북은 이렇게 애쓰고 있는데. 막상 대회가 시작하면 조금 관심을 보이다 이내 시들고 마는 게 수순이다. 아마 이번 대회는 북한이 출전하기로 예정되어 있으니 이전보다는 관심이 크겠지만.

지방 출신인 내가 서울 사람을 만나 처음에 가장 놀랐던 것은 서울 사람들은 지방의 일은 물론 도시 이름이나 그 위치조차 모르는 경우가 허다하다는 사실이었다. 서울 공화국이라는 말이 그저 생긴 말이 아니다. 서울과 지역의 차이는 엄청나게 벌어져 있고 지역의 중요 현안 가운데 서울 사람들의 뒷받침이 없으면 성공하기 어려운 경우가 많다. 지방을 돌아다니다 보면 그 도시민들의 생활수준이 서울과 너무나 큰 차이가 보이는 데 깜짝 놀란다. 한마디로 돈벌이 할 만한 '꺼리'가 없다는 것이다. 지방 재정을 확충하고 구성원들의 수입원을 제공해주는 것은 이제 자치단체의 사활이 걸린 문제가 되었다.

동계올림픽 개최를 놓고 전국에서 가장 재정자립도가 낮은 도시 중 하나인 평창과 무주가 펼치는 저 처절한 싸움을 보라. 올림픽을 개최할 수 있는 자연여건이라도 갖추고 있는 지역은 그나마 행복한 편이다. 자생적 능력은 없고 오직 지역균형발전을 내걸고 부여되는 중앙정부의 혜택만을 바랄 수밖에 없는 지역은 아직도 수두룩하다.

불정동에 다다르자 주저앉았다. 아랫입술이 다 터져 갈라졌다. 물론 다리와 발바닥은 불이 난 듯 화끈거린다. 나그네는 마음이 약해진다. 저기 34번 국도를 택해 예천으로 쉽게 갈까? 정선 땅도 가야 하는데 월악산 넘으면서 힘을 다 소진해 버리는 것은 아닐까? 우리는 인생길에서도 동일한 갈림길에 주저앉게 된다. 그럴 때는 내가 왜 이 길을 떠나왔는지를 다시 되새겨야 한다. 쉽게 가는 길 위에서는 가벼운 것만을 취할 뿐이다. 모진 길 위에서 얻게 될 보배로운 기쁨을 상상해 보자. 그동안 분리되었던 나와 하나님 사이에 소통이 이루어지고, 우리 민족과 땅에 대한 가치는 더욱 현실성을 가지고 분명해졌으며, 주의 백성에 대한 열망도 견고해졌다. 이 모든 기쁨은 인대의 아픔을 무릅쓴 채 재를 넘고 거절의 서러움도 견디고, 어둠과 배고픔의 두려움도 감내하였기 때문이리라. 자, 일어서자. 그리고 문경새재를 향하자.

갈림길을 돌자마자 놀라운 비경 속으로 고통은 잠들고 이 길로 애써 진행해 온 보람은 배 이상이 되고도 남음이 있다. 영강과 영묘한 산이 만들어 내는 절묘한 조화다. 브레드 피트가 〈인생은 강물처럼〉에서 낚시를 드리웠던 그 애잔한 강 같다. 정말 본 자는 보았기 때문에 설명할 수가 없다. 서서히 알게 된다. 이 황홀한 물굽이와 신령한 산의 형세는 조령산과 주흘산을 축으로 하는 신묘막측한 조화의 예고편에 지나지 않았음을.

마성약국에서 시원한 물 한 잔을 얻어먹고 비타민C 약을 샀다. 피곤으로 부르튼 내 입술 때문이다.

5㎞를 더 저벅거려 문경읍내에 도착하니 마을은 문경새재와 월악산을 오르는 여행객들을 맞이하기 위해 분위기가 자못 고조되어 있다. 이제 성수기의 물이 오르는 시점이다. 보리밥을 먹고 교회를 찾아가니 여름성경학교 때문에 객을 맞이할 형편이 못 돼 보인다. 여관을 찾아갔다. 이만 오천 원을 내라고 한다. 부담스러운 가격이다. 문경새재 입구까지 가면 민박을 싸게 할 수 있다는 보리밥집 청년의 말을 듣고 지친 몸을 일으켜 세웠다.

고개를 하나 넘어 문경새재 입구에 당도하니 길가에 파는 찰옥수수에서 김이 모락모락 나고 있다. 하지만 수중에 가진 돈이 여의치 않아

사 먹지는 못하고 옆에 쪼그리고 앉아 애교 작전을 감행했다. 환하게 웃으며 크게 인사하는 것은 기본. 학생이라는 것과 배낭여행 중임을 가장 친근한 어투로 확실히 의사표시해야 한다. 마음씨 좋은 아주머니는 자신도 학생 아들이 있다면서 옥수수를 맛보라고 건네준다. 요즘 민박은 최소 이만 오천 원이라고 한다. 대신 나를 어여삐 여겨 잘 아는 집에 전화를 한번 해 보겠다고 한다. KBS촬영세트장 내에 있는 민박집인데 아주머니는 나를 자신의 오토바이에 태우고 어둑해진 길을 바람같이 달린다. 그 사이에 아주머니 가게 와서 누가 옥수수 가져가면 어떡하나? 뒷자리에 앉아 타고 이 생각만 하고 있는데 아주머니는 전혀 개의치 않고 속도를 높인다. 문경에서 태어나 자란 바람들이 하나둘씩 깨어나 나의 얼굴과 피부에 와 닿는다. 아무런 형체도 없다고 생각했던 대기의 생명들이 뚜렷한 몸체를 가지고 나를 휘감는다.

'아주머니, 계속 달리세요. 이 어여쁜 대기를 품고 취한 듯 날아오르고만 싶네요.'

마음속으로 도취해 있는 동안 어느 노부부의 민박집 앞에 다다랐다. 일흔을 넘겨 보이는 노부부는 무척 힘겨워 보인다. 돈을 내고 들어선 몸이지만 설명하기 힘든 그 어떤 피로한 집 안의 분위기 때문에 쥐 죽은 듯 조용히 하룻밤을 보내기로 했다. 눈을 감으니 우기에 불어난 계곡물이 문경새재를 흘러내리고 있는 소리가 창문 너머 어둠에서 들려온다.

## 희생은 열매를 맺는다

〈7월 20일, 문경새재～월악산～송계, 12시간〉

아침에 드러난 문경새재는 청년 가슴의 피를 들끓게 하기에 족하다. 왼쪽으로는 조령산이, 오른쪽으로는 주흘산이 여인보다 더 감미로운 목소리로 나그네의 발길을 끌어당긴다. 은행나무, 단풍나무, 느티나무가 객을 조심성 있고 예의바르게 맞이하자마자 좌측으로 반도의 위대한 합성처럼 계곡물이 쏟아져 흘러내린다. 그냥 흘러내리는 것이 아니라 폭포같이 흘러내린다. 우기에 만나보는 행운인가.

조금 오르다 보니 〈태조 왕건〉과 〈무인시대〉의 촬영장이 나온다. 사극에서 군사들을 훈련시키던 곳이 바로 이곳이었구나. 텔레비전으로 볼 때는 엄청나게 큰 곳처럼 느꼈는데 역시 영상매체의 마술은 무도 유로 만드는 재주가 있다니깐. 약수터에서 목을 축이고 나면 본격적인 산타기가 시작된다.

흙길이다. 땅은 내 무게에 반응하며 패이기도 하고 변형되기도 한다. 참된 길이다. 책으로만 보아 왔던 나무들이 나 여기 있다면서 살짝살짝 얼굴을 내미는데 얼마나 반가운지 모두 데리고 가고 싶다. 나무에 대하여 특별한 애심을 가진 나는 일주일에 몇 번이고 동네 초등학교에 놀러갔다. 특히 원일초등학교는 나무를 테마로 세워진 학교이기 때문에 갖가지 나무들이 어울려 살아가고 있는 곳이다. 음표 같은 회화나무, 곤봉 같은 때죽나무, 포동포동하게 살찐 계수나무, 민첩한 산사나무, 거북이다리 같은 신갈나무, 하얀 공의 불두화, 향기 가득한 수수꽃다리…… 그러나 그리움으로만 불러 보던 나무들도 많았다. 문경새재를 넘으면서 그러한 내 그리움에 한 줄기 환한 빛을 선사해 주는 나무들의 천국이여. 서어나무, 물박달나무, 야광나무, 신나무, 현사시나무, 이팝나무, 바람나무…….

할머니를 모시고 온 한 가족이 산을 내려온다. 얼마나 걸리는지 물으니 한 시간 반이면 오를 수 있다고 한다. 행복해 보이는 그 가족을 뒤로하고 다리에 힘을 주었다. 조령정 앞에는 송어 떼가 유유히 노닐고 옛 그림자도 송어 떼를 따라다닌다. 출장 나온 관리들이 머물렀다던 조령원터가 바로 위에 서 있다. 후에 일반 백성들도 묵어갈 수 있게 된 조령원터를 둘러보니 객의 서성대는 심사가 오늘에 닿아 있는 듯하다. 알림판을 보니 이렇게 쓰여 있다.

"궁예가 원대한 꿈을 품고 세달사 절에서 나와 백성으로부터 민심을 얻어 장군으로 추대되어 사용된 산채"

이곳에서 촬영되었다는 뜻이다. 원대한 꿈을 품은 이는 궁예만이 아니었다. 영남지역 대다수 선비들은 과거시험을 보기 위해 이 조령을 넘어 한양을 향했다. 죽령, 추풍령이 있긴 하지만 문경새재는 '문희'라는 말에서 유래, '좋은 소식을 듣게 된다'는 함의가 있어 선비들이 애써 이 길을 넘었던 것이다.

재를 오르다 보면 옛 선비들이 과거시험을 보기 위해 걸었던 산길들이 곳곳에 나 있는데 그 길은 참으로 협소하고 우리에게 익숙한 잘 닦인 그런 길이 아니다. 험한 돌길, 질펀한 흙길이다. 이 문경새재를 넘은 자 중에 과거합격자가 가장 많았다고 하는데 비록 몸은 힘들었겠지만 천하의 비경을 접하고서 어찌 훌륭한 시가 나오지 않았겠는가.

용추라는 곳에 도착했다. 계곡에 깃들인 형세가 심상치 않아 안내문을 보니 아니나 다를까 범상치 않은 곳이다.

큰 바위 힘이 넘치고 구름은 도도히 흐르는데
산 속의 물 내달아 흰 무지개 이루었네.
성난 듯 낭떠러지 입구 따라 떨어져 웅덩이 되더니
그 아래엔 먼 옛적부터 이무기 숨어있네
푸르고 푸른 노목들 하늘의 해를 가리었는데
나그네는 유월에도 얼음이며 눈을 밟는다네.
깊은 웅덩이 곁에는 국도가 서울을 달리고 있어
날마다 수레며 말발굽이 끊이지 않는다네.
즐거웠던 일 그 몇 번이며 괴로웠던 일 또 몇 번이었던가.
하늘 땅 웃고 어루만지며 예와 오늘 곁눈질하네.
큰 글자 무르녹은 듯 바위에 쓰여 있으니
다음날 밤에는 응당 바람비 내리리라.

바위에 쓰인 글씨는 다름 아닌 '용추'며 이는 숙종 25년에 구지정이란 사람이 쓴 것이다. 특히 눈길을 끄는 것은 이 길이 날마다 수레와 말이 끊이지 않고 오가던 곳이라는 구절인데 눈을 감고 당시의 상황을 상상해 보니 말과 수레를 피하느라 길옆으로 바짝 붙은 나의 모습이 환상 가운데 떠오른다. 눈을 떠 앞을 보고 뒤를 돌아보니 인적은 드물고 까치소리만 드높다. "즐거웠던 일 그 몇 번이며 괴로웠던 일 또 몇 번인가"라는 구절에서는 '길'을 물 자체로 보지 않고 영안과 심안으로 본 이황의 예술적 경지가 돋보인다.

대동아 전쟁이 한창일 때 원료공급을 위해 일제에 동원된 우리 백성들이 굽은 큰 소나무의 송진을 채취하기 위해 도끼로 찍어 내렸던 V 자 상처자국은 동일한 이 '길'이 고뇌로 목도한 장면 중의 하나이리라. 제국주의의 만행을 가슴에 각인한 노근리 길처럼. 국군이 국민을 향해 총칼을 휘둘렀던 금난로의 길처럼.

'꾸구리'를 본 적이 있는가? 용추 바로 위에는 꾸구리 바위가 있다. 내려오는 물 때문에 일어나는 물이랑과 물그림자는 도무지 물고기의 정체를 알아 볼 수 없게 만든다. 오렌지 빛깔의 물고기들이 떼를 지어 노니는데 그 분명치 않은 모습 때문에 마음은 더욱 신비에 사로잡히고 꿈속에 앉아 있는 기분이다. 간혹 달려와 부딪히는 꾸구리 때문에 내가 앉은 바위가 정말로 흔들리는 듯하다.

우측으로 떨어지는 조곡폭포에 닿으니 한여름인데도 한기에 오싹한 느낌이 든다. 이렇게 가까운 거리에 이렇게 멋들어진 폭포가 있었다니. 경솔히 넘길 수 없는 조곡폭포는 구곡폭포처럼 묘기를 부리며 떨어지는데 올려다보니 그 굽이가 구곡에 그치지 않고 아련히 하늘까지 이어진다. 그런 폭포를 손만 내밀면 만질 수 있다. 앞에 마주한 그의 친구는 함박꽃나무다. 어머니 마음 같은 풍요로운 잎사귀로 조곡의 다

혈성을 감싸 주는 폼으로 보아 예사롭지 않은 만남이다.

이제 조금만 더 가면 조령3관문이 보이는 정상이 나타난다. 그런데 '장원급제길'이 왼쪽으로 나 있다. 그 길로 간다고 뭐 장원급제하겠냐고 내뱉으면서도 다리는 벌써 돌계단을 오르고 있다. 그 길 중간에는 기도를 드리는 장소가 있다. 칠성단 돌무지가 커다란 삼각형을 이루고 일곱 개의 칠성바위가 여기저기 흩어져 있으며 귀여운 감투바위와 책을 얹고 소원을 비는 책바위가 정연하게 자리 잡고 있다. 누군가 실제로 사법시험을 치른 자녀가 있는지 정화수 맑게 파동을 내고 있고 은은한 향내가 미처 막힌 공간을 빠져나가지 못하고 있다. 인간은 누구나 초월자에 대한 의지가 있다. '인간에게 닥친 모진 시련을 앞두고서 종교가 없었다면 인간은 파멸되어 버리고 초극의 가능성은 마비되었을 것이다.'라고 생각하며 '금의환향길'과 만났다.

아침 7시에 출발했는데 시간은 벌써 10시를 넘고 있다. 정상에서 내려오는 길은 딱딱하고 차들도 오고 간다. 고로쇠나무의 변화무쌍한 흔들림을 감상하며 주차장 앞에 주저앉았는데 한 아주머니가 다가와 말을 건넨다. 나의 이야기를 듣고서는,

"산악인인 줄 알았는데 문인이었군."

서울 장안동에 사시는 아주머니는 유명한 〈K2 산악회〉 소속인데 이화령에 대원들을 내려놓고 여기서 그들이 도착하기를 기다리는 중이다. 얼굴 미소가 아름다운 아주머니는 어찌나 나와 말죽이 잘 맞는지 백두산에서 자신도 괴물로 보이는 은빛을 목격한 일이 있다(얼마 전 백두산에 괴물이 출몰했다는 기사가 TV에 방영되었다)는 등 다양한 산악담을 늘어놓으며 고즈넉한 시간 동안 나의 벗이 되어 주었다. 인

터넷으로 산악회 게시판에 꼭 글을 남기겠다고 인사하고 멀어지는데 한참을 가서 돌아보니 아직도 나를 쳐다보며 행운의 미소를 보내고 있다.

월악산을 오르려는데 여비가 바닥이 났다. 수안보에 가서 돈을 찾아야 하는데 낭패가 아닌가. 그런데 홀연히 차 한 대가 내 앞에 끽 하고 선다. 자세히 보니 아까 조령을 내려오면서 본 길가의 약초를 캐던 부부다. 그때 이것저것 이야기하고 인사한 것이 이런 모습으로 답하여 온 것이다. 사정을 얘기했더니 수안보에 데려다 주고 돈을 찾은 후에 다시 제자리에까지 태워 주면 되겠느냐고 한다. 나그네는 잘 웃고 인사 잘하는 것이 첫째가는 무기다. 이것이 뜻밖의 호의와 인연으로 나그네를 보살필 때가 많이 있다.

그리 높게 오른 것 같지도 않은데 벌써 내리막길이다. 월악산을 올랐다가 미륵사 입구까지 더욱 급하게 내려가더니 조금 완만하게 계속 내리막길이다. 아직 갈 길이 먼 것 같은데 벌써 내리막이면 다시 급히 오르는 길이 나오지 않을까 은근히 걱정이 된다(결국 걱정은 기우였음이 밝혀진다). 만수계곡, 닷돈재, 송계계곡이 끝날 때까지도 내리막의 여유는 계속된다. 벚나무로 시작하더니 미륵사부터 단풍나무가 이어받고 얼마 안 가서 이팝나무가 대세를 이룬다.

휴게소에서 들려오는 뽕짝소리. 화투치는 광경도 보인다. 이 아름다운 자연과 전혀 어울리지 않는 모양새다. 만물의 영장인 인간이 자연과 벗하는 모양새가 겨우 이 모양이라니. 자연의 입장은 전혀 도외시되고 인간의 욕망만이 횡포를 부리고 있다. 이처럼 조화되지 못한 힘을 일컬어 '만용'이라고 한다. 인간이 자연을 지배할 수 있다고 믿던 시절이 있었다. 알량한 과학이 절대적 신앙이 되고 교리가 되어 가던 근・현대 시대가 그때다. 하지만 '상대성 이론'과 더불어 '과학의 신격화'는 비판을 받기 시작했고 이젠 여기저기서 과학 너머에 있는 증명할 수 없는 힘 · 질서에 대한 믿음이 회복되어 가고 있다. 그렇다고 과학을 내팽개칠 것은 아니다. 하지만 과학에 갇혀 있던 눈은 깨어나고 이에 따라 폭력성, 맹목성, 경제적 유일관념, 속도와 성장에 대하여 반문을 던지면서 서서히 인간은 조화의 질서를 통하여 겸손한 태도로 나아갈 수 있게 되는 것이다.

자연을 인간이 함부로 대하게 되면 결국 화가 인간을 덮친다. 균형과 질서가 깨짐으로써 자연스럽게 일어나는 수순이다. 산 정상에서 "야호" 하고 외치면 나무 · 새들이 스트레스를 받아 쇠약해진다는 보고가 있다. 사람에게 '인격'이 있는 것처럼 자연에게도 '자연격'이란 게 있다.

자라면서 겸재나 정선 등 옛 화가들이 그린 〈산수도〉를 접했다. 그때마다 나는 '서양화'를 볼 때와는 달리 편안한 감상을 한 것 같다. 억지로 이해하려 하지 않아도 그림은 스스로 마음속으로 들어와 내 자연스런 해석의 일부가 되었다. 이런 현상은 나만의 것이 아닌 한국인이면 공통적으로 겪는 일일 것이다. 왜일까? 우리에게는 공통한 '한국적 게슈탈트'가 자리하고 있기 때문이다. 월악의 비경을 보지 않았더라도 우리 동네 뒷산의 곡선미는 월악에 맞닿아 있고 동네 사람들은 그러한 곡선미와 미감을 뇌 속에, 마음속에, 세포 속에 녹여 온 것이다. 이처럼 땅은 민족의 의식을 지배하고 그 땅에서 태어난 사람들을 공통분모의 의식을 가지고 하나로 묶는다. 언젠가 이런 실험이 있었다. 두 목수에게 각각 나무를 주고 깎으라고 했더니 일본 목수는 날카롭게 깎고, 한국 목수는 둥글게 깎았다는 것이다. 한민족의 의식이 어찌 땅과 무관할 수 있겠는가. 이렇게 형성된 게슈탈트 의식으로 인하여 한민족이라면 누구나 산수도를 자연스럽게 감상할 수 있는 것이다.

저 멀리 여인의 가슴 같은 봉긋한 월악의 세 봉우리가 어깨를 나란히 하고, 그 뒤편으로 남성다운 선이 힘차게 오르더니 갑자기 꺾여 내려간다. 갑작스런 선의 각도 변화가 전혀 부자연스럽지 않고 오히려 흐르다 걸린 하얀 구름과 더불어 영묘한 자태를 이룬다.

자연은 그 자체로 완벽한 질서라는 말이 그릇되지 않다. 요즘의 수학자나 물리학자들이 주장하는 카오스 이론이나 프랙탈(fractal) 이론은 "무질서하게 보이는 자연에도 보이지 않는 내적인 질서가 있다."고 한다. 언젠가 누군가 이런 반박을 한 적이 있었다.

"자연은 때로 파괴적이고 질서를 무너뜨리지 않습니까!"

인간의 시각으로 자연을 평가했기 때문에 나온 말이다. 자연은 의도적으로 책임 없는 다른 자연을 파괴하지 않는다. 전체로서의 자연질서를 위해 서로간에 애당초 합의된 소멸인 것이다. 그렇더라도 누구하나 자만하지 않고 소멸하는 자연도 비굴하지 않다. 하지만 인간은 책임 없는 타자를 자신의 이익을 위해 파괴하고 전체로서의 질서보다는 개인의 사욕을 앞세우고, 가진 자는 거만하고 없는 자는 비굴해지기 쉽다. 하지만 인간에게도 희망은 살아 있다. 아무리 못난 인간이라도 가장 아름다운 자연보다 아름다우며 인간의 세포 속에는 영원에 대한 갈망과 질서의 속성이 살아 있기 때문이다. 그러한 자연적 속성을 발현해 내는 것은 결국 인간 자신의 몫이다. 괴테가 말한 "아무리 보잘 것없는 인간이라도 대단히 걸출한 인간 존재 때문에 자신의 존재를 방해받지 않는다. 다시 말해 '작은 남자도 역시 남자'인 것이다." 보다 훨씬 비밀스런 희망이 인간 속에 숨어 있다.

송계계곡을 지난다. 사람들은 가족들끼리, 연인들끼리 와서 물놀이를 하고 음식도 나눠 먹는다. 정말 평화스런 모습니다. 이쯤에서는 산과 강도 그저 조용히 자신의 몸을 내맡기고 있다. 이러한 평화가 영원히 계속되기를 바라지 않을 자가 어디 있겠는가. 하지만 우리 민족에게 허용된 평화란 작은 바람에도 흩날리는 민들레 홀씨 같은 불안정성이 내재된 평화가 아니던가. 1950년 6월 24일까지의 평화가 6·25로 인하여 깨어졌듯이 현재 우리가 누리는 평화도 언제 어떠한 충격으로 깨질지 모른다. 박정희 정권이 끝날 무렵, 미국은 한반도에 전쟁을 준비하고 미국인에게 소개령을 내리기 직전까지 간 적이 있었다. 당시 북한이 핵개발에 박차를 가하고 있었기 때문이다. 미국이 전쟁 준비를 하면서 영변을 폭격하면 민간인 수백만 명이 사망하는 6·25 이상의 참혹한 결과가 발생할 것을 점치고 있을 그때에도 우리 민족의 생활은 외견상 평화로웠다. 아무도 전쟁을 상상조차 하지 못한 채. 아무리 동아특위로, 광주항쟁으로, 6·10 항쟁으로 민주와 자유의 진보가 있었더라도 우리가 성취한 자유의 금자탑은 얼마나 외부적 힘에 의해 부수어지기 쉬운 것인가. 이 자유와 평화를 지속시키고 발전시키는 길이 그 무엇이건 간에 분명한 건 대가가 필요하다는 사실이다.

플라톤이 왜 '귀족주의'를 이상적인 정치제도로 생각했는지 염두에 두어야 한다. 플라톤의 귀족주의는 우리가 흔히 아는 세습적 귀족을 뜻하는 것이 아니다. 철저하게 교육받고 수많은 검증을 거친 합리적이고 능력 있는 지도자가 대통령이 되어야 된다는 주장에 다름 아니다. 이처럼 우리의 민주주의적 권리를 지키려면 국민 각자는 우선 수준 높은 교육을 통해 의식의 향상을 꾀하고 자신의 의무를 다해 대가 지불에 주저해서는 안 된다. 한편 지도자는 철저한 검증을 거쳐 민족의 시대적 총의를 세계만방에 떨칠 수 있는 자로 선택해야 할 것이다.

송계리를 내려오니 민박마을이 보인다. 그 마을에 핀 무궁화꽃의 성스러움을 가슴에 새기고 월악산을 빠져나오니 36번 국도와 갈라지는 월악대교가 누워 있다. 모처럼 해는 서산에 걸려 하늘을 붉게 물들이고 있다. 석양에 노을이 지면 언제나 생각나는 시가 있으니 지성파 시인으로 잘 알려진 이성복의 〈여기가 어디냐고〉이다.

붉은 해가 산꼭대기에 찔려
피 흘려 하늘 적시고
톱날 같은 암석 능선에
뱃바닥을 그으며 꿰맬 생각도 않고
여기가 어디냐고?
맨 날 와서 피 흘려도 좋냐고?

해는 모든 것을 다 주고 더 나아가 자신의 피를 흘려 땅도 구원한다. 자신의 배를 그은 부덕한 땅을. 나는 이 시를 읽고 난 뒤 피 흘리는 서산을 볼 때마다 초월자의 구원의 징표 같은 것을 생각하게 되었다. 예수님의 희생은 저 산이 닳을 때까지 계속된다.

지금은 홍콩에서 무역업에 종사하고 있는, 대학시절 룸메이트였던 홍순녕의 책꽂이에서 우연히 펼쳐든 이 책에 마음이 빼앗겨 나도 모르게 계속 간직하며 읽은 게 벌써 10여 년. 언어 곳곳에서 절제하며 담담히 써 내려간 그의 시상은 가파른 젊음에 브레이크와도 같았다. 그의 시 〈그 여름의 끝〉은 위의 〈여기가 어디냐고〉와 시정이 통하는데 오늘 같은 날에 더욱 잘 어울리는 시다.

그 여름 나무 백일홍은 무사하였습니다. 한차례 폭풍에도 그다음 폭풍에도 쓰러지지 않아 쏟아지는 우박처럼 붉은 꽃들을 매달았습니다.

그 여름 나는 폭풍의 한가운데 있었습니다. 그 여름 나의 절망은 장난처럼 붉은 꽃들을 매달았지만 여러 차례 폭풍에도 쓰러지지 않았

> 습니다.
>
> 넘어지면 매달리고 타올라 불을 뿜는 나무 백일홍 억센 꽃들이 두어 평 좁은 마당을 피로 덮을 때, 장난처럼 나의 절망은 끝났습니다.

카뮈와 같은 인간조건의 부조리의 끝, 그 절망의 순간에 단번에 다다르는 피의 구원. 그것은 뱃바닥을 그어 피를 흘려가며 찾아오는 붉은 해와 같은 것이다. 나는 그 구원의 비유가 내가 아끼는 목백일홍을 통해서 이루어졌다는 데 개인적인 정이 더 갔다.

날은 어둑해지고 외진 곳의 두려움은 산의 엄숙함만큼 세차게 밀려온다. 입술은 더욱 부르트고 몸은 흥건히 젖었다. 나는 송계리에 있는 송계교회에 몸을 맡기고 하루를 접었다.

## 이렇게 가르치면 안 된다

〈7월 21일, 송계~단양, 43㎞, 12시간〉

오늘은 가야 할 길이 멀어 새벽같이 교회를 나섰다. 아직 어둠의 세례가 완전히 걷히지 않은 시각. 하탄마을에는 벌써부터 밭에 나와 썩은 고추를 가려내는 할머니의 손길이 바쁘다. 월악의 정취는 계속해서 나를 따르고 나는 어제 빨아들인 감동의 잔상을 품고 36번 국도를 걷는다.

오늘은 반드시 짐을 줄여 택배로 보내야지. 꾸역꾸역 챙긴 옷가지

들이 막판에 나의 발목을 잡아 괴로움을 주고 있기 때문이다. 계속해서 벚나무 길이다. 오가는 자동차도 많지 않고 어디엔가 '정숙'이라고 쓰인 도서관처럼 나의 발길질 소리마저 신경을 거스르는 호젓하고 다정한 길이다.

우측으로는 월악산의 기상이 구름을 찌르고 있으며 좌측으로는 절벽으로 바싹 다가붙은 등곡산의 풀 냄새가 잠든 정신을 깨운다. 앞으로는 동달천이 흐르는 월악산 영봉을 등진 수산리마을이 닭 우는 소리에 상반신을 들어 기지개를 켜고 있다. 월악산의 또 다른 계곡 길을 걸어가는 착각에 빠진다. 하지만 어느새 물 흐르는 소리는 자취를 감추고 길의 모습도 단조로움 일색이 되어 간다.

신현리 〈꼬부랑재〉를 넘으니 이른 아침 햇살이 살포시 고개를 내밀고 한 농부의 걱정스런 독백이 들린다. '사서 고생은 왜 하누.' 지루한 길은 땡볕에 계속되어 나그네의 발길을 늦추고 텅 빈 허기는 식당만을 찾아 헤맨다. 월악대교를 넘어서부터는 사과, 배, 복숭아 등의 전형적인 과실수는 적어지고 약초가 무리 지어 재배되고 있다. 누렇게 말라 수확의 대상이 된 홍화를 힘겹게 꺾던 할머니가 허리를 펴신다. "줄기가 거칠어서 잘못하면 손 베여……." 오늘 장갑을 미처 챙기지 못했다고 자책하신다.

며칠 동안 한 번도 물집이 재발하지 않았던 오른발에 물집이 양쪽으로 세력을 넓혀 자라고 있다. 참 신기한 것은 양다리가 서로의 고충을 이해하고 고려하면서 살아간다는 것이다. 왼발에 심한 물집이 생기면 오른발은 의연해지고, 오른발에 통증이 오면 어느새 왼발의 절룩거림이 사라진다. 화목한 두 자녀를 보듯 기특한 마음으로 두 다리를 축복했다.

모퉁이를 도니 벚나무에 숨어 있던 식당이 갑자기 나타난다. 나의 오장육부는 시신경을 열렬히 곧추세우며 소란스러워진다. 오천 원 하는 순두부찌개 맛이 일품이다. 짧은 담배에 덥수룩한 연기를 내뿜으며 한 아저씨가 문지방을 넘는다. 그리고 아는 척을 한다.

"벌써 여까정 왔수. 뭐 하러 힘든 고생을 자처해? 나는 돈 줘도 못 하겠다."

"아…… 아까 신현리 지나올 때 논물 보던 아저씨 맞죠?"

여기서부터는 첩첩산중이라며 겁을 팍팍 준다. 아주머니가 챙겨 주시는 시원한 물을 받아 들고 길을 재촉했다. 바위산이 많아서인지 곳곳에 수석판매장이 손님을 기다리며 문을 열고 있다. 성암리 〈약초길〉을 지난다. 풀 냄새는 가시고 약초 향이 사방에 분사된 것 같다. 고개를 넘는다. 수사면과 접한 고개다. 재미없는 길은 계속되고 음악은 멈추었다. 야미산의 길 잃은 뻐꾸기 소리가 내 발길에 챈다.

음악과 새소리는커녕 생명의 위험을 피해 국도대장정에 나섰던 사람이 있었다. 나는 아주 어린 시절에 그를 만났다. 토굴에서 처자식과 잠을 자면서 거친 음식으로 버티고 포탄에 부인은 큰 상처를 입기도 했던 제5차 대장정 모택동의 외형적 모습은 깊은 감수성의 세례를 내게 안겨 주었다. 하지만 시간이 흘러 그를 다시 만났을 때에는 예전의 그가 아니었다. 국권 상실의 위기를 극복해야 한다는 열정 때문에 생활의 윤택과 민주주의와 인권이라는 이성적 가치를 돌아보지 않는 이데올로기의 맹신자였다. 그는 어릴 적 얼마나 많은 그리고 난해한 책을 흡수했던가.

난 그의 지적 흡입력에 감탄했던 기억이 아직도 생생하다. 하지만 부모의 불화와 봉건 권위적인 가정환경은 그의 지적 방향에 영양불균형을 가져왔고 위대한 지도자가 갖추어야 할 덕목에 결핍을 초래했던 것이다. 인간에게 있어서 사랑의 경험은 얼마나 중요한 요소인가. 요즘 우리 주위에선 이런 가정을 쉽게 찾아볼 수 있다. 값비싼 학원에 보내고, 값비싼 책을 사주면서도 정작 부모 간의 사랑에는 아무런 지침이 없는 가정. 가정이 없는 가정. 이런 곳에서 자란 아이는 비록 그가 좋은 대학을 간다고 하더라도 그의 사고의 편협과 불균형은 그를 건강하게 인도하지 못할 것이다. 한편 배울 점도 있다. 온실 속 교육이 아니라 모험과 창의에 바탕을 둔 교육이다. 이러한 주장은 교육학 분야의 고전인 루소의 『에밀』에서도 드러나고 있다.

> "우리는 가르치려는 욕망과 지나친 꼼꼼함 때문에 아이들이 스스로 배우는 편이 훨씬 좋을 사실을 항상 직접 가르치려고 한다. 그래서 즐거운 시절을 눈물과 징벌과 위협과 노예상태에서 보내게 된다. 우리는 그를 위해 최선이라고 하며 불행하게 아이를 괴롭힌다."
>
> "아이들의 사전에서 순종과 의무와 책임과 같은 단어를 추방하고 어설픈 이론을 제시하거나, 지시하는 일을 그만 두라."
>
> "젊은 교사여, 나는 그대에게 한 가지 어려운 기술을 간곡히 권고한다. 그것은 지시하지 않고 지도하는 일이고, 그대가 아무것도 하지 않으면서 모든 것을 하는 일이다."
>
> "그대는 먼저 개구쟁이 어린이들을 세상에 내보내지 않고서는 그들을 결코 현명한 사람으로 만들지 못할 것이다. 이것이 스파르타 사람들의 교육법이었다. 스파르타 사람들은 아이들을 책에 묶어 두는 대신에 그들에게 자기들의 점심거리를 훔치는 일부터 시작하게 하였다."

하지만 루소 스스로도 불행한 어린 시절을 보내서 그런 것일까? 가정의 사랑과 따뜻한 자애에 대한 가르침은 쉽게 내뱉지 못한다. 자신의 자식들을 고아원에 내맡기기까지 했으며 자신도 광기에 차 세상을 비판했으니 말이다.

교육. 물론 중요하다. 하지만 교육이 사람을 바꾸지는 못한다. 교육이 제도를 바꾸지 못한다. 인류의 역사를 뒤바꿔 놓은 갈릴리 사람, 예수 그리스도의 제자들은 거의가 어부요 무지렁이였다. 그나마 배운 사람은 예수를 팔았던 가룟 유다였다. 예수는 항상 약한 것을 들어 강한 것을 멸하고자 했다. 그리스도가 부활한 후 인류에게 주어진 가장 큰 선물은 성령의 능력이다. 성령으로만 사람이 바뀌고, 소망이 생기는 것이다. 성령 없는 교육으로 사람을 바꾸기에는 사람의 부패함이 너무나 크다. 오직 누구든지 그리스도 안에 있어야 새로운 피조물이 될 수 있다.(고린도후서 5:17)

이런저런 생각을 하며 걷다 보니 수산우체국 앞에 당도했다. 딱 두 벌씩만 남겨두고 나머지 짐들은 소포로 똘똘 감아 집으로 부쳤다. 3㎏이 줄어드니 몸은 새처럼 날아갈 듯 가볍다. 옷뿐만 아니라 휴대용 칼, 다 읽은 책, 선물로 받은 CD까지 함께 보냈다. 시골 인심만큼이나 친근한 직원이 환한 웃음으로 손님을 맞고 검색용으로 마련된 두 대의 컴퓨터엔 초등학생 둘이 게임 삼매경에 빠져 있다.

이렇게 오래 걷다 보면 지금처럼 손이 붓는 경우가 잦다. 주먹을 쥐려 해도 손이 빡빡해져서 모으기가 힘들다. 반지도 안 빠질 정도다.

산을 타고 곡예를 하듯이 휘감아 도는 길이 눈앞에 펼쳐진다. 여태껏 만나보지 못한 새로운 길이다. 이제 강원도의 탁월한 지세가 서서히 그 맛보기를 선사하려 하나 보다. 그 오르막길 시작점에 계란리가 예사롭지 않은 인상으로 앉아 있다. 이야기를 들어본즉 토정 이지암 선생이 백운동에 은거할 때 금수산에 올라 이 마을을 바라보니 금빛 닭이 알을 품은 형상으로 귀인이 날 것이라며 이름 붙인 게 계란리의 유래란다.

마을 입구에 쭉치고 앉았다. 그 자연에 동화되려면 쭉치고 앉는 것만큼 좋은 게 없다. 의자에도 앉지 말고, 서지도 말고, 그냥 풀썩 주저앉아 보면 색다른 감흥이 다가오는 걸 느낄 수 있다. 허리가 아파 두 손으로 땅을 짚고 상체를 조금 뒤로 눕혔다. 저 멀리 구름 속에 언뜻언뜻 보이는 해발 1016m의 금수산이 예의를 갖추고, 조심성 있는 사람만이 느낄 수 있을 정도의 소슬바람이 마치 금수산으로부터 흘러내려 온 듯 범상치 않은 기운을 나그네의 가슴에 새겨 넣고 조용히 지나간다.

고개를 넘어 제천시의 마스코트인 박달이와 금봉이의 배웅을 받고 단양군을 들어서니 온달과 평강이가 다시 맞는다. 지루한 길은 끝나고 그림 같은 길이 다시 나그네의 시선을 사로잡는다. 단양군으로 들어가는 길에서 정면을 바라보면 여섯 겹의 주름 잡힌 산맥이 병풍의 그림처럼 하늘에 펼쳐져 있다. 펴다만 육 겹 부채 모양새다. 풍악은 곡선을 그리며 울리고 정취는 무엇엔가 취한 듯 하늘거린다. 내리막길로 더욱 전진하니 코발트 빛 충주호가 듬직하고 곧은 장수 같은 산의 호위를 받으며 평화를 누리고 있다. 여기가 바로 장회나루다. 육 겹 부채 사이로는 좁은 길이 뱀같이 구불거리며 어디론가 사라져 올라가는데 어느 초등학교에서 온 세 대의 버스가 아이들의 함성을 싣고 미지의 세계 속으로 빨려 들어가고 있다.

역시 산과 물이 어우러진 길은 한층 즐거움을 선사한다. 산은 산의 격이 있고, 물은 물의 격이 있는 게 분명하다. 두 물이 내게 주는 조화된 감흥의 질서는 이성의 제도를 뛰어넘는 완벽 선으로 인도하는 통로가 된다. 이런 길은 단양읍내에 들어설 때까지 계속된다. 읍내에 들어가기까지는 5번과 59번의 접도구간을 지나서 59번 국도로 빠져나와야 한다. 여기에 무슨 마을이 있을까 하고 59번으로 들어서지만, 놀랍게도 단양읍이 신기루처럼 들어서 있다.

단양 아래에는 영주시가 있다. 누이가 멀리 시집간 곳이다. 영주에 들렀다 가야겠다. 피붙이의 발걸음을 기다리는 누이의 바람 때문이기도 하지만, 이제부터 펼쳐질 가장 험한 길들을 가기 전에 만반의 비축이 필요하기 때문이기도 하다. 이 지역에 이틀간 예고된 폭우 소식도 나를 영주로 이끈다. 다시 단양으로 올 것을 기약하며 터미널에서 영주행 완행버스에 오른다.

# 버리면 얻는 것들

〈7월 23일, 단양~고씨동굴~영월, 45㎞, 11시간〉

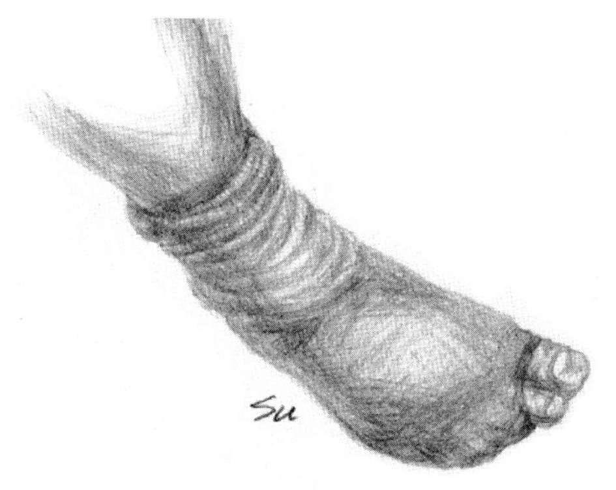

누이의 집에서 하루를 푹 쉬었다. 자형은 삼겹살, 불닭으로 바닥난 에너지원을 채워 주고 누이는 온갖 과일을 달아서 내놓았다. 여느 때 같으면 6시 즈음 일어났을 텐데 어제는 8시까지 눈을 뜨지 못했다. 조카 원일이와 하은이는 하루만 더 있다 가라며 바짓단을 잡고 놔주질 않는다. 아이들은 언제나 '하루만 더'를 외친다. 아이들의 요구는 때론 무리하게 들리기도 하지만 어른들의 말처럼 애매하지 않다. 내뱉는 말 그대로가 그들의 본심이기 때문이다. 어른들은 빈말에 익숙하고 그래서 항상 말 뒤에 숨은 뜻을 헤아려야 하고 그 복잡성 때문에 오해와 섭섭함의 관계에 빠지게 되기도 한다. 아이들의 마음이 사랑스럽다.

소슬비가 터미널 처마를 타고 떨어진다. 단양을 향하는 버스를 기다리며 앉아 있노라니 이런저런 생각이 마음에 솟구친다. 사람들은 제각기 휴대폰을 꺼내 문자를 날리고 게임도 하고 음악도 듣고 있다. 요즘 사람들은 오늘과 같이 운치 있는 장면이 펼쳐져도 환경과 하나 된 감흥에 빠져들지 못하고 조금의 틈만 나도 휴대폰과 같은 기계를 붙잡고 자신의 소외를 달래고 영혼을 내맡기는 것 같다.

무리와 함께 계시기를 즐겼던 예수님은 홀로 적막함 속에서 하나님을 묵상하고 기도하기를 기뻐하셨다. 혼자 남겨졌을 때 하나님을 생각하고 그의 뜻을 헤아려 보는 것만큼 신나고 가치 있는 일이 있을까? 화살처럼 지나가 버리는 시간들. 그 시간 속에서 최대한 가치 있는 일을 하고 싶다. 그분의 임재를 다시 묵상하고 발길을 옮긴다.

단양 터미널 맞은편 슈퍼에서 빵과 우유를 사서 가방을 채웠다. 아저씨는 요즘 위험한 사람들이 많아 혼자 다니면 안 된다고 염려를 늘어놓으신다.

"저를 보세요. 누가 돈 있는 사람으로 보겠습니까?"

남한강 위로 난 다리를 건너면 영춘을 향하여 59번 국도를 타야 한다. 길은 곧바로 산허리를 타고 오른다. 이 얼마나 걸어 보고 싶었던 길인가. 돌고 오르고 다시 돌고 내리고…… 조금도 지루함과 나태를 허용하지 않으려는 듯 〈고수재〉는 화려한 곡선미로 나그네를 휘감고 곳곳에 떨어져 내리는 작은 폭포들이 영혼과 육신의 갈증을 가시게 한다.

남한강은 엄청난 황토 빛 수량으로 거침없이 흘러가고 개성 있는 산들은 이마를 맞대고 하늘의 성스런 기운을 이어주는 오작교 역할을 감당하고 있다. 덕천 삼거리를 지나자 시원하게 이마를 드러낸 해바라기가 나그네를 맞고, 가을의 결실을 향해 자라고 있는 국화 줄기의 싱싱함이 푸르다. 다정하게 굽이도는 2차선 플라타너스 길 위에서 윤동주의 〈새로운 길〉이 떠오른다.

내를 건너서 숲으로
고개를 넘어서 마을로
어제도 가고 오늘도 갈
나의 길 새로운 길
민들레가 피고 까치가 날고
아가씨가 지나고 바람이 일고
나의 길은 언제나 새로운 길
오늘도…… 내일도……
내를 건너서 숲으로
고개를 건너서 마을로

큰 플라타너스 아래 앉아 신발 끈을 고쳐 맸다. 그동안 너무 죄여 있었나 보다. 진작 공간을 내 둘걸. 후회가 막심이다. 발가락 사이의 밀착이 느슨해지니까 피가 잘 통하고 물집도 자극을 덜 받는다.

가곡면에 들어서니 〈소백산 주목의 자생지 가곡면〉이라는 안내판이 서 있다. 깊은 산에서만 서식하는 붉은 그 주목나무를 국도 상에서 마주칠 수 있을까? 주목처럼 붉은 옷을 입은 한 초등학교 여학생이 반대차선으로 앞서 가고 있다. 동행하는 인간의 발걸음은 그것 자체만으로도 힘이 된다. 그런데 내가 무슨 나쁜 사람이지는 않나 염려하는 것일까? 수시로 힐끔 뒤돌아보며 속도를 내는 꼬마. 내가 걷는 국도 위에서는 사람 찾아보기가 참 어렵다. 가끔 만나게 되는 꼬마들도 나는 반갑기 그지없다.

가곡마을을 지나면서 다시 벚나무가 주종을 이룬다. 특이한 마을이다. 보건지소, 면민의 쉼터, 농협, 초·중학교, 우체국 등 작지만 없는 게 없는 마을에 활기와 생산성이 넘쳐 보인다. 주부 세 명이 길가의 화단을 정리하고 휴지 등을 줍고 있다. 마을 정면엔 〈사평리 이주 추진위〉라는 글씨가 큰 바위에 새겨져 있다.

모처럼 햇빛은 분가루처럼 흩날리고 나는 시리도록 허연 축축한 가슴 몇 조각을 꺼내어 마른 짚단처럼 가지런히 말린다. 남한강아, 어디서 와서 어디로 가느냐. 모든 욕망과 모든 음습한 것들을 매일같이 고해성사하듯 말갛게 씻어 내는 그대여. 나는 날마다 바울처럼 나를 죽이고 싶다. 거짓과 습관으로 점철된 나를. 신경림 시인도 그랬었지. 〈농무〉, 〈파장〉, 〈특급열차를 타고 가다가〉를 통해 정해진 선로를 무감하게 살아가는 나에게 얼마나 많이도 탈선을 부채질했던가. 민족을 이해하라. 자신의 세계에 함몰되지 말라. 안주하는 곳에서 넓은 세계로 떠나라…… 나를 간질이는 그의 귓속말.

이렇게 서둘러 달려갈 일이 무언가.
환한 봄 햇살 꽃 그늘 속의 설렘도 보지 못하고
날아가듯 달려가 내가 할 일이 무언가.
예순에 더 몇 해를 보아온 같은 풍경과 말들
종착역에서도 그것들이 기다리겠지.
들판이 내려다보이는 산 역에서 차를 버리자.
그리고 걷자 발이 부르틀 때까지.
복사꽃 숲 나오면 들어가 낮잠도 자고
소매 잡는 이 있으면 하룻밤쯤 술로 지내면서.
이르지 못한들 어떠랴 이르고자 한 곳에
풀씨들 날아가다 떨어져 몸을 묻은
산은 파랗고 강물은 저리 반짝이는데.

– 특급열차를 타고 가다가 –

나도 그렇게 기차를 버리고 싶었다. 정해진 철로의 무뎌지는 감수성에서 해방되고 싶었다. 내가 가진 것에 얼마만 한 거짓이 있는지, 나의 인식 울타리 밖에는 얼마만 한 별들이 있는지. 종교개혁자 루터는 안절부절못하는 나에게 회초리까지 든다.

> "그대는 자신이 선택하는 행동이 아니라 그 선택에 반하여, 생각과 욕망에 반하여 그대에게 일어나는 일에 자신을 바쳐야 한다. 바로 거기에 그대의 길이 있는 것, 그곳이 바로 내가 그대를 부르는 곳, 그대가 나를 따라야 하는 곳, 그대의 주님이 지나간 곳이니……."

향산리에는 수백 년을 뿌리내려 온 느릅나무가 길을 비추고 산 중턱엔 외지인들이 세운 서양식 목조별장이 초가집 야윈 누렁이와 극명한 대조를 이루고 있다. 강원의 지경이 조금씩 다가올수록 왜 이리 발걸음은 기대와 두려움으로 섞여 혼란스러운 것인가? 알지 못하는 낯선 땅인 데다 태백의 용트림이 있는 곳이라는 형세의 엄숙함이 접근하는 데 경외감을 가지게 하는 것이다. 강원도의 힘이다.

군간교를 지나면 522번 지방도가 영월을 향한다. 이 사지원도로는 수해로 일부가 유실되어 복구공사가 한창이다. 영월부터 계속된 이 길은 섬진강보다 역동적인 남한강의 장관을 코끝에서 보듯 가까이서 감상할 수 있다. 아쉽게도 복구공사로 물막이 벽을 설치하는 바람에 일부 구간에서는 강의 흐름을 바라볼 수 없다. 하지만 태화산 줄기로 여겨지는 바위산은 스펀지가 물기를 잔뜩 머금은 듯 산 전체에서 물이 뚝뚝 새어 나오고 있다. 그 옆을 지나가는데 냉장고 문을 연 것처럼 차디찬 바람이 불어온다. 다름 아니라 갈라진 바위산 틈으로 폭포가 들어앉아 있다. 폭포 중턱엔 잘생긴 신갈나무 하나가 흩날리는 물세례를 막는 우산이 되어 있고 그 나무 아래엔 인부들이 만들어 놓은 것 같은 긴 나무판이 고정되어 있다. 아마 노동에 지친 인부들이 이곳에서 오수를 즐기는 모양이다.

농협주유소를 지나면 좌로 오르막길이 있는데 영월로 가는 지름길이다. 지금은 공사 중이라 차량은 지나갈 수 없지만 11월이면 영춘을 거치지 않고 곧바로 느티마을로 연결될 수 있다. 비포장도로 정상에 오르니 남한강에 휘감긴 영춘마을이 마치 섬세한 여인의 긴 머리에 싸여 있는 듯이 내려다보인다. 고개를 내려서니 래프팅을 위해 서울에서 온 사람들이 흥건히 물에 젖어 사시나무 떨듯 부들대고 있다.

느티마을 지나는 길은 은근한 오르막길이다. 처음엔 오르막길인 줄 모르다가 한참 후에야 알게 되는 그런 미운 길이다. 얼떨결에 올라선 고개 정상엔 구강포를 지나면서 만났던 루드베키아의 화려함이 여기서도 빛을 발하고 있다. 마을 사람들이 돌무지로 세워놓은 탑이 있다. 자작나무 여섯 그루가 아론의 두 팔처럼 잎사귀를 높이고 그 순백의 껍질은 반짝이는 별처럼 벗겨지고 있다.

오늘이 벌써 19일째다. 압력이 꽉 채워지면 단번에 튕겨 나가는 공기총처럼 오랜 발걸음의 축적으로 종종 나의 모든 영혼은 단 한순간에 전이되고 탈피되는 느낌을 받곤 한다. 결국 모든 것은 나 스스로를 이겨 내지 못하면 부정한 것이 되어 버리거늘. 나는 나의 마음과 영혼에 뿌리내린 부정한 독성들과 싸워 내 삶의 모든 영역에서 추방하는 작업을 하는 중이다. 단 한순간에 느끼는 완벽한 자유의 전이현상은 비길 데 없는 전율을 가져다준다. 값없는 은혜에 대한 감동이 다른 프리즘을 통해 감각적으로 내게 다가오는 것 같다. 이미 완전한 용서를 받은, 이미 하늘의 약속을 받은 자의 기쁨은 시시각각 붕 뜬 것 같은 감동 속으로 인도된다.

『섬』의 저자 장 그르니에도 단 한순간에 일어나는 그 신비스런 흡수와 전이를 경험한 바 있다. 예전에 그의 말을 접했을 때는 그것이 무엇을 뜻하는지 추상적으로만 이해할 수 있었다. 그가 지중해 지역을 여행하다 체험한 이야기다.

> "나는 획득했다. 모든 사람들이 다 잃고, 또 헛되이 다시 만회하려고 애를 쓴다. 그런데 나는 내가 알고 있는 그 시간에, 내가 꼬집어 말할 수 있는 그 장소에서, 획득할 수 있는 모든 것을 단숨에 획득했다. 이제 내가 말한 그런 순간들을 경험하고 나서도 또 살 수 있을까? 사는 것이 아니라 또 하나의 예기치 않은 순간을 기다리면서 살아남아 있는 것뿐이다. 그러나 아무러면 어떠랴. 내게는 이미 '획득하는' 일이 일어났으니 말이다. 그 말의 힘을 당신은 제대로 느낄 수 있겠는가. 제로에서 무한으로 옮겨 간다는 말이다. 그러니 이제 더 이상 무엇을 말하겠는가. 그렇지만 그 다음에는 무로 떨어진다고 말하고 싶을 것이다. 아마 그럴지도 모른다. 그러나 아주 가느다란 실 같은 빛이 남아서 잠속까지 따라오고 이렇게 귀에 대고 속삭인다. 옛날에 어느 날…… 그럴진대 나 자신보다도 더 내면적인 그 존재의 깊숙한 곳으로 천분의 일 초 동안에 내가 또다시 달려 들어가지 말라는 법이야 있겠는가.
>
> 바다 위에 떠가는 꽃들아, 가장 예기치 않은 순간에 보이는 꽃들아, 해초들아, 시체들아, 잠든 갈매기들아, 배의 이물에 갈라지는 그대들아, 아 내 행운의 섬들아! 아침의 예기치 않은 놀라움들아, 저녁의 희망들아, 나는 그대들을 이따금씩 다시 보게 되려는가? 오직 그대들만이 나를 나 자신으로부터 해방시켜 준다. 그대들 속에서만 나는 나 자신의 모습을 알아볼 수 있다. 티 없는 거울아, 빛 없는 하늘아, 대상 없는 사랑아."

점심은 오다가 빵으로 때웠기 때문에 이른 저녁을 위해 양지골 래프팅 휴게소에 들러 올갱이 해장국을 말아 먹었다. 주인아저씨는 나에게 정선에 가는 길을 자세히 가르쳐 준다. 문경 마성에 산다는 말에 귀가 번쩍 뜨였다.

"제가 마성 지날 때 마성약국에 들러 비타민C도 사고 시원한 물도 얻어 마셨지요. 약사 분이 얼마나 친절하시던지."

마성약국 약사 아저씨를 잘 안다고 한다. 내가 지쳐 쉬고 다시 걸음을 일으켜 세운 그 낯선 도시를 우리가 동일하게 알고, 그 지역 약사까지 의식적으로 공유했을 때 우리가 느끼는 친밀감이란. 딸인 듯한 여자아이의 눈빛이 초롱초롱 별을 닮았다. 딸만 셋인 아저씨가 부럽다.

"아저씨, 남자의 삶은 하나님이 그에게 딸을 줄 때까지는 모래 없는 사막처럼 공허한 채로 있는 거예요. 왜냐하면 시간의 비밀과 의미는 어린 소녀들의 마음속에 숨겨져 있기 때문이죠."

칼릴 지브란이 된 듯 나도 모르게 튀어나왔다.

"그럼 아들은?"
"저는 차별이나 편견이 전혀 없이 아들과 딸을 사랑해요. 나는 그들을 한 단위로 사랑하고, 그들이 하나님의 영을 가지고 있기 때문에 사랑해요. 은하수가 아무리 놀랍도록 멋진 것이라고 해도 인간의 마음속에 숨겨진 하나님의 형상보다 더하겠습니까."

민족의 영원한 마음의 고향 강원도에 입성. 다른 도와 달리 고개를 넘어 만나지 않고 남한강을 곁에 두고 평지로 강원도 땅을 넘는다. 영월을 상징하는 김삿갓 조각이 나란히 뒤따른다. 40㎞ 이상을 걷고 있는데도 오늘은 신명이 난다. 산과 강과 길이 끝없이 만들어 내는 협화음 때문이다.

문 닫은 주유소가 덩그러니 퀭한 눈으로 새 주인을 기다리고 있다. 오가는 차가 많아야 장사가 될 터인데 지금도 한참을 두고 차가 차를 따른다. 각동교회는 수요예배가 있는 날이라 문을 활짝 열어 놓고 형제들을 기다리고 있다. 〈비탈길 구비돌아〉의 이름을 가진 민속모텔이 손님을 부르고 있는데 한국식으로 지은 건물이 얼마나 토속적인지 민속촌에 온 것처럼 운치가 흘러넘친다. 전신주에는 날짜 지난 빛바랜 벽보가 영월에 화력대체산업을 추진하는 대회가 있었음을 알리며 붙어 있다. 고씨동굴을 지난다. 이곳은 아예 〈고씨랜드〉라고 이름하고 각종 놀이기구까지 갖춘, 생각보다 규모가 있는 유원지이다. 한적한 길을 돌아 갑자기 나타난 번화한 유원지에 우두망찰했다.

오늘은 한・일 친선 축구대회가 있는 날이다. 영월의 소담한 시내를 짧게 훑고 서둘러 황토방을 향했다. 이미 경기는 한창 고조되어 있다. 적지 않은 사람들이 모두 똑같은 황토방 옷을 걸치고 대형 TV 앞에 앉아 환호성을 지른다. 똑같은 유니폼을 입은 붉은 악마처럼 우리 역시 돈과 지위와 명성의 그 어떤 구분도 없이 평등한 응원을 보내고 있는 것이다. 최태욱과 다나카가 한 골씩 주고받으며 경기는 비겼다. 경기가 끝나자 사람들은 아쉬운 표정 하나씩을 모두 담고 일제히 샤워장을 향한다.

잠시 앉아 지역방송을 보고 있는데 동계올림픽 기사가 떴다. 무주에서 본 민방에서는 강원도지사의 동계올림픽 약속 파기를 강도 높게 비판하더니 영월에서는 강원도지사가 약속 파기를 한 것이 아니라는 목소리가 더욱 크게 방송되고 있다. 동계올림픽의 개최 장소는 사실 가장 아름답고 시설을 갖춘 곳으로 정해지는 것만은 아니다. 국제대회는 명분과 힘의 싸움터인 것이다. 사정이 이러할진대 국가 내부적으로 싸우고 뜯고 합의점을 이끌어 내지 못하면 누가 어떤 명분으로 대한민국의 손을 들어주겠는가.

단종이 노산군으로 강봉 되어 유배되었던 청령포가 지척인데 도시는 거리의 여인처럼 남자의 옷자락을 부여잡으며 주저앉아 있다.

## 인습을 넘어 미래로

〈7월 24일, 영월~밤재~비행기터널~정선, 50㎞, 14시간〉

20일째의 새벽을 가르며 나선다. 장릉의 단아한 모습이 하루의 모습을 밝히고 하늘은 서서히 열려 간다. 장릉 담벼락 안으로 핀 소나무들은 그 키가 하늘에 닿아 있어 세속적인 담의 구속을 비웃고 있다. 다산초당 가는 길에도 이러한 기상이었다. 감히 잴 수 없는 충절의 높이. 나태와 안일의 팔을 들어 스스로에게 어떠한 불충의 여지도 허락지 않으려는 노송들의 신념은 대체 몇 백 년의 세월을 관통해 오늘에 이르렀는가. 오랜 신념과 충절의 아픔은 칼날보다 고통스러운 눈물이 되어 담 밖 고로쇠나무로 피어올랐다.

〈소나기재〉로 오른다. 일 나가는 시간이기 때문일까? 차들이 쉬지 않고 밀려온다. 덤프트럭의 행렬도 잦아서 떠밀려오는 바람을 이겨 내느라 나그네의 발길이 휘청거린다. 영월읍에서 북면으로 넘어가는 소나기재의 정상 부근에서는 선돌의 고풍스러운 자태를 굽어볼 수 있다. 굽이쳐 흐르는 서강과 선돌의 기암괴석은 한 폭의 동양화를 그려 내고 옛 시인이 새겼다던 붉은 '운장벽' 세 글자는 신선암에서 흘러내려 쉬 떠나지 않고 서강을 맴돈다.

미끄러지듯 길을 내려서면 삼거리 휴게소를 지나고 삼거리에서 31번 국도를 올라탄다. 영월 서광교회의 뾰족한 이등변삼각형 철탑은 보는 이의 마음에 심리적 분열을 증대시킨다. 산은 둥근 곡선미로 세월을 다스리고 있는데 교회의 첨탑은 하늘에 구멍이라도 뚫을 듯 날카롭기만 하다. 사찰에서 팔작지붕의 곡선이 능선과 조화를 이루며 세워졌음에 반하여 우리 민족의 의식에 흘러온 인간적 곡선미가 왜 교회 건축양식에서는 반영되지 못했을까. 교회의 첨탑이 뾰족하고 하늘을 향해 솟아 있는 것은 세계관의 반영이라는 것이 학계의 정설이다. 즉, 무교, 불교, 유교의 사상의 영향하에 있었던 시대의 건축양식이 땅을 긍정하고 보듬으며 결국 우리자신들이 돌아갈 대상으로 반영했음에 비하여 수직적 가치관의 영향하에 있는 기독교 세계관에서는 죄악된 땅을 부정하고 인간 밖에 있는 신을 향하여 솟아오르려는 의지의 표현으로 뾰족한 첨탑의 양식이 도입되었다는 것이다.(『한국미, 그 자유분방함의 미학』, 최준식, 『조선과 예술』, 야나기 무네요시.) 한편, 이러한 세계관이 춤에 반영된 것을 보면 조선의 승무는 천천히 발꿈치부터 땅을 밟으며 땅을 긍정함에 반하여 서양의 발레는 발꿈치를 들고 땅을 부정하며 하늘을 향해 솟아오르려 한다.

하지만 기독교 세계관에서도 얼마든지 땅의 긍정이 가능했음에도 불구하고 치우친 해석으로 예술의 전통적 변용이 이루어지지 못했음이 안타깝다. 태초에 하나님께서 하늘과 땅을 자신의 말씀으로 창조하셨을 때 땅이 어찌 부정한 것이었을까. 아담이 선악과를 먹음으로써 하나님과 거리가 멀어졌지만 땅은 회복되어야 할 존재의 터전이다. 땅은 여전히 하나님의 피조물이며 결국 인간이 딛고 생존해 나가야 할 강한 긍정의 대상인 것이다.

부흥이라는 말을 정의하여 '땅 위에 임한 하나님의 날들'이라고도 한다. 하나님이 신랑이라면 그 신랑의 임재를 기다리는 땅은 인간과 더불어 신부 편에 서 있는 셈이다. 땅은 정결한 신부처럼 회복될 것이다. 생산과 창조의 순결성을 갖춘 거대하고 거룩한 공간이 바로 땅이다. 죽음도 예수를 만나면 부활이 되었다. 부정한 땅도 예수를 만나면 새로운 에덴이 된다.

> "또 내가 새 하늘과 새 땅을 보니 처음 하늘과 처음 땅이 없어졌고 바다도 다시 있지 않더라 보좌에 앉으신 이가 이르시되 보라 내가 만물을 새롭게 하노라 하시고 또 이르시되 이 말은 신실하고 참되니 기록하라 하시고."(요한계시록 21:1,5)

율법이 폐하고 휘장이 찢긴 그리스도 이후의 시대에 비록 보이는 건물로서의 교회는 더 이상 중요한 게 아닌 바 되었지만 이 땅에 교회를 건축하고자 한다면 땅, 강 등 자연과 그리고 한국인의 의식이 조화되는 독자적 양식미를 재창조해 내어야 한다는 아쉬움이 남는다.

영월삼거리부터 문곡삼거리까지 이어진 31번 국도는 강원도의 길이기를 거부하는 듯하다. 이미 강원도의 자연미를 감상해 오고 있는 나로서는 어찌 원망스러운 길이 아니리오. 어느 옥수수 밭에는 병이 돌아 옥수수가 생생하게 여물어 갈 자리에 회색 튜브 물감을 짜서 층층

이 쌓아 올린 듯한 고름 뭉치가 처참하기만 하다.

길이 단조로워지면 다시 외로움이 도전해 오고 이러한 현상이 반복될수록 더 이상 외로움은 이겨낼 대상이 아니라는 인식에 도달한다. 외로움을 즐기고 벗하며 어울려 지내는 능력이 자생하기 시작한다. 나와 진정한 친구가 되는 시간이다. 내 안에 있는 하나님 그리고 나 자신과 조용히 참된 신뢰를 갖는 시간이다.

금하기사식당을 지나, 문곡교회를 지나면 평창군 미탄으로 가는 413번 지방도가 나온다. 산과 산 사이에 난 길을 따라 올라가면 북면 소재지 마차리가 번화하고 학전천은 구색을 맞추어 흐르고 있다.

〈밤재〉를 향해 길은 다시 한번 굽이친다. 지렁이처럼 굽이쳐 올라가는데 산을 돌면 다시 산이 나타나고 길은 어디로 빨려 들어가는지 참으로 무서운 시간이 계속된다. 버스 한 대가 율치교회 앞을 지나가더니 숨을 헐떡거리며 휘청거린다. 내가 상상했던 정선 〈마전치〉가 바로 이런 곳이었는데 벌써부터 숨 가쁜 곡예가 사람의 혼을 쏙 빼놓는다.

창리 근처에서 42번 국도를 타고 정선을 향해 마지막 박차를 가한다. 강원도 평창군 미탄면 창리 동강휴게소에서 빵 두 개, 500㎖ 우유 하나를 사서 가방을 채웠다. 아이스크림 하나를 물고 땡볕 아래 서자마자 아이스크림이 곧장 녹아내리기 시작한다. 아침에 시작한 31번 국도와는 달리 자동차의 운행이 한산하다.

환경농업시범 마을로 지정된 서천마을을 지날 때였다. 경운기 하나가 땡볕 아래 서 있고 그 경운기 아래엔 물이 담긴 페트병이 놓여 있다. 농부가 떠난 지 한참 시간이 흘렀는지 경운기 그늘에 놓았음 직한 물병은 어느새 햇볕에 노출되어 달아올라 있다. 노동을 끝내고 돌아와 갈증을 풀기 위해 물을 찾게 될 농부의 실망이 안쓰럽게 그려진다.

기념비 하나가 눈에 들어온다. 고 김진화 예비군 기념비다. 처음에는 무슨 예비군을 기념하는 것도 있나 싶었는데, 자세히 보니 1968년 11월의 비극에 희생된 자를 위한 기념비다. 울진 삼척에 침투한 무장 공비가 참 멀리도 고개를 넘어 이곳까지 왔었다. 일가족을 무참하게 난도질한 공비들을 쫓아가 교전하던 예비군 13명 중 전사자가 있었으니 그가 바로 김진화 예비군이다. 회동계곡에서 흘러내린 마을천은 아직도 붉게만 보이고 미탄은 비탄의 질곡에서 아직 자유롭지 못한 듯 숨죽여 있다.

백운교를 지날 때는 갑자기 벌이 나타나는가 싶더니 우측으로 가지런한 벌통에 벌들이 지천이다. 한 젊은 부부의 손길이 바쁘기만 한데도 지나가는 나그네에게 인사까지 해 주는 여유를 보여준다.

노근리 근처에서 만났던 그 용감무쌍한 여성을 백운리 휴게소에서 다시 만났다. 문경새재를 벌써 돌아온 내가 신기한가 보다. 그녀는 문경에서 바로 예천을 향해 영월을 지나오는 길이다. 나와 그 여성은 너무나 힘들고 몰골마저 흉하고 걷는 속도 또한 다르기 때문에 간단한 목인사만 하고 의도적인 거리를 유지하며 걸었다.

〈밤재〉와 같은 갑작스런 구절양장이 시작된다. 어디선가 구식 오토바이를 탄 한 청년이 다가와 어디 가냐며, 태워 주겠다고 호의를 베푼다. 나는 반드시 걸어야 한다며 거듭 사양했지만, 그 청년은 자신의 호의를 저버리는 나를 매정한 사람으로 취급하는 눈치다. 덜덜거리며 가 버린다.

옆으로 따라오는 이 청년과 이런저런 말을 주고받는 사이에 〈마전치〉로 올라가는 입구를 놓친 것일까? 반갑지 않은 〈비행기재터널〉이 수월하게 눈앞에 나타난다. 허탈하다. 얼마나 벼르고 벼르던 〈마전치〉였던가. 내가 놓친 게 분명하다. 표지판 같은 것도 없었는데. 10년 하고 또 몇 년이 지났을 뿐인데도 오면서 물어보았을 때 이곳 사람들은 그 길을 확신하지 못했다. 잘 모른다는 사람도 있고, 폐쇄되어 들어갈 수가 없다는 사람도 있었다.

박세현 시인이 '걸어서 가 보아야 할 땅', '죽기 전에 가 보아야 할 지명', '신작로를 따라 터벅터벅 가 보아야 할 국토'라고 한 곳이 바로 정선인데 그가 걸었던 길이 바로 〈마전치〉가 아니었던가. 그 진정한 맛을 보려면 〈비행기재터널〉을 거쳐 가는 것이 아니라 1989년 이전의 그 아슬아슬하게 하늘에 걸려 있던 옛길을 걸어 정선 땅을 밟을 때에 비로소 극명하게 느낄 수 있는 것이 아닌가.

되돌아가서 옛길을 찾아볼까? 지친 몸으로 저 길을 다시 내려간다고…… 후일을 기약하자. 장마철이라 폐쇄되어 있을 수도 있고 누구의 말대로 너무나 위험한 고개라 영구적으로 폐쇄했는지도 모른다. 조선 중엽 정선 수령 부인 오홍목이 읊은 시를 중얼대며 미련을 달래자.

> 아질아질 성마령아 야속하다 관음베루
> 지옥 같은 정선읍내 십 년 간들 어이 가리
> 아질아질 꽃베루 지루하다 성마령
> 지옥 같은 이 정선은 그 누구 따라 나 여기 왔나.

하늘의 별을 딸 정도로 높고 험해서 성마령(星摩嶺)이라고 불렸던 이 길을 그녀는 얼마나 따라가기 싫었을까. 엄살을 부리는 아내를 심상이 지고한 남편은 심히 나무랐을까, 아니면 미안한 마음으로 다독거렸을까?

아쉬운 마음으로 비행기재터널을 지나오니 아까 그 청년이 오토바이를 세우고 기다리고 있다. 자기 집이 근처라며 잠깐만 쉬다 가라고 간절히 청한다. 술기운이 도는 청년의 눈동자가 사심이 없어 보여 그러기로 했다. 그가 사는 곳은 전쟁 통에 소가 불탔다 하여 〈소탄〉이라는 마을이다. 열한 가구 중에서도 가장 안쪽에 위치한 다 쓰러져 가는 옛집에 도착하니 풀에 뒤덮인 빈 개집들이 구석에 있고 보라색 패랭이꽃이 손님을 맞는다.

서른을 꽉 채운 청년의 서글픈 인생살이가 구슬프기도 하구나. 태형이라는 청년은 지지리도 가난한 집안에서 태어났다. 배움의 기회도 놓치고 가정은 어릴 적부터 불화하여 정서적으로도 소외감이 크다. 매일 술에 취해 20대를 보내다 음주운전으로 징역살이도 여러 번. 태형이의 부모는 거금 육백만 원을 들여 이곳 허름한 집을 작은 밭과 함께 사 주고 부업으로 개도 십수 마리 사주면서 자립의 기회를 줬다. 하지만 여색에 빠져 팔아 버린 개는 이제 한 마리도 남지 않고 개집과 밭에는 풀만 무성하다. 어제 건축공사장에 노동하러 갔다가 그 나이에 이런저런 잔소리를 듣고 자신이 한심하여 오늘 가수분교에서 소주로 자살을 꿈꾸다 돌아오는 길이란다. 청년의 집 문틀 위에는 작년 동해에서 찍었다는 거대한 해오름 사진이 빛바래 붙어 있다. 태형이의 삶은 저 해오름처럼 붉게 타오를 수 있을까? 물은 이처럼 맑고 산은 저처럼 청아한데 서른 해 된 시골 청년의 삶은 너무나 침울하고 스산하기만 하다. 오토바이를 갖는 게 소원이란다. 잘되면 중고 오토바이 한 대를 사주겠다는 약속만을 남기고 청년의 집을 나섰다.

다시 정선 길에 오르는데 모든 발걸음이 천해의 비경이며 온갖 빛깔과 숨결은 태고적 신비 그대로다. 〈택리지〉에서 이중환은 무릇 나흘 동안 길을 걸었는데도 하늘의 해를 볼 수 없었다고 기록하였는데 그에 비하면 수월하고 싱겁게 정선 땅을 밟는 셈이다. 반원 모양의 지형 위에 마을이 들어선 정선이 내려다보이는 산길을 내려와 정선 중앙교회에서 하룻밤을 신세지고 고단한 하루를 접었다. 아, 꿀보다 달콤한 꿈이여.

베르나르 베르베르의 『뇌』에 보면 이런 말이 나온다.

> "꿈은 우리 자신을 다시 포맷할 수 있게 해 줍니다. 매일 밤, 수면 중에 급속한 안구 운동이 일어나는 이른바 역설수면의 단계 동안 우리는 이미지들과 관념들을 받습니다. 그와 동시에 우리는 낮 동안에 우리를 속박하려고 했던 모든 것으로부터 벗어납니다. 옛 소련에서 스탈린 체제의 숙청기에 가장 널리 행해진 고문은 사람들을 재우지 않음으로써 꿈을 꾸지 못하게 하는 것이었습니다. 우리는 꿈을 빼앗기면, 우리의 모든 지적인 힘을 잃어버립니다."

그렇다. 꿈이 없는 삶을 상상이나 할 수 있겠는가. 어찌보면 꿈은 미리 맛보는 죽음의 경험이 아닐까. 속세의 모든 고난을 당한 인간은 죽음을 통해서 영원한 하늘나라로 들어가 안식을 누리게 된다.

그리스도인이 되기 전 아내는 잠이 두려웠다고 했다. 밤마다 불을 환하게 켜 놓고 잠을 청했다고 했다. 하나님이 없는 잠은 마치 하나님이 없는 죽음처럼 두려울 수도 있겠다. 잠자는 것이 기쁘고, 잠자는 것이 소망스러운 것은 믿는 자의 특징이 아닌가 싶다.

## 외눈박이 젊음

〈7월 25일, 정선~진부, 45㎞, 10시간〉

자, 이제 진부를 향하기 위해 이정표를 보자. 정선군청(Jeongseon country office), 정선역(cheongseon stn)의 '정선' 영자표기가 서로 어긋나 있다. 하지만 정선의 보물을 가슴에 담고 가는 자에게 그것이 무슨 큰 의미가 있겠는가.

임계 쪽 42번 국도를 일단 타야 한다. 밤새 내린 비로 조양강은 흙빛으로 출렁대고 회색구름 두터운 층 사이로 가느다란 실 빛이 내리비친다. 조양강의 조양은 아침의 볕을 뜻하는 말로 아침 햇살을 받은 물

빛의 찬란함이 일색임을 암시하고 있다. 오늘은 흙빛으로 넘실거려 그 자태를 감상하기가 쉽지 않으나 어찌 보면 흙빛은 금빛으로 변하고 있다. 저 조양강은 동강으로 합류하여 가수분교를 지나가겠지. 어제 그 청년이 다시는 동강을 바라보며 자살을 꿈꾸지 않기를 빌어 본다.

오르막길에서 다시 그 여자를 만났다. 혼자 대장정에 나섰던 용감한 그 사람. 발에 물집이 심하게 잡혔다며 오르막에 주저앉아 발을 만지고 있다. 가까이 가 신발을 들어 보니 차린 행장의 부실함이 나보다 더 심하다. 어제 그녀도 역시 〈밤재〉와 〈비행기재〉를 넘었을 텐데 어찌 물집이 심하게 잡히지 않았겠는가. 나는 웃음 한 번으로 인사를 대신하고 미안한 마음으로 앞질러 갔다.

적설량 측정대가 나오더니 곧 여기가 〈반점재〉(해발 450m)임을 알리는 바위가 서 있다. 〈반점재〉 내리막길에서 나도 모르게 사진 한 장을 찍었다. 우리의 내면세계를 그림으로 그린다면 저런 모습일거야. 물결치는 높은 산맥의 머리는 구름에 숨어 있고 조양강은 산의 심연을 헤치고 길을 찾아 거침없이 휘돌아 나간다. 갑자기 굵은 햇살이 그 내면세계를 밝게 비춘다. 하늘은 가을의 그것처럼 파란 속살을 곳곳에 드러내고 길 위에는 신기하게도 아카시아 향기가 번져 있는데 분명 환각은 아닐진대 이 한여름에 아카시아 향기라니. 어디서 나는 향기일까?

나는 이번 여행을 통해서 왜 시인들이 자연에 묻히기를 원하는지 조금씩 피부로 느낄 수 있을 것 같다. 정신적 · 예술적인 면을 추구하는 사람이 만일 사욕을 가지거나 마음에 평정을 잃었을 때에는 어떠한 물도 본질의 목소리로 다가오지 않는다.

본질을 왜곡하는 그 어떤 것에 대해서도 물들지 않으려는 강한 시인의 몸부림은 어떻게 보면 결벽증 환자처럼 보일지도 모른다. 초록빛

계곡에 부정의 비가 내리면 저 조양강처럼 시인이 마주하는 세계도 흙탕물이 눈에 보이는 전부일 수 있겠지만 시인은 그 흙탕물 아래에 노니는 진실의 고기를 낚기 위해 비 오는 새벽부터 다시금 영안의 낚싯줄을 드리워야 하는 것이다.

시인 다윗의 시편 노래가 다시 빛난다.

> 하늘이 하나님의 영광을 선포하고 궁창이 그 손으로 하신 일을 나타내는도다 날은 날에게 말하고 밤은 밤에게 지식을 전하니 언어가 없고 들리는 소리도 없으나 그 소리가 온 땅에 통하고 그 말씀이 세계 끝까지 이르도다(시편 19편 중)

지금 정선에서 진부를 향하는 길은 진부에서 본다면 정선을 향하여 가는 길이다. 험하지만 아름답기가 비할 데 없는 그 정선 가는 길 말이다. 어제의 길보다 더 굽이치고 가슴을 쓰리도록 황홀케 하는 길이 오늘 밟는 이 길이다.

중요무형문화재로 지정되어 있는 정선아리랑의 유래에 대해선 많은 설이 난무하지만 내 생각엔 백 굽이, 천 굽이로 얽히고 절박해진 슬픈 이의 꼬인 마음을 의성적으로 표시한 것이 〈아리랑〉이 아닐까? 아리랑 하면 아리랑고개가 곧장 연상되는 것처럼. 그냥 하는 소리가 아니다. 누구든지 정선 땅을 밟아 보면 여기에 공감을 표할 것이다. 이 굽이치는 비애의 천상경에 '아리랑'이라는 말보다 더 어울리는 말이 없다는 것을. 아리랑의 곡선적 비애는 여랑리와 유천리만이 아닌 정선 길 곳곳에 아로새겨져 있다.

> 아우라지 뱃사공아 배 좀 건네주게
> 싸리골 올동백이 다 떨어진다

떨어진 동백은 낙엽에나 쌓이지
잠시 잠깐 님 그리워 나는 못 살겠네
아리랑 아리랑 아라리요
아리랑 고개 고개로 나를 넘겨주게

덕송1리는 어제 구겨 넣어 두었던 빵과 우유를 꺼내 먹으면서 지나간다. 좀처럼 나타나지 않는 식당 때문이다. 뒤를 돌아다보니 요요히 이어진 길인데도 그 여자의 모습은 가물거림조차도 없다. 물집이 생각보다 심한가 보다. 내가 가장 좋아하는 길은 끝없이 계속된다. 강과 산 그리고 길. 거기다 기찻길까지 따라붙은 정겨운 42번 국도.

진부를 36㎞ 앞둔 길 강 건너편엔 서양식 예쁜 집 수십 채가 아담하게 모여 있다. 원호를 긋듯 빙 둘러 가는 길 끝에서 〈나전교〉를 지나면 본격적인 진부행 59번 국도가 갈라져 뻗어간다. 나전교를 지나기 전에 철길을 건너 마을을 질러가는 지름길이 있으니 아는 사람은 시간과 노고를 조금이라도 덜 수 있다. 더구나 마을 구경도 하고. 나전교를 돌자마자 나타나는 밭에는 무는 뽑다가 버려져 있고 배추는 심긴 채로 썩어 가고 있다. 노동의 장송곡인가, 농업의 종언인가.

어두원교 지나니 맵시 있게 잘 빠진 전나무 무리가 산세를 더욱 고즈넉하게 만들고 맞은편엔 낙락장송들이 무리지어 장쾌한 그림을 그려 내고 있다.

신기루인가? 저 멀리 하늘에서 물줄기가 떨어져 내린다. 가까이 가보니 만화영화에서나 나옴직한 장관이 펼쳐지고 있다. 하늘에 구멍이 뚫리고 그 구멍에서 갈아 만든 빙수가 대야로 퍼붓듯 떨어진다. 가슴에 불을 품은 자에게 주는 하나님의 뜻밖의 선물이다.

학창시절 책상머리 앞에서 막연히 외웠던 김수영의 〈폭포〉가 제 짝을 만난 격이다.

금잔화도 인가도 보이지 않는 밤이 되면
폭포는 곧은 소리를 내며 떨어진다.
곧은 소리는 소리이다.
곧은 소리는 곧은 소리를 부른다.
번개와 같이 떨어지는 물방울은
취할 순간조차 마음에 주지 않고
나타와 안정을 뒤집어 놓은 듯이
높이도 폭도 없이 떨어진다.

최루탄 매운 냄새와 지새웠던 80년대의 연푸른 나이. 제도권에 대한 진입만이 세상이 요구하는 모든 것처럼 보이던 그 중·고등학교 시절. 마음 한구석으로부터 옳은 것을 위해 자아를 뒤집어야 한다는 불꽃을 피워낸 시가 있었으니 그 시가 바로 김수영의 〈폭포〉였다. 대학에 진학하자 90년대의 대학분위기는 80년대와 사뭇 달라 대학생들의 관심은 서서히 학내문제, 등록금문제, 취업문제, 성 평등과 동티모르문제 같은 것으로 옮아가고 있었다. 하지만 분단은 여전했고 그에 따르는 권위주의적이고 제국주의적이고 폭력적인 사상의 잔재 또한 사라지지 못하고 잔존해 있었다. 임수경은 여전히 공주교도소에 있고 황석영도 철장에서 신음하고 있었으므로. 관악캠퍼스 아크로폴리스에는 점점 더 적은 숫자의 학생들이 모이기 시작했고 우리 대학생들의 의식은 급속히 다양화되거나 현실론자가 되어 갔다.

이러한 분열된 분위기 속에서 우리네들은 빛나는 도서관 앞 잔디밭에 앉아 이 시대에 과연 지성이 마땅히 나아가야 할 행동들이 무엇인가에 대해 이야기하곤 했었다. 그즈음 나를 현실론자로 안주하지 않고 시대의 흔적을 아파하며 살아가는 종류의 인간으로 이끌었던 목소리가 있었으니 첫째는 플랜시스 쉐퍼(F. A. schaeffer)의 목소리였다. 3·1

운동과 해방 등 민족의 수난 속에서 그리스도의 영성뿐만 아니라 참다운 지성의 분별로 행동하였던 한국 기독교의 참된 회복의 목소리였다. 무기력한 신앙인으로 외눈박이 물고기가 되어 가던 현실에서 깨어나라는 목소리였다.

다른 하나는 민족 시인 김수영의 〈폭포〉가 진화된 김남주의 〈진혼가〉였다. 유신에서 서울의 봄에 이르기까지 모든 시대의 폭력에 몸과 영혼을 바쳐 항거하며 시지포스의 저주처럼 울부짖던 김남주. "총구가 나의 머리 숲을 헤치는 순간, 나의 양심은 혀가 되었다……."로 시작하는 그의 시는 곧은 목소리였으며 그 곧은 목소리는 감옥에서조차도 생명을 얻어 억압받는 모든 민족의 곧은 행동을 이끌어 냈던 것이다. 남민전의 행동양식이 프란츠 파농(Frantz Fanon, 알제리의 의사이자 독립운동가)의 폭력혁명론을 계승한 것이 아니냐는 의심이 없었던 것은 아니었지만 곧은 소리는 그 모든 의문조차 삼켜 갔다. 물론 비폭력과 폭력저항 사이에 우열을 가리려는 것은 아니다. 이제 시대는 새로운 천 년의 비단길을 지나고 있다. 바야흐로 문화가치의 시대가 왔다. 사랑과 자유와 평화의 문화를 누가 가치 있고 지고지순하게 피워내느냐. 나는 그것이 이 시대의 지성이 꿈꾸어야 할 새로운 지표가 되어야 하지 않을까 생각해 본다.

말이 나왔으니 프란츠 파농에 대해 잠시 얘기하자면 그는 우리나라의 안중근 의사와 같은 알제리의 독립운동가인데 파농은 정신과 의사였다. 프랑스의 오랜 지배를 받아 온 알제리는 우리의 일제강점기와 같이 문화적 단절도 심각한 상황에 있었는데 흔히 프란츠 파농에 대해서 폭력론자라고 얘기하는 것과 달리 정통연구가들은 그가 폭력론자로 분류되는 것에 반대한다. 안중근 의사가 폭력론자가 아닌 것처럼. 단지 그는 거대한 프랑스 제국주의의 무소불위의 힘에 대항하여

간디와 달리 전 민족의 힘을 모아 결연히 폭력을 불사하고 저항해야 한다고 했다.

파농에 대한 그의 주변 사람들의 평가다.

> "파농의 관심은 지도부의 모임이나 결정이 아니라 민중의 일상적인 삶에 쏠려 있다. 민중의 태도나 사고방식의 변화, 이것이야말로 민족문화를 규정하는 핵심요소이다. 민족문화는 미술이나 음악이나 문학을 통해서만 구현되는 것이 아니다. 진정한 혁명이 단순히 특정사건과 연결된 정치적 현상을 의미하는 것이 아니라 투쟁을 통한 한 사회의 총체적인 변화를 의미하는 것이라면, 민중의 행동에 나타나는 그런 변화들이야말로 진정한 혁명의 징후인 셈이다."

폭포를 바라보며 사람들은 모두 입을 벌린 채 다물지 못하고, 의지에 반해 서 버린 차들이 엉켜 클락숀 소리를 요란하게 내지만 넋 나간 정신을 깨우기엔 역부족이다.

북평초등학교 숙암분교에는 한 늙은 선생님이 방학을 맞아 텅 빈 학교를 천천히 거닐고 있는데 그곳은 마치 시간이 곱절로 느리게 흐르는 것 같다. 어쩜 주위의 모든 자연이 정지한 듯하다.

자연은 침묵하는 것일까? 미국의 미래학자 존 나이스빗은 "토론을 통한 창의적 교육만이 미래를 담보할 수 있다."고 말한 바 있다. 이때 토론은 소리 나는 말로써만 교환되는 의사소통이 아니다. 인간처럼 문자적, 음성적 말을 가지지 못했지만 자연은 자기네들끼리 격조 높은 의사소통이 이루어져 높은 이치를 세워 가고 자연을 누리는 인간과도 끊임없는 의사교환을 시도하며 인간의 교만과 무지를 깨우치는 것이다. 길이라는 자연은 가벼운 비유의 대상만이 아니다. 인간의 의식에 영향력을 행사하는 영묘한 힘을 가진 실체적 존재이다. 자연과 나는 대등한 격을 가진 관계성의 양 축이다. 대등한 교환을 통해 인간의 창의성은 미래를 담보하는 길로 나아간다.

인간 스스로 고고한 척 떨어져 사색해서는 안 된다. 『더불어 숲』의 저자 신영복 교수는 통일혁명당 사건으로 옥고를 치르면서 민족에 대한 깨달음을 얻은 선각자다. 그는 그동안의 고립된 인식을 바꿔 관계성을 주장했다. 우리 사회의 모든 병폐는 고립의식과 개별성에 기인한 것이며 참된 질서로 나아가기 위해서는 너와 내가 더불어 숲을 이루는 참된 관계성을 회복해야 한다고 말이다. 이는 자연과 인간의 관계에까지 확장된다.

한 20㎞ 정도까지는 한 시간에 5㎞ 내지 6㎞를 걷다가 서서히 속도가 느려진다. 도보여행을 떠나와서 변한 것 중의 하나가 거리개념이다. 여행을 떠나기 전까지는 몰랐던 나의 속도를 걸으면서 터득해 내고 자동차로 몇 시간을 가느냐가 아닌 내 심장의 박동으로 갈 수 있는 거리가 어느 정도인지, 어느 거리에서 나의 육신은 고통을 느끼는지, 죽을 것 같은지를 알아낸 것이다. 속도와 거리와 시간의 모든 개념은 길 위에서 새로운 의미로 바뀌게 되었다.

가리왕산 등산로 장구목 시점에는 시원한 계곡이 흘러내리고 여기서부터 서서히 오르는 길에서 목도하는 것은 가장 권위 있는 조화를 만들어 내는 풍경화다. 곁으로 흐르던 강이 갑자기 저 아래로 아득해지고 빛과 바람과 온갖 소리들이 연출해 내는 이 완벽한 그림 앞에서 숨을 쉴 수가 없다. 경외감을 넘어 전율이다.

정선군은 장전계곡을 사이에 두고 평창군과 접해 있다. 강원도다운 경계 짓기다. 백석산 재래봉 보호구역인 진부면 지역면 지역에는 깨끗한 꿀을 나르는 벌들의 움직임이 유난히 화려하고 달콤하다. 막동교 지날 때 왼쪽으로 만나게 되는 것은 깊은 산 구곡폭포의 한 폭을 끊어다 옮겨 놓은 듯한 바위 웅덩이다. 나그네에게 베푸는 자연의 예측을 넘어선 은혜는 때론 나에게 과분할 정도다.

같은 오대천인데도 행정구역이 바뀐 평창군 오대천길은 정선군과 다른 모습으로 바뀌어 간다. 서서히 산과 강은 물러난다. 강의 곡선은 완만해지고 인공의 힘이 조금씩 가미된다. 정선군의 산이 어머니라면 평창군의 산은 아버지다. 언제든 안기고 싶은 산과 지엄한 가르침의 산. 민속술의 이름도 〈봉평 메밀꽃술〉이다. 평창군 봉평면에서 태어난 이효석 때문이다. 경계를 넘을 때마다 드는 생각이지만 나는 이러한 경계들을 넘어 결국 강원도 고성에 도착할 것이다. 하지만 이것을 가리켜 감히 온전한 국토대장정이라고 할 수 있을까? 우리의 국토는 저 북방 얼음산까지가 아니던가. 아무리 땀 흘린 국토대장정이라도 내가 지금 해낼 수 있는 것은 결국 반쪽자리 국토대장정일 뿐일지니 분단 민족이 넘지 못하는 경계여, 넘어서야 할 경계여.

지혜와 자유를 품은 듯한 시 짓는 노송 하나가 마멸해 가는 태양의 옅은 광선에 비끼어 있고 그 아래엔 '진부 10㎞'를 알리는 안내판이 당돌하게 서 있다. 이제 10㎞만 더 가면 진부에 도착한다는 생각에 벌써 가슴이 부풀어 오른다. 이제 나의 여정도 어느덧 마지막 막을 향해 달려가고 있다. 뒤로 흐르는 오대천과 박지산이 산중의 이른 석양을 반사시키며 차분한 세레나데를 흥얼거린다. 아직 다섯 시가 채 되지 않았는데도 산속의 정경은 급속히 밤의 코드로 바뀌고 있다.

마평1리에서 S자 도로에 올라서면 거문과 갈라서고 진부는 6㎞를 남겨 둔다. 거운리를 가로지른다. 강은 저만치 멀어졌는데 민박과 음식점이 밀집해 있다. 겨울 스키족을 겨냥한 마을인가 보다. 정선읍을 벗어나며 서서히 삭아진 자연미는 진부를 4㎞ 앞둔 레미콘 공장에서부터 그 어설프게 부여잡고 있던 미련조차 훌훌 털어 버리게 한다.

6시 안에 도착할 것 같아 여유 있는 걸음으로 속도를 늦추어 걷는다. 〈진부교〉를 건너 오늘 걸어야 할 모든 거리를 마치고 스스로에게 박수를 쳐 준다.

"고생했어. 그리고 정말 잘 해냈어. 네가 정말 자랑스러워."

하지만 한편에서는,

"하나님이 허락한 길이었어. 자연이 너를 감싸준 거야. 네가 해낸 건 아무것도 없는걸."

하는 목소리가 들린다.

진부제일교회를 찾아가 본당에서 하루 묵어가기로 했다. 마루바닥으로 된 본당에는 거대한 침묵이 흐르고 있다. 한 인간을 끝없이 성찰하게 만드는 교회의 이 절대고요가 난 언제나 좋다.

## 벼랑 끝에 찾아온 소망

〈7월 26일, 진부~오대산~홍천군 명개리, 40㎞, 11시간〉

깨달음.

시인 황동규는 깨달음을 '스토이시즘'에서 해탈의 '에피큐리어니즘'으로 넘어가는 것이라고 표현한 바 있다. 즉, 깨달음은 머리를 통해서 오는 것이 아니라 자유로운 마음이 어둠에서 해방되어 인간의 심연을 뒤흔들 때, 그때 비로소 오는 것이란 뜻이다. 몸은 힘들지만 길 위에 나를 세울 때 비로소 행복의 물결이 출렁인다. 오늘은 어떠한 에피큐리어니즘이 나를 전율케 할 것인가.

오대천은 조용히 진부의 허리를 자르고 흘러간다. 주문진행 6번 국도를 잡아 첫발을 내딛자. 달개비, 억새풀, 강아지풀, 부들 등 길가에 흔히 핀 친구들이 먼저 나를 반긴다. 땡볕이다. 오늘부터 본격적인 휴가철이 시작되는데 많은 사람들이 강원도를 찾겠지. 월정교를 지나니 매끈하게 잘생긴 오대산이 장쾌하게 드러난다.

오대산 머리는 큰 안개구름에 잠겨 있다. 어제부터 조금씩 오른쪽 발바닥이 화끈거리더니 급기야 물집이 잡혀 통증이 올라온다. 하지만 두 다리의 역할을 분담시키면 통증을 조금은 덜 수 있다. 걸을 때는 두 가지의 힘, 즉 하중을 지탱하는 힘과 몸을 앞으로 나가게 뒤로 밀어내는 힘이 필요하다. 오늘 같은 증세가 나타날 경우, 오른발은 하중만 지탱하게끔 하고 왼발로 땅을 밀어내면 즉시 효과를 볼 수 있다. 돌삿갓을 쓴 돌무지를 끼고 돌면 무미건조한 길이 곧게 뻗어 있다. 하지만 조금만 더 가면 무성한 나무들에 까무러치게 된다. 오대산 호텔을 지나는데 수위 아저씨가 지나가는 행인인 나에게까지 거수경례를 한다. 나는 괜히 말을 걸어 이것저것 물어보았다. 한국자생식물원을 지나고 간평교를 지나 지방도 446번으로 서서히 오르막길에 선다.

이 지역에서는 감자, 당근, 대파가 다른 지역과 유달리 많이 재배되고 있다. 감자는 밭에서 그 잎사귀가 다 시들어 가고 있는데 잘 모르는 사람이 보면 농사를 망친 게 아니냐고 말할지도 모르겠다. 그러나 감자라는 것은 꽃과 잎사귀가 다 삭은 연후에 캐내는 작물이다. 감자꽃은 하늘거리는 하얀 꽃잎에 좁쌀 모양의 돌출된 노란 포인트를 갖고 있는데 감자라는 이름에 묻혀 잊혀지기엔 너무 아까운 아름다움을 간직하고 있다.

송계리에 민박마을이 있었듯이 여기 동산리에도 민박마을이 있다. 하지만 모두 건축양식에 신경을 많이 써서 나름대로 한국적 미를 살리려고 애쓴 흔적이 많다. 기와집, 황토집, 팔작지붕집까지.

오대산에 다가가는데 멀리서도 한눈에 보이는 흉물스런 회색 시멘트 건물이 산세를 어지럽히고 있다. 지금은 공사가 중지된 상태인데, 무슨 연유인지는 모르겠으나 어서 철거를 하든지 오대산 전경을 해하지 않도록 보완 후 공사를 완성시키든지 양단간에 결정이 있어야지 저대로 두었다간 더욱 볼썽사나울 것 같다. 맞은편 수백 년 된 느릅나무가 경고의 절규를 저렇게 해대고 있으니 더욱 그러하다. 왜 공사에 들어가기 전에 적절한 조치가 없었는지.

주목을 연상시키는 붉은 기둥의 소나무가 거대하게 서서 하늘을 가리고 있다. 차를 타고 지나서는 도무지 볼 수 없는 색깔과 모양새가 그저 감탄스러울 뿐이다. 오대산의 산세가 점점 그 멋을 증폭시켜 나가자 시 한 편이 절로 튀어나온다.

오대산아 오대산아 흙길에 흔들리는 전나무 그늘은
바람이 흔드는 것이냐 천둥 같은 계곡물에 흔들리는 것이냐.
피안의 다리를 건너왔건만
난 결국 내려가야 하고 아무도 날 부르는 이 없네.
걸음마다 흩어놓은 순례자의 욕망들은
저 옥보다도 차고 깊은 계곡물에 씻기어 사라지지 않았더냐.
비로봉 바라보는 내 그림자는 주인을 따르지 못하고 서성댄다.

진부를 출발하여 2시간 반 만에 월정사에 당도하니 시간은 정오의 꼬리를 치고 있다. 반야교를 지나니 상원사로 올라가는 길은 아직 비포장도로다. 포장공사를 얼마 전에 시작한 모양인데 아직 상당한 시일이 걸릴 것 같다. 몇 군데 구멍을 숭숭 뚫어놓고 콘크리트 관을 여기저기 가져다 놓은 정도다. 비포장도로를 걷자니 발은 오히려 물집의 고통에서 해방되고 땅은 걸음걸음을 차가운 자신의 몸으로 식혀 준다. 발길에 채는 돌멩이 소리가 고요한 산속 풍경에 더욱 오롯한 파동을 내며 흩어진다.

두 시간을 더 올라 상원사에 당도하여 무슨 길이 이리 사람을 힘들게 하느냐고 중얼중얼 대고 있는데 후각을 자극하는 음식 냄새 한 줄기가 허기에 불을 질러 놓고 지나간다. 발걸음을 옮겨 가 보니 감자떡, 호박떡이 모락모락 김을 내며 나의 미감을 탐하고 있는 것이 아닌가. 나도 삼천 원어치를 달라 했더니 열 개를 준다. 처음 먹어 보는 감자떡은 별미인데 특히 떡 안에는 '줄콩'을 짓이겨 만든 담백하고도 달짝지근한 떡소가 그 고상한 맛을 격상시켜 준다.

갈 길이 멀다. 명개리까지 약 19㎞를 더 가야 하는데 관리 아저씨께 물어보니 가다가 어두워지지 않겠느냐, 수해로 붕괴된 길이 있으니 위험하지 않겠느냐, 비가 올지도 모른다, 험한 길이다 하며 극구 만류하는 게 아닌가. 지금이 2시 40분이니깐 산길을 감안해 시간당 4㎞를 걷는다 해도 약 5시간 이후인 7시 40분이 되어서야 도착하게 될 것이다. 지금 출발하지 않는다면 상원사에 머물 수도 없는 노릇이고, 그렇다고 다시 되돌아가는 것도 마음에 허하지 않는 바다. 막연한 자신감과 두려움으로 길을 나선다.

상원사까지 이어진 길과는 완전히 다른 길이다. 엄청난 경사가 끊임없이 나타난다. 한 바퀴 돌아 뒤틀려 올라가는 길도 있다. 산에 바짝 붙어 걷는다. 길 가장자리로 걷게 되면 깎아지른 절벽으로 떨어질 것 같은 현기증을 느끼기 때문이다.

비로봉(해발 1539m)에서 등정을 마치고 내려오는 산악회 한 무리와 마주쳤다. 혼자서 북대사를 넘어 가느냐고 깜짝 놀란다. 이제 등산을 마쳐야 할 시간에 아직 오르막을 오르는 홀홀 단신이 어찌 걱정스럽지 않겠는가. 나의 행색을 아래위로 훑어본다. 등산화도 아닌 일반 운동화, 큰 배낭, 옷차림도 헐렁한 일반 면티와 짧은 반바지가 전부. 그 흔한 지팡이 같은 것도 없다. 나는 한술 더 떠서 먼 길 가야 하는데 물이 바닥을 드러냈다고 하니 걱정스러운 표정으로 얼음물을 흔쾌히 건네준다. 그들의 나에 대한 걱정은 나의 근심이 된다. 멀어지는 그들을 붙잡고만 싶다.

바로 내리막길이 나올 줄 알고 출발했는데 결국 북대사 근처까지 약 5㎞ 거리는 끊임없이 오르막길이 펼쳐지게 된다. 하소연할 그 누구도 없다. 이제는 인적도 끊기고 돌멩이 떨어지는 소리, 숲 풀에 이름 모를 짐승 지나가는 소리만이 간간이 들린다.

비가 내리기 시작한다. 그런데 문득 바라본 고인 물구덩이에는 어떠한 파동도 일어나지 않는다. 오대산 올라올 때 오대산 정상에 머물러 있던 그 구름 속에 내가 들어왔나 보다. 안개가 무거워져 빗방울이 바람을 따라 사방으로 흩어 날린다. 아직 오르막인데 큰일이다. 대체 무슨 생각으로 상원사를 떠나왔는지 후회막심하다는 생각이 들기도 한다. 앞이 제대로 안 보일 정도로 안개가 두텁고 '위험, 수해지역'이라는 간판도 곳곳에서 나그네의 심정을 위협한다.

허공을 바라보니 이상한 착시현상이 나타난다. 안개가 서로 빨려 들어간다. 우주의 블랙홀로 모든 사물이 빨려 들어가듯이 나 자신도 안개 속으로 빨려 들어가는 것 같다. 도저히 바라보는 것을 지탱할 수 없어 고개를 숙이고 앞길만 바라보며 걷는다.

내가 여태껏 말해 왔던 '산'이라는 것이 얼마나 산에 대한 빈약한 개념이었는지 뼈저리게 느끼고 있다. 죽음의 공포를 가져다주는 산을 어찌 내가 현실적으로 정의 내릴 수 있었겠는가. 멀리서 바라보기만 하던 그 멋있던 산은 산의 전부가 아니었다.

산은 이렇게 나의 무지를 경고하는 것일까? 한 사람을 받아들일 때에도 다 알았다는 듯 교만하지 말라는 산의 가르침인가? 가르침을 줬으면 살아서 이 공포를 빠져나가게 해야 할 것이 아닌가.

여기서 묻혀 버릴지도 모른다는 암담한 생각 속에서 정신없이 걸었다. 앞은 여전히 아무것도 보이지 않는다. 빗속에서 계속되는 오르막길을 걸으며 나는 얼마간 죽음 가까이 와 있음을 느꼈다. 순간 나의 마음은 간절한 기도 속에 파묻혀 있었다.

"제가 살아날 수 있음을 징표로 주십시오."

얼마를 더 걸었을까. 자작나무다. 내가 너무나 좋아하는 순백의 자작나무가 안개 속에서 홀연히 등대처럼 반짝거리며 눈앞에 나타난다. 하나님은 자작나무를 통하여 오르막길의 끝을, 살아나갈 수 있다는 계시를 내게 알려준 것이다. 순백의 자작나무는 언제나 사막의 오아시스처럼 내 메마른 의식에 생명의 상징이었다. 죽음의 정상에서 만난 자작나무는 나의 혼미한 정신을 바짝 깨우고 새로운 출발을 감행할 용기를 심어 주었다.

그 순간 갑자기 하늘이 열리기 시작한다. 검은 구름과 나를 둘러싸고 있던 무서운 어둠이 갑자기 물러간다. 유대 민족이 보았던 홍해가 갈라지는 기적이 오대산 정상에서 내게 임했다.

하나님의 강력한 임재가 나의 전신을 파고든다. 아찔할 정도다. 눈물이 나온다. 감동과 감사의 눈물이. 이곳을 벧엘이라 하리라. 나의 벧엘.

정말 내리막길이 아닌가. 해발 1310m라는 표지가 당당히 서 있고 명개리 방향을 알리는 화살표가 웃음으로 손짓한다. 난 쾌재를 부르며 종종걸음으로 속도를 높였다. 내려오는 길도 만만치만은 않다. 곳곳에 물웅덩이가 있고 어떤 길은 무너져 내려 반 토막이 나 있다. 안개비도 여전해 옷은 어느새 다 젖었다. 안개에 갇힌 영역에서 서서히 내려오자 햇살도 간간이 비치고 새소리, 계곡물 흐르는 소리도 들려온다. 도로 복구공사 중인 포클레인 소리가 발치에서 들려오는데 사람의 존재를 알리는 소리가 이토록 반가웠던 적은 없었다. 목례만 하고 지나왔는데 나의 반가움을 눈치 채지 못하는 듯하다. 내려오다 보니 가장 높은 곳에서 일하는 인부들을 제쳐두고 아래에서 일하는 사람들은 다 퇴근을 한다. 위쪽 인부들이 알아채지 못하겠지 하는 마음으로 머리를 쓰는 것 같은데 누가 안 본다고 설렁설렁 하려는 태도가 얄밉기만 하다.

텐트 치고 양봉에 열중인 아저씨도 지나고 한참을 걸었다. 금방 끝날 것 같던 내리막길도 쉽게 끝나지 않는다. 6시 10분이 다 되어서야 홍천군 내면 매표소에 도착했다. 관리소 내선을 이용해 상원사 관리 아저씨께 무사탈출을 알리고 오대산의 공포에서 벗어났다.

오대산을 내려와도 번화한 환영은 기대할 수 없다. 하나님의 임재는 사람들의 화려한 환영을 보장해 주지 않는다. 가난을 가난으로 받아들이고 고난을 고난으로 받아들이는 넉넉한 기쁨이 대신 보장된다. 하루에 버스 두 대 다니는 외진 시골이라 몇 안 되는 민박에서 묵어야 한다. 교회도 없고 더 걸어 봐야 뾰족한 환경이 나타나진 않는다. 배를 채워야 한다면 오대산을 막 내려왔을 때 매표소 옆 식당에서 먹어야지 그 외엔 식당이 없다. 장마철에 여행 와서 별이 뜬 하늘을 본 날이 거의 없었다. 고된 하루를 마감하는 오늘 저녁엔 총총한 별들이 보고 싶어 밖으로 나왔으나 역시 별은 보이지 않고 까만 먹구름만 낮게 내려앉아 있다.

## 참된 자유를 찾아

〈7월 27일, 명개리~양양 논화리, 45㎞, 11시간〉

명개리에서 56번 국도를 타고 오르는 것은 시작부터 예사롭지 않다. 곧장 태백준령의 고도 위에 다부진 몸과 마음을 세워야 한다. 어제 힘들었다고 봐 주는 자연이 아니다. 마을다운 마을 하나 없는 길은 끝까지 계속된다. 사방이 산뿐이고 오직 이 나라 백두대간의 척추를 지난다는 곧은 심지로 묵묵히 견뎌 내야 한다. 아직 인대가 늘어나지 않은 게 하나님의 도우심이다.

오늘은 아무런 메모도 없이 그냥 걷는다. 아무 생각도 없이 그냥 걷는다. 몸이 지치니 의식도 잠든다. 양양에 거의 다 왔을 무렵. 발이 접혀 쓰러졌다. 배도 고프고 힘이 하나도 없는데 큰일이 아닌가. 가까운 휴게소까지라도 가야 할 텐데…… 걸으면 무리가 올 것 같다. 나는 차를 세워 보려고 손을 들었다. 고급차들만 다녀서 그런가 하는 생각으로 차 세우기를 포기하고 그냥 절뚝거리며 조금씩 나아간다. 그리고 기도했다.

"하나님. 애써 차를 세우기 위해 손들지 않겠습니다. 나를 도와주시려거든 나의 절뚝거리는 모습을 보고 그냥 차가 서도록 하여 주소서."

기도한 지 채 1분도 지나지 않아 허름한 봉고 한 대가 선다. 전율이 밀려올 정도로 정확한 응답. 너무나 감사했다. 내외분은 김밥과 생수를 주시며 평생 처음으로 차를 세우고 싶은 마음이 들었다며 웃으신다. 나중에 알고 보니 주문진에서 교회를 섬기시는 목사님 내외다. 목사님네 집까지 가자는 걸 애써 뿌리치고 걸어서 다음 길을 가야 하니 휴게소에 내려 달라고 하니 가까운 곳에 라브리(L'Abri) 공동체가 있다며 가 보라 한다. 양양에 왔으니 라브리 공동체를 안 가 볼 수 있나.

지나쳐 조금 거슬러 올라가니 정다운 마을 농협 주유소 옆에 아담한 목조건물이 수줍게 드러나는데 자세히 보지 않으면 휴게소에 딸린 건물 정도로 보아 누구도 라브리 공동체인지 알 수가 없겠다. 라브리는 피난처라는 뜻으로 국제적인 기독교 공동체이며 진리와 인생에 관해 정직한 대답을 찾는 구도자면 누구나 머물다 갈 수 있는 영적 쉼터다.

라브리를 올라서니 앞치마를 두른 남자 간사가 누구인지 묻는다.

"국토종단 중인 형제인데 라브리에서 하룻밤 묵어갈 수 있겠습니까?"

나는 여자 간사에게 인도되고 더 자세한 소개가 이루어졌다. 여기는 예약을 받아 운영이 되는 곳이기 때문에 나같이 갑자기 찾아오는 경우는 처음이라고 한다. 그래서 그런지 간사는 혼자서 나의 하룻밤을 정하지 못하고 선임 간사에게 전화를 걸어 허락을 받는다.

"선임 간사가 제게 재량권을 줬습니다. 그렇지 않아도 어제 한 형제가 과정을 다 마치고 돌아가서 침대 하나가 비었으니깐 거기를 쓰세요."

나그네 접대에 질서 있는 시스템이 전혀 부자연스럽지 않고 특이한 것은 성인경 목사는 이 부분에 있어서 전혀 개입하지 않고 공동체 구성원 스스로 결정한다는 점이다.

간사들이 저녁식사를 준비하는 동안 나는 안식년을 맞아 대구에서 올라오신 박용규 목사와 플라톤의 실재론과 아리스토텔레스의 유명론이 현대철학과 기독교정신에 미친 영향에 대하여 토론했다.

플라톤은 말하기를, 실재는 등급이 매겨진 여러 '이데아'로 구성되며 이러한 이데아들 가운데 가장 상위를 차지하는 중요한 것이 선이라고 하였다. 따라서 플라톤에게는 어느 특정대상물은 그것이 영원불변한 보편적인 이데아의 본질을 구상할 때만이 비로소 실재하는 것이다. 아리스토텔레스는 이와 정반대의 입장을 취하여 개체는 개체로서 이미 실재하는 것이며 영원불변의 일반성과 관계없다는 것이다. 아리스토텔레스에 의하면 개별적인 존재물이 존재하기에 앞서 보편적이며 일반적인 '이데아'가 존재한다고 생각할 수 없었다.

중세의 실재론자들(Realists)에게는 보편적인 이데아는 실재이며 개체적인 명칭이 거기에 붙여지든 말든 상관없이 독립적으로 존재하는 것이었다. 유명론자들(Nominalists)에게는 보편적 이데아와 같은 추상적 관념은 단순한 명칭에 불과하며 실재하지 않는다는 것이다. 이들의 논리는 간단히 말해서 절대적 실재가 개별적 존재물에서 발견될 것인가 아니면 애당초 신의 마음속에 형상으로 존재하였던 보편적인 일반 개념에서 발견될 것인가의 대립에 있었다. 실재론자들에 의하면 개개인의 인간은 인간이란 일반 관념의 불완전한 반영에 불과하다. 이에 반하여 유명론자들은 다만 개개인의 인간만이 실재하며 보편적인 인간이란 상통한 특징을 갖는 개개인의 인간의 집단에 붙인 명칭에 불과하다고 주장하였다.

이 두 파는 상호간에 극단적 논리를 구사하여 끝에 가서는 실재론은 범신론, 즉 우주는 하나의 전체로서 그것이 곧 신이라는 관점에까지 이르렀고 유명론은 물질론, 즉 우주는 전적으로 물질로 구성되어 있다는 견해로까지 확대되었다.

이러한 실재론과 유명론의 대립은 마침내 13세기 토마스 아퀴나스에 이르러 스콜라철학의 형태로 완성되었다. 그는 논하기를, 보편적 존재는 영원불변의 실재성을 갖지만 그것이 동시에 본질로서 개체 안에 존재한다고 하였다. 이러한 주장은 플라톤보다 아리스토텔레스에 더 가까운 일종의 수정된 실재론이었던 것이다.

나는 플라톤과 아리스토텔레스 그 누구의 견해도 전적으로 공감하지는 않는다. 다만 플라톤의 이데아론에서 물질 뒤에 숨겨진 신의 숨결을, 아리스토텔레스의 질료와 형상 개념에서 구체적 형상의 존귀성을 생각해 낸다는 것이 무척 흥미 있다. 이러한 개념들이 중세를 거쳐 현재 우리가 접하고 있는 기독교 교리 속에 다양한 모습으로 숨겨져 영향을 미치고 있다는 사실도 철학적 나의 지평을 넓혀 준다.

이런저런 얘기는 저녁식사 종소리가 울리는 탓에 이어지지 못했다.

이번 여행에서 내가 원했던 모습. 즉, 물질적인 대접만이 아니라 커

뮤니케이션이 온전히 이루어지고 있는 모임이라는 느낌 때문에 흥분을 감출 수가 없다. 나그네의 심정에 동정을 느끼고 나그네의 생각에 관심을 보이는 공동체를 만난 것이다.

도서관에 비치된 수많은 책들을 부러운 눈으로 돌아보았다. 나는 구원에 이른 영혼과 해방된 사상과 못지않게 책을 소중하게 생각한다. 야만적인 짐승이 아닌 인격적인 인간들의 사고가 세대를 거쳐 올바르게 전승·발전하기 위해 기여하는 책의 역할은 실로 엄청나다. 나는 넓은 서재를 갖고 싶었다. 수많은 책들이 나를 반기고 나는 언제든 어느 책이든 펴서 읽고 싶었다. 하지만 넉넉하지 않은 살림 때문에 나는 가까운 수원 영통 도서관에 가서 한 번에 네다섯 권의 책을 빌려와 집중적으로 읽고 반납하는 생활을 하였다. 그리고 가슴에 와 닿는 구절은 노트 한 권에 차곡차곡 적어 두었다. 그렇다고 책을 빌려 보는 내 처지를 비관해 본 적은 한 번도 없다. 오히려 이렇게라도 책을 읽을 수 있는 여건이 주어진 것이 한없이 감사할 따름이다.

방과 주방 구석구석을 살펴본 뒤 식사를 했다. 지체장애인 봉사를 마치고 막 돌아온 13명의 형제자매들이 한 식탁을 놓고 둥글게 앉아 서로 손을 잡고 기도를 드렸다. 식사를 하고 차를 마시면서 여러 가지 이야기가 웃음꽃과 함께 소통된다. 이곳에 와서 부쩍 말이 많아진 내가 화두를 던졌다.

"간사님 고향이 전주라니깐 최근 부안군 위도 핵폐기물과 관련된 논의를 하고 싶어요. 예전에는 오늘날과 달리 선악의 구별이 어느 정도 분명해서 윤리적 판단이 용이한 측면이 있었는데 오늘날과 같이 여러 가지 이해관계가 복잡한 시대에서는 그 구별이 쉬운 것만은 아닌 것 같아요. 위도 사람들의 생존권 문제와 나머지 부안군민의 생존권 문제가 부딪힌 이번과 같은 경우에 대체 어떤 결정이 선한 결정일까요?"

열띤 토론이 금방 이루어진다. 새만금 문제까지 겹쳐지니 너도나도 할 말이 많다. TV토론과 달리 우리의 관심사는 경제적 동기와 환경 문제에서 더 나아가 그리스도인의 윤리의식에까지 다다른다.

"저의 인식의 끝에는 늘 조화라는 개념이 있어요. 다양한 목소리는 건강한 사회의 기반이 되겠지만 그 목소리와 이해관계를 어떻게 통합해 나가느냐는 오늘날 엄청나게 중요한 문제가 되었어요. 자연이든 신이든 인간의 모습이 이와 조화되지 못한 것은 선하다고 볼 수 없을 것 같아요. 그리고 어쨌든 양단간에 사회적 문제가 결정되겠지만 그런 문제는 시간이 흐른 뒤에라야 선이었는지 악이었는지 알게 될 것 같아요. 당장에 우리가 내리는 결정들은 현재의 최선일 수 있을지 모르지만, 선인지 판가름 나는 나중의 시간 뒤에는 오늘의 결정을 분명한 타산지석으로 삼아야 될 거예요. 물론 이 모든 결정엔 똘레랑스가 존중되어야 하며 앵똘레랑스는 경계되어야 하겠지요."

지성을 죄악시하고 지성을 영성 아래에 가두어 두는 식의 분위기에서 벗어나 하나님이 주신 이성적 사고를 최선의 정도까지 끌어올려 영성과 조화를 이루어 내는 라브리의 생활방식은 내게 깊고 진한 인상을 주었으며 나는 공동체의 분위기 속에 자연스럽게 흘러들어 어느새 허물없는 가족이 된 기분이었다.

지성을 죄악시하고 영성만을 강조하던 시대가 있었다. 철학과 신학의 암흑기라고 불리는 중세 시대가 바로 그것이다. 성 아우구스티누스에서 10세기에 이르는 시기인데 이때에는 초월적인 세계관과 교회의 우월성이 형이상학적으로 주장된 시기였다. 이러한 치우친 분위기는 이슬람의 주석을 통해 간직되었던 그리스 철학이 그리스도교 사상 속에 들어옴으로써 신앙과 이성의 대립, 실재론과 유명론의 대립 등을 가져왔고 이에 따라 논리와 변증에 의해 인도되는 자연이성의 가치가 인식되기에 이르렀다. 이리하여 논리와 철학이 신앙과 조화될 수 있는 가능성은 모색되었다. 이와 같은 이성과 신앙과의 조화는 아베로에스(Averroes)를 거쳐 토마스 아퀴나스에 이르러 완전한 종합을 이루게 된 것이었다.

이후 신의 영역을 이성으로는 이해할 수 없다는 철학자들이 나오게 된다. 대표적으로 데카르트는 이원론을 주장하였다. 데카르트는 수학적으로 또는 합리적으로 설명할 수 있는 기계적인 자연계와 별도로 신의 세계가 존재한다고 믿었다. 그에 의하면 궁극적인 실재인 정신과 물질 간에는 신의 개입에 의하지 않는 한 아무런 연결이 없다. 정신의 세계는 신학과 신앙에 속하며 과학으로 알 수 없는 반면, 물질계는 이성과 자연법의 세계이며 과학적 인식으로 이해될 수 있다고 하였다.

이원론을 주장하며 이성의 영역에서 신의 해석을 유보한 철학자에는 데카르트 외에 칸트도 있다. 그는 과학적 법칙이 적용되는 물리적 자연의 영역을 넘어서는, 결코 과학이 침투하지 못하는 물 자체의 세계가 있으며 그것이 바로 철학의 탐구의 대상이라고 하였다. 칸트는 신의 존재가 과학적으로 증명될 수 없다는 주장에는 동의하였으나 인간의 도덕적 감정은 정신의 영원불멸과 신의 존재를 믿게 한다고 주장하였다.

칸트는 이처럼 과학으로 증명될 수 없기 때문에 이성으로 해결되지 않는다고 하였으나, 엄밀히 말하자면 이성은 감관작용과 무관하지 않다. 칸트 자신도 모든 감관작용은 이성의 소산인 정신을 통해 걸러지고 해석된다고 하지 않았는가. 따라서 인간의 도덕적 감정과 온갖 초월적 의지와 현상들은 살아 있는 실체이며, 그러한 것으로 신이 해석된다면 이를 두고 '이성적으로 증명되었다'고 말하는 것이 불합리하지 않다는 것을 말하고 싶다.

현재 라브리가 추구하는 것이 바로 이것이다. 즉, 신학을 형이상학에 가두어 두지 말자, 지성을 박해하지 말고 능히 신학도 지성적으로 해석이 가능함을 보여주자는 것이다. 라브리가 추구하는 바를 들으니 천 년을 넘어 흘러온 인간의 철학적 고뇌가 파노라마처럼 지나간다.

저녁 식사를 마치고 모두들 뜰로 나와 대화와 여유의 시간을 가졌다. 성인경 목사가 이제 막 귀가하여 누렁이 개 한 마리를 데리고 거닐고 계신다. 그 소박함 때문일까? 처음엔 마을 아저씨인 줄 알았다. 보통 남의 눈을 의식하는 사람들은 소위 족보 있는 개를 좋은 차 몰듯이 데리고 다니는 데 비하여 성인경 목사의 소박함은 해학미까지 갖추고 있다.

성인경 목사와 박용규 목사와 나는 꿀보다 더 달콤한 말로 이야기꽃을 피웠다. 진리를 위해 허심탄회하게 생각을 교환하는 인간과 인간의 교류는 얼마나 아름답고 행복한 모습인가. 특히 물질의 구속에서 해방되고 권위와 습성에 복종하지 않으며 인간정신의 순수한 추구가 전제되는 대화란 더더욱 그러하다. 자신의 지식을 앞세우지 않고 상대방의 권위를 세워 주려고 노력하는 성인경 목사의 태도는 이미 생활 그 자체가 된 듯 눈치 채기 어려우며 자연스럽다. 날카로운 모든 것을 보듬어 줄 듯한 인품을 가진 자다. 나는 스스로에게 과격하고 공격적인 면이 남아 있다고 생각하는 처지여서 이러한 흰 구름 같은 사람을 만나면 한없이 존경스러워진다.

여덟 시가 넘어서자 성인경 목사는 간사회의 때문에 먼저 들어가고 남은 우리들은 한참을 웃고 노닐다가 하나둘 도서관으로 모여들었다. 나도 도서관 한 책상에 불을 켜고 이 글을 쓰고 있다. 밖은 저토록 칠흑 같은데 이곳의 지성과 영성은 백두대간처럼 뜨겁고 순수하게 타오르는 도다. '자유'라는 두 글자를 창문에 써 본다. 세상으로부터의 자유, 율법으로부터의 자유, 육체로부터의 자유를 꿈꾸던 나는 언제 참다운 자유를 누렸는지 되돌아보았다. 나의 노력은 큰 원동력이었다. 자연은 모든 재료였다. 다만, 지금처럼 나를 창조하신 창조주의 품속에 있을 때만이, 즉 인간의 유한성과 그 덧없음을 인정할 때만이 이 모든 자유가 완성에 이름을 느꼈던 것 같다. 예수 없이 참된 자유란 없다. 섬김으로써 서로가 살아나는 자유, 하늘의 축복을 받았기에 땅의 고통을 고통 아닌 것으로 받아들이는 자유.

라브리 식구들의 저녁 시간 활용 모습을 보면서 많은 생각이 스쳐간다. 이전의 내 생활을 돌이켜보면 저녁 먹고 뉴스 보고 10시쯤 되면 드라마 보고. 그런 생활이 자연스럽게 공식처럼 재단되어 있었다. 하지만 오늘 내가 보낸 저녁시간은 저녁 먹고 환담을 거친 뒤 도서관에서 책 읽고 글 쓰며 하루를 마감하는 일정이다. 오늘의 일정은 내 생활에 활화산 같은 에너지를 공급해 주고 충만한 안정, 넘치는 감수성으로 독수리 날개 쳐 올라감 같은 무한의 자유를 선사해 주는 것이다. TV에 얼을 주고 낡고 썩은 잡쓰레기에 혼을 팔았던 지난날의 내 저녁시간들이여.

## 천상의 아름다움

〈7월 28일, 논화리~오색약수~대청봉~속초, 11시간〉

일정을 마치고 돌아갈 준비를 하는 식구들이 이른 아침부터 부산하게 나의 잠을 깨운다. 딸 아들을 데리고 왔던 가장 나이 많은 아저씨가 아들만 데리고 서울로 돌아가는 날이다. 박용규 목사가 양양 고속버스터미널까지 기사가 되어 함께 떠나는 것을 2층 도서관 창문으로 내다본다. 참 정겹다.

책상 위에는 어제 늦게까지 읽다만 『프랜시스 쉐퍼 전집 3』과 성인경 목사의 『대답은 있다』가 나란히 놓여 있다. 떠나는 자는 모두 다 지성이 회복된 영성을 배워 가는 것일까? 다시 시작된 비는 아침 창에 굵게 와 부딪힌다. 나보다 먼저 도서관에 올라와 책을 읽던 박용규 목사의 온기가 아직 방안을 떠돈다. 사실 목사가 자신의 연약함과 치부를 드러내고 함께 토론하고 고민해 보는 것이 어디 쉬운 일인가. 한국의 권위주의적 교단에서는 더욱. 하지만 박용규 목사는 어제 한 인간으로서 나에게 마음을 여는 아름다운 모습을 보여주었다. 그 일 이후로 갑자기 친해진 박용규 목사의 짧은 부재가 이 시간 왜 이리 아쉬워지는 것일까?

나는 제자리로 돌아와 스탠드를 켠다. '민족문화와 그 계승에 관한 문제'라는 테마가 눈에 들어온다. "기독교인들은 무조건 교회 밖의 문화를 배격하면 안 되며 비기독교인들 역시 하나님의 손길이 묻어 있는 아름다운 존재이므로 적극적으로 교회 밖의 문화창조에 임해야 한다……."

오전 7시 30분. 아래층을 내다보니 식사준비는 모두 끝나고 박 목사는 양양에서 이미 돌아왔다. 호밀빵, 각종 잼, 생식, 커피, 과일, 머핀 등이 메뉴로 식탁을 꾸미고 있다. 성인경 목사와 그 부인인 박경옥 간사가 새벽부터 일어나 손수 준비한 작품이다. 화기애애한 식사가 시작되고 이런저런 얘기들이 자유롭게 발표된다. 민감한 문제인 '여성성, 남성성'에 대한 주제가 거론되었다. 더욱 말이 많아진 입을 오늘 하루만은 봐주기로 했다.

"여성성은 포용, 생산력, 견딤 등을 상징하고 남성성은 불의에 대한 항거, 모험심 등을 상징한다."

대번에 여성분들의 반격이 거세어진다.

"사회학 시간에 배웠는데 여자·남자의 특성은 길러지고 강요되는 면이 많다던데요."

또 다른 반론과 두 목사님의 재반론이 이어진 뒤에 다시 입을 열었다.

> "여자가 여자다워야 한다는 투의 표현은 그릇된 것입니다. 여자든 남자든 인간다워야 하는 것입니다. 온전한 인간이 되려면 한 인간의 마음속에 여성성·남성성이 조화 있게 모두 갖춰 줘야 합니다. 단지 자궁이라는 생물학적 특성과 우리 시대의 보편적 성정을 감안해 두 가지 측면을 여성성·남성성이라고 이름 붙인 것뿐이며 두 측면 사이에는 우열이 있을 수 없습니다. 사족일지 모르나 아기를 길러 본 사람들은 다 공감할 텐데 여자아이와 남자아이의 특성은 그 특성이 무엇이건 간에 길러지기 전에 태생적 차이가 분명히 있습니다."

생각건대 여성분들이 처음 발끈했던 이유는 여성성의 중요도가 얼마나 큰지를 모르는 경우거나 아니면 여성성이라는 미명하에 여자들을 그 개념 속에, 사회적 억압 속에 다시 가두어 두지는 않을까 하는 방어의식 때문일 거다. 아마 둘 다일 수도 있다. 남자들도 여성성의 중요도를 잘 모르는 경우가 많기 때문이다.

성인경 목사는 부드럽고 차분한 모습으로 모든 이야기의 중심축이 흔들리지 않도록 리더를 잘하는 것 같다. 어제 구입한 책에 사인을 해 준다.

> "존경하는 차명권 씨의 진리탐구와 영적 성장에 조금이나마 도움이 되기를 진심으로 바랍니다. 2003. 7. 28. 성인경 올림."

성인경 목사는, "유목교육이라는 게 요즘 부각되고 있습니다. 온실 속에 가두어두지 않고 거칠게 키우는 방식 말이에요. 우리나라 대통령들만 봐도 다들 순탄치 않은 세월을 지나지 않았습니까. 차명권 형제도 뜻있는 행보들을 통해 큰사람이 되길 바랍니다."라며 과분한 칭찬을 해 준다.

"큰사람은 못 되더라도 어둠 속에 갇혀 허우적대지는 않았으면 좋겠습니다."

식사가 끝나자 나는 서둘러 짐을 챙겨 떠날 채비를 갖추었다. 박경옥 간사가 허겁지겁 뛰어온다.

"전 사람이 쓴 침대보에 주무셨다면서요. 정말 용서를 빕니다. 새 침대보로 갈아 드렸어야 하는데 제가 없는 바람에 간사가 실수를 했나 봐요. 50년 넘는 라브리 역사상 이런 일은 없었는데 사죄를 구합니다."

나는 도리어 송구하여 더 큰 인사로 괜찮음을 표했다. 성인경 목사가 오색약수까지 태워 주시겠다고 한다.

"비가 너무 많이 오고 오색약수가 바로 옆입니다. 내가 오색약수 가면서 이것저것 소개시켜 주고 싶기도 하고."

살다 보면 뿌리칠 수 없는 거룩한 권위와 만나게 된다. 얼마 되지 않는 거리라 따라나섰는데 작년 산사태로 아직 복구공사를 마무리하지 못했다. 저 별장은 현재 임대 중인데 어서 구입해서 정착이 되었으면 좋겠다. 얼마 전에 찾아온 동성애자의 이야기 등 안에서는 시간이 없어 하지 못했던 이야기들을 차 안에서 해 주신다. 설악산 등산로 입구에서 표를 끊고 들어가는 나를 멀리서 바라보시며 미소 짓다가 한참 후에서야 아득히 돌아가신다. 내 길에 빛 같은 이정표를 줄지 모른다. 성인경 목사.

오색약수터를 출발해 설악산을 오르기 시작했는데 이게 웬일인가. 바닥은 울퉁불퉁 천지가 돌길이고 경사는 70도가 넘어 보인다. 15분도 채 지나지 않아 온몸은 땀범벅이다. 평지가 없다. 쉽게 생각하고 대청봉을 처음 오르려는 사람이 있다면 출발부터 힘에 겨운 난코스가 인정사정없이 덤벼든다는 것을 알아두어야 할 것이다.

가족끼리 온 일행도 많이 눈에 띄고, 초등학교도 안 들어간 어린이도 따라나섰다. 중간 쉼터를 지나는데 고도가 1300미터다. 1360미터를 지나던 그저께의 오대산 정상에서의 기억이 벌써 요요하다. 오대산 때보다 몸은 엄청 힘든데 두렵지는 않다. 간간이 오가는 이웃들이 있어서이기도 하지만, 오대산을 오를 때처럼 깎아지른 듯한 절벽 따위가 여기에는 없다. 순간순간 눈앞으로 열리는 돌길만 마주하며 오르기만 하면 된다. 비는 아직 그치지 않았다. 사람들은 나의 행색이 더욱 이상한가 보다. 목도 없는 운동화가 특히 걱정스러운가 보다. 내가 신은 신발은 2년 전 세일할 때 구입한 '르까프' 운동화다. 아내와 배드민턴 하려고 샀는데 격한 운동에도 흠 한 번 안 나고 내 발에 익숙한 상태여서 따로 구입하지 않고 이번 여행에 동반한 것이다. 특히 밑창은 생고무로 되어 있어 오늘 같이 비가 오는 날에도 잘 미끄러지지 않는다. 사람들이 걱정하는 것과 달리 국토종단을 든든히 지탱해 준 고마운 친구다.

중간 중간에 사람이 만들어 놓은 철제 계단이 돌계단보다 오르고 내리기가 훨씬 어렵다. 변화와 쉼이 간간이 교대하며 존재하는 것이 돌길이기 때문이다. 그 돌길도 난 올라가는 방법이 좀 다르다. 몸에 리듬을 주는 것이다. 양팔을 앞뒤로 같이 왔다 갔다 하며 몸을 가볍게 흔들면서 앞으로 힘이 실릴 때마다 한 계단 한 계단 오르다 보면 마구 오를 때보다 먼 높이를 지속해서 빨리 오를 수 있다. 대청봉 오르는 길에 제1, 제2쉼터가 있지만 난 쉬지 않았다. 내 몸이 쉬지 않아도 된다고 오케이 사인을 주기 때문이다.

약 3시간 만에 정상 대청봉에 올랐다. 해발 1708미터. 사위는 안개인지 구름인지 짙게 깔려 몇 미터 앞밖에 볼 수 없고 바람은 세차게 불어 날아갈 것만 같다. 키 낮고 신비하게 생긴 소나무와 생경한 꽃들이 정상에서 느끼는 충격에 힘을 더한다. 가슴이 뿌듯한 것도 잠시 자연의 거대한 힘은 언제든지 인간을 비웃을 수 있다는 것을 난 알고 있다. 조심스럽게 대청봉을 내려간다. 오대산 이후 부쩍 산을 대하는 태도가 조심스러워졌다. 화채봉 길은 안식년에 걸려 입산이 통제되었기 때문에 중청봉, 소청봉, 무너미 고개, 비선대로 이어지는 길을 따라 소공원으로 가야겠다.

중청 대피소에서 집에 전화를 걸어 대청봉을 지나왔다고 전화했다. 아내는 자랑스럽다고 격려해 준다. 아내는 늘 그렇다. 사랑한다는 얘기도 자주하고 칭찬하는 얘기도 곧잘 한다. 언제나 나를 세워 주려고 애쓴다. 그런 아내가 참 현명하지 아니한가. 이번 여행을 허락해 준 것도 어떤 사람들은 대단하다고 말했다. 한 달 가까이 가족을 내팽개치는 행위라고 얼마든지 막아설 수도 있지 않았을까?

소청봉에서 희운각 대피소로 내려가는 길에서 엄청난 광경과 마주하게 된다. 바위봉들이 일제히 눈앞에 펼쳐지는데 구름바다에 떠 있으며 끝도 없는 기암괴석이 겹쳐 누워 있다. 모두들 아무 데나 앉아서 내려가지도 올라가지도 않은 채 입을 쩍 벌리고 아름다움에 갇혀 있다. 눈을 가리고 있던 오욕의 모든 거미줄들이 단숨에 걷혀 나간다. 시 한 편을 쓰려고 바위에 걸터앉았는데 도대체 저 아름다움을 어떻게 표현해야 할지 막막하기만 하다. 넘쳐 흐르지만 거슬리지 않는 아름다움의 극치다. 꿈에서 이 장면을 보았다면 천상의 아름다움이라고 해몽했을지도 모를 일이다.

"우리가 감사함으로 그 앞에 나아가며 시를 지어 즐거이 그를 노래하자 여호와는 크신 하나님이시오 모든 신들보다 크신 왕이시기 때문이로다 땅의 깊은 곳이 그의 손 안에 있으며 산들의 높은 곳도 그의 것이로다 바다도 그의 것이라 그가 만드셨고 육지도 그의 손이 지으셨도다 오라 우리가 굽혀 경배하며 우리를 지으신 여호와 앞에 무릎을 꿇자."(시편 95:2~6)

수십 명의 사람들이 어느 그림 속에서 정지한 피사체가 된 듯 미동도 없이 앉아 자연을 감상하는데, 문득 각자에게 밀려드는 감상의 색깔들이 어떻게 다를까 라는 생각에 미친다. 『잃어버린 시간을 찾아서』의 저자 마르셀 프루스트(1871~1022)는 "눈앞에 펼쳐진 자연은 하나만으로 존재하는 것은 아니다. 보는 사람만큼의 자연이 존재하는 것이다."라고 말했다. "눈은 형태를 왜곡하고, 정신은 형태를 창조한다."는 말처럼 형태를 파악한다는 것은 단순한 시각만의 문제가 아니다. 기하학의 세계와 상통하는 지적인 정신 작용의 문제이기도 하다. 그래서 색채와 형태의 통일로 이룬 새로운 공간을 확립하고 그 안에 시간의 표를 찍고, 현실 감각을 실현하는 일이 프루스트가 일생을 걸고 한 작업이었다. 프루스트의 지침은 이후의 모든 인류에게 영향을 미치고 이윽고 오늘날 설악의 바위능선에 선 나에게까지 가르침을 준다. 이처럼 정신의 색깔은 사람마다 다를 수밖에 없고 그리하여 나는 지금 나의 주위에 둘러앉아 천 개의 봉우리를 감상하는 사람의 정신세계를 남김없이 비춰 보고 싶은 엉뚱한 욕망에 사로잡히는 것이다.

외국인 한 사람이 내 것의 세 배는 족히 되어 보이는 배낭을 지고 바위 위에 오른다.

"Too much stuff. isn't it?(너무 무거운 짐이네요)"

서울 논현동 어느 학원에서 학생을 가르친다는 그 외국인은 뉴질랜드가 고향인 사람인데 일주일 휴가를 받아 백담사로 가는 중이다. 나의 국토종단 얘기에 큰 관심을 보인다. 뉴질랜드에도 이처럼 아름다운 산이 있냐고 하니깐 비슷하다며 목에 힘을 잔뜩 준다.

금강초롱, 서어나무, 박달나무, 피나무, 함박꽃나무 등이 설악의 옷을 뽐내고 이를 감상하다 어느새 희운각 대피소까지 도착했다. 시중에 500원 하는 컵라면이 여기서는 2,500이나 한다. 매일 출퇴근하느냐고 매점직원에게 물었더니 삼사 일에 한 번씩 내려가고 싶을 때 내려갔다 온다고 한다. 자세히 물어보지는 않았지만 여기저기 흔적들로 보아 이 매점의 판매 권리는 산악구조대에 있는 것 같다. 생수 값도 역시 비싸 2,000원이나 하기 때문에 나는 계곡으로 내려가 흐르는 설악의 물을 받아 물통을 채웠다. 물맛이 신선수에 비길 바 아니다. 계속된 내리막길에서 다리가 후들거린다. 볼일을 보려고 화장실에 섰더니 다리만 떨리는 게 아니라 몸 전체가 후들거려 여간 애를 먹은 게 아니다. 정신을 집중해서 한 발 한 발에 힘을 줘야지 그렇지 않으면 큰 사고로 이어질 수 있음을 명심해야 할 터.

천 개의 불상처럼 봉우리가 솟았다 하여 붙여진 천불동 계곡에는 천당계곡을 비롯해 선녀가 놀았음 직한 신비스런 못이 수없이 고였다가 흘러가고를 반복하는데 그 못의 색은 마치 쑥물을 풀어놓은 듯하고 그 깊이는 못에 비친 바위와 나무의 그림자를 삼켜 버리고 있다.

거의 여섯 시간을 더 내려와서야 비선대를 거쳐 소공원에 이르렀다. 비선대에는 관광차 나온 많은 사람들이 말쑥한 차림으로 사진 찍기에 바쁘다. 2년 전에는 나도 이 비선대에서 사진을 찍고 있었다. 또 지금의 나처럼 대청봉에서 내려오는 사람들을 부러워하며 앉아 있었다. 아니 부러워하기보다는 꼭 대청봉에 가야 하나 하고 생각했던 것 같다.

대체 그 이상의 자연은 나와 전혀 상관도 없다고 스스로에게 답문하고 있었다. 하지만 이제 대청봉에서 만난 설악의 진경은 기슭에서 무지몽매하던 인공의 얕은 지각장을 깨뜨리고 내게 오묘하고 큰 하나님의 세계를 맛보게 해 주었다.

속초의 명물 항구인 대포항에서 좌회전하여 속초시내에 들어오니 수도권에서 피서 온 차량들이 거북이걸음이다. 내 걸음이 제일 빠르다. 꽉 막힌 차도를 따라 부둣가 회센터를 넘으니 부영 아파트 근처에 황토방이 나오렷다. 대청봉을 넘으며 만신창이가 된, 말을 듣지 않는 육체를 황토방 바닥에 집어던졌다. 나의 육신과 마음속에 가득 찬 오래된 잡동사니들이 일제히 절그럭거리다 튀어 나온다. 전국 각지에서 온 피서객들로 공간은 초만원이다. 사투리처럼 몸을 뒤척이는 사람들 속에서 나의 졸음은 순식간에 현실에서 나를 추방시켜 버린다.

## 무한한 가능성의 세계

〈7월 29일, 속초~거진, 33㎞, 10시간〉

청초호가 회색빛 하늘을 이고 미동도 없이 아직 깨어나지 못하고 있는 시각. 청초 호수공원에는 키 작은 하늘보다 더 작은 소녀가 할아버지의 손에 이끌려 산책을 즐기고 있다. 이 공원은 1999년 강원국제관광 엑스포 행사를 기념하여 조성된 것이다. 이를 증명하듯 엑스포타워와 엑스포기념관만이 청초호를 바라보고 쓸쓸히 서 있다. 함성과 인파가 사라진 기념물이란 언제 보아도 을씨년스럽다. 기념관은 넓은 유리로 건물 전체를 둘러쳐 그 현대미가 시원스럽고 용맹스런 코브라 뱀의 머리가 꼬여 올라가듯, 동해의 푸른 파도가 밀려 올라가듯 높아진 엑스포타워는 푸른 바다와 잘 어울린다. 강원도를 밝히는 등대를 상징하는 것 같기도 하다. 하지만 주위의 황량함과 계획 없이 들어선 모텔 등 건물들 때문에 그 빛의 고고함이 반감되는 기분이다.

청초호를 빠져나가는 저 멀리 고립의 끝에는 거대한 대교 하나가 한창 공사 중이다. 이 대교는 동해를 따라 올라온 7번 국도가 속초를 빙 둘러 지나가지 않고 단번에 청초호를 가로질러 갈 수 있도록 할 것이다. 앞으로 속초의 새로운 명물로 자리매김할 것 같다. 다만 구조물을 덧입힌 색조가 탁해 아쉽다.

은행나무 길을 따라 한참을 걸으면 왼쪽으로 크지도 작지도 않은 소담스런 호수가 나온다. 주위의 아득한 풍경들과 부담스럽지 않은 조화를 이루어 그 기품이 거니는 이의 마음을 진정시킬 만하다. 몸이 불편한 한 노파가 딸의 손에 의지하여 어렵게 버스에서 내린 뒤 영랑의 호수 변을 따라 힘든 걸음을 옮긴다. 눈길이 앞서 그 길을 따라가니 의료원 하나가 영랑호수를 바라보고 서 있다.

회색빛 하늘이 어김없이 실비를 뿌려대기 시작하자 잠시 멈추고 비닐로 가방을 덮어 씌웠다. 용촌리 지날 때부터는 자주 다니는 버스에 눈길이 가기 시작하는데 통일1호 차를 의미하는지 버스 번호가 1번이다. 통일전망대(정확하게 말하자면 통일안보공원)까지 가는 1번 버스는 휴가철이라서 그런지 만원의 사람들을 싣고 속초에 들어서고 있다.

돌솥영양밥 전문집에는 인기척이 없다. 나를 위해 새벽부터 장사를 할 리가 없지. 배가 고파 혹시나 하는 마음으로 인기척을 기대한 것이다. 사실 어제 대청봉을 넘은 기념으로 그리고 잘 버텨 준 빈속을 위로하기 위해 생삼겹살을 먹었었다. 근데 뭐가 잘못되었는지 밤새 이물감이 올라오더니 아침에는 결국 소화되지 못하고. 그래서 지금 더욱 허기를 느낀다.

밥집을 돌아 나오는데 그 정원에 붓꽃들이 흐드러지게 피어 가슴을 설레게 하는 것이 아닌가. 분홍, 연보라, 하양. 색도 여러 가지다. 수줍은 듯 고개 숙인 붓꽃의 얼굴을 올려 보니 꽃잎은 다섯 장이요, 그 안에는 세 개의 수술과 하나의 긴 암술이 다소곳하게 들어앉아 있는데 암술의 긴 끝도 역시 세 갈래로 갈라져 있다. 다섯 장의 꽃잎은 그 하느작거림이 너무나도 원숙하여 기품 있고 교양 있는 여인이 단정하게 차려입은 모양새다. 감동은 잠시나마 허기를 잠재운다.

도시를 벗어나야 간혹 볼 수 있는 능소화가 어느 시골집의 담장을 마음껏 수놓아 뻗어 있다. 세계잼버리와 대순진리회의 방향을 알리는 도로표지판이 등장한다. 잼버리 탑이 그 아래와 하늘을 찌르고 있는데 '세계는 하나'라는 글씨가 눈에 들어온다. 영국의 사회학자 앤서니 기든스(Anthony Giddens)의 『제3의 길』을 연상시키는 세계화의 구호는 '하나 되지 못한 민족분단'의 현실 앞에서는 얼마나 가슴 아픈 외침으로 들리는지 모른다. 세계는 정말 빨리 변하고 변화하지 못하는 민족은 정체된 민족만큼이나 위험하다. 제3의 길도 이러한 변화의 한 줄기이다. 이것이 사회주의와 자본주의의 폐해를 극복한 새로운 대안이냐에 대해서는 말들이 분분하지만 어떻게든 현실의 모순을 극복하고 세계적 헤게모니를 장악하기 위한 선진국들의 체제적 몸부림이 아니겠는가. 우리 민족이라고 어찌 세계의 중심에 서기 위한 욕망이 없겠는가. 다만 우리에게는 꼭 해결해야만 하는 '우리는 하나'라는 숙제가 풀리지 않고 있다. 이 숙제가 풀리고 난 연후에야 저 '세계는 하나'라는 구호가 더욱 구체적이고 증폭된 의미를 가질 수 있을 것이다.

군용차가 점점 많아진다. 여기서 보는 무궁화꽃도 색다른 감흥이다.

봉포리에서 시골순두부로 아침을 해결했다. 좀 더 가니 '대학종합평가 최우수대학'이라는 간판이 크게 나붙어 있는데 경동대학교가 그 주인공이다. 언제 어디서 실시한 평가인지는 알 수가 없다. 내가 여행을 다녀 보니 대학종합평가 최우수대학 선정을 받은 학교가 꽤 많았다. 어떤 곳은 대학건물이 한두 동 되고 아주 외진 곳이며 이름도 들어 보지 못한 대학인데 크게 이러한 간판이 붙어 있는 게 아닌가. 그때도 그 평가가 몇 년도에, 어디에서 실시한 것인지는 알 길이 없었다. 대학종합평가의 공정성에 대해서는 의구심이 있다. 최근에는 학과별평가에서 이를 거부하는 움직임이 경제학과 교수들을 중심으로 크게 일고 있기도 하다. 사회 전반에 부정과 불공정이 만연해 있다고 생각하니 누구 하나 종합평가조차 곱게 보지를 못한다. 경동대학교는 이러한 경우에 해당되지 않는 정말 최우수대학이라고 믿고 싶다. 이는 갈라진 한국의 최북단에 위치한 대학이라는 그 역사적 의미에 있어서도 우수한 대학이 되어야 한다는 당위가 나오는 것이 아닐까?

저 멀리 오른쪽에 관동팔경의 하나인 〈청간정〉의 팔작지붕이 솔향기에 묻혀 있다. 이 피곤한 몸을 누군가 살짝 들어 〈청간정〉의 시원한 정자 위에 옮겨다 준다면 얼마나 좋을까. 달콤한 구운몽으로 시와 풍류를 대신할 터인데.

서원대 남학생 다섯 명이 청주를 향하여 통일전망대에서 내려오는 중이다. 간단한 인사를 나누고 다리 하나를 지나니 영랑호부터 시작된 소나무들은 여유 있고 넉넉한 플라타너스로 점차 바뀌어 가고 낮은 시선으로는 들꽃과 이른 코스모스와 루드베키아가 지천으로 피어 있다.

이 눈부신 노랑의 물결을 어떻게 감당해야 하나. 현대 추상 미술의 최고의 거장 중의 한 사람인 칸딘스키(Wassily Kandinsky, 1866~1944)의 명저 『예술에 있어서 정신적인 것에 대하여』에서 그는

> "우리는 색을 응시했을 때에 생기는 제 이의 결과, 즉 색들의 심리적인 효과에 이르게 된다. 그리하여 첫 번째의 기본적이며 물리적인 힘은 색이 영혼에 도달하는 길을 열어 주고 있다."

고 말하였다. 색채에 대한 최고의 권위자로서 그는 계속 말을 잇는다.

> "노랑은 전형적인 지상의 색이다. 노란색의 첫 번째 운동인 인간을 향한 지향성은 노란색의 강도를 강화시킴으로써 끈질기게 증진할 수 있다. 그리고 두 번째 운동인 한계의 초월과 힘을 주변으로 확산시키는 작용도 무의식적으로 대상을 향해 돌진하고 목적 없이 사방으로 발산하는 물질적 힘의 성질과 유사하다. 다른 한편 노란색을(어떤 기하학적인 형태에서) 직접 관찰할 경우에 그 색은 인간에게 불안감을 주고, 찌르고, 흥분시키고, 색에 표현된 폭력적 성격을 나타낸다. 그리하여 이것은 끝내 대담하고 끈질기게 감정에 영향을 주고 만다. 밝은 색조로 가려는 경향을 다분히 가지고 있는 노란색의 이와 같은 성질은 눈과 감정에 견디기 어려운 힘과 강도를 갖다 준다."

이렇게 강도를 높일 경우에는, 마치 항상 높게 불어 예리한 음을 내는 트럼펫이나 대금의 청소리와 같이 울려 퍼진다. 대금에는 부는 구멍 밑에 청공이라 해서 아주 얇은 갈대 속을 붙이는데 고음이 되면 이게 떨리면서 쇳소리가 난다. 이를 청소리라 한다.

이처럼 나는 노란색의 천지 속에 흥분과 불안의 감정이 교차하고 있다. 이러한 감정에 대한 유일한 약은 푸른색이다. 푸른색은 하늘의 색이다. 푸른색은 인간으로부터 멀어져 자기의 중심으로 향하는 물리적 운동에서와 같은 심화능력을 발휘한다. 푸른색은 심화되면 심화될수록 그만큼 더 인간을 무한의 세계로 이끌어 들이고, 순수에 대한 동경과 드디어는 초감각적인 것에 대한 동경을 인간에게 일깨워 준다.

그리하여 안식의 요소가 생겨난다.

노랑은 예민해지기는 쉬우나, 강렬하게 심화해 침잠할 수는 없다. 반면에 파랑은 예민해지기는 어렵고 강렬하게 상승할 수도 없다. 정반대로 다른 이 두 색을 혼합해 이상적인 균형을 얻은 것이 초록색이다. 여기에서 수평운동은 서로 소멸한다. 또한 원심운동과 구심운동도 소멸하며 고요해진다. 완전한 초록색은 존재하는 모든 색 중에 가장 평온한 색이다. 그것은 어느 쪽을 향해서도 운동하지 않으며, 기쁨과 슬픔, 정열 등의 여운을 만들지 않으며, 그 무엇을 요구한다든가 어디로 불러내지도 않는다.

나는 강진의 푸른 구강포를 접한 뒤 만난 루드베키아의 노란색 물결에 강한 인상을 받았었다. 지금 다시 노란색 천지가 나의 마음에 격정을 일으킨다. 그러나 동해의 푸른 바다 때문에 이 격정은 혼돈으로까지는 내몰리지 않는다.

색깔에 대한 얘기가 나왔으니 떠오르는 말이 있다. 『조선과 예술』의 저자인 일본인 야나기 무네요시는 조선 사람들이 흰색을 즐기는 까닭은 슬픔의 민족이기 때문이라고 했다. 상복의 색깔이 흰색이기 때문이다. 반도의 성격상 오랜 세월 외세에 의해 침략을 겪으면서 이러한 비애가 형성되고 이것이 색깔과 예술에 반영되었다고 한다. 중국의 예술은 의지의 예술이고 일본의 그것은 정취의 예술이며 이 사이에서서 혼자 비애의 운명을 져야만 했던 것이 조선의 예술이라고 하면서 가장 슬픈 생각을 노래한 것이 가장 아름다운 시가라는 말로 병주고 약 주고 다했다.

하지만 칸딘스키의 이론에 의하면 흰색이란 죽은 것이 아닌, 가능성으로 차 있는 침묵의 색이다. 흰색은 갑자기 이해할 수 있는 침묵과도 같은 음향을 울린다. 그것은 젊음을 가진 무(無)이며, 더 정확히 말하면 시작하기 전의 무요, 태어나기 전의 무인 것이다. 지구는 빙하기의 백시대에 아마 그런 식으로 음향을 냈을 것이다. 따라서 우리 민족의 흰색은 모든 가능성을 지닌 자유분방함의 다른 표현이었던 것이다.

색에서 더 나아가 야나기 무네요시는 중국을 형태의 문화라고 하면서 조선을 선의 문화라고 말했다. 그의 주장을 상술하면 다음과 같다.

> "형태란 땅에 드러누운 모습이다. 형태는 그 무게에 있어 방향을 대지로 향하고 있다. 그러나 선은 어느 한 점에서 다른 방향으로 가려는 선이 아닐까. 그것은 땅에서 떠나려고 하는 것이다. 돌아가는 마음이 아니라 헤어지는 마음이다. 동경하는 곳은 이 세상이 아닌 곳으로 향해져 있다. 형태에 강한 것이 있다면 선에는 쓸쓸함이 있을 것이다. 가는 선이란 이미 그 마음을 말하는 것이 아닌가. 곡선이란 바람에 나부끼는 모습이다. 남의 힘에 움직이는 불안정한, 동요하는 마음의 상징일 것이다. 땅을 떠나려는 것은 이 세상의 덧없음이 몸에 느껴지기 때문일 것이다. 연연하게 무엇인가에 동경하고, 더구나 끊어질 듯 끊어지지 않는 이 세상의 인연의 줄이 저 우아한 선에 의해 가장 잘 암시되어 있지 않은가. 피안을 찾아 땅에서 괴로워하는 자의 모습이 거기에 상징된다. 선은 쓸쓸함을 말해 주는 선인 것이다."

이 주장을 어떻게 생각하는가. 공감하는 사람도 있겠지만 나는 동의할 수 없다. 더구나 그는 자신의 나라 일본을 색의 나라라고 하면서 즐기고 평화롭고 아름다움이 일본의 예술미라고 정의한 뒤 이렇게 권고하기까지 한다.

> "조선의 벗이여, 그 운명을 쓸데없이 저주해서는 안 된다. 하나님은 쓸쓸한 그대의 마음에 눈물겨운 마음을 보내고 계신다."

하지만 칸딘스키는 선을 가장 높이 평가하면서

"선이야말로 고립된 점도 아니고 갇힌 공간도 아니고 오히려 무한한 가능성으로 뻗어 나가는 자유의 상징이다."

라고 말했다.

비애가 없는 민족이 어디 있겠는가. 그렇다고 기쁨만이 가득한 나라도 없다. 우리 민족에게 내재된 여백과 무한한 가능성의 끼와 자유분방성을 캐내지 못한 것은 아무래도 일본인이라는 타 민족의 시각에 한계가 작용했음이 분명하다. 끝없는 전쟁과 정복으로 점철된 지중해의 이탈리아와 그리스와 로마 등의 미를 누가 비애의 미라고 말하던가. 끝없는 식민지배와 말할 수 없는 살육을 당한 아프리카 민족의 화려한 색상은 그럼 무엇이란 말인가. 야나기 무네요시의 조선예술에 대한 사랑은 분명 남달랐고 다른 분야에서는 뛰어난 직관을 보여주었다. 도자기와 석굴암에 대한 미의식도 시대를 앞서 간다. 하지만 조선 후기까지 고조된 우리 민족의 예술혼이 왜 단절되었던가. 바로 일본의 침략 때문이다. 그들이 없었다면 우리의 전통도 단절되지 않았고 야나기 무네요시의 연구도 불필요했을 것이다.

통일전망대를 얼마 남겨 두지 않고서 이러한 생각에 미치니 나는 더욱 통탄할 만한 슬픔에 잠긴다. 외세에 의한 민족혼의 단절은 이제 우리 민족 스스로의 격리를 통해 더욱 심화되어 가고 있기 때문이다. 남과 북이 통일을 이루고, 흩어지고 단절된 민족 예술을 통일된 가치로 승화시켜야 될 사명이 진작 주어졌음에도 불구하고 우리의 예술과 이에 따른 민족혼에 대한 관심은 따로 국밥 신세를 면치 못하고 있다. 고국에 돌아오지 못하고 베를린 시 유공자묘지에 묻힌 세계적인 음악가 윤이상(1917~1995)이 고구려의 『사신도』를 보기 위해 북의 경계를 넘었던 것을 기억하는가. 그는 민족적 정서를 서구 음악에 변용시켜 뼈에 사무치도록 감동적인 장르를 만들어 낸 장본인이다. 그는 남과 북을 따로 생각하지 않고 민족 예술을 위해 경계를 넘었던 것이다. 그 결과는 어떻게 되었는가. 그는 1967년 동백림 사건에서 간첩으로 몰려 조국으로부터 추방당했다. 민족 예술의 전승에 대한 천재들의 집념은 사사로운 이데올로기에 의해 꺾여 다시 한번 민족 예술의 단절을 초래하게 되었다. 민족혼의 단절을 야기한 것이 왜놈이라면 단절을 고착화시키며 똑같은 일을 저지르는 정권은 그와 동격이 아닌가. 분열을 뜻하는 첼로의 G#이 평화를 상징하는 A음으로 도달할 듯 도달하지 못하고 끊임없이 헤매는 윤이상의 음악이 귀에 쟁쟁하게 흩어진다.

흩뿌리는 가랑비를 온몸으로 맞으며 낮은 목소리로 노래를 불러본다.

> "우리의 소원은 통일. 꿈에도 소원은 통일. 이 정성 다해서 통일. 통일을 이루자. 이 겨레 살리는 통일. 이 나라 살리는 통일. 통일이여 어서 오라."

'이 겨레 살리는 통일'의 대목에 이르자 울컥 뜨거운 기운이 가슴에서 올라온다. 점점 붉어지던 두 눈에선 주체할 수 없는 눈물이 흘러내리기 시작한다. 빗물은 눈물에 와 부딪혀 내를 이룬다. 분단 때문에 일그러졌던 조국의 얼굴들이 파노라마처럼 눈물 위로 번진다. 한국전쟁, 노근리, 무장공비, 박정희 독재, 광주항쟁, 납북사건, 이념갈등, 경제적 종속, 미선이와 효순이, 수배된 청년들, 무너진 교육, 교회를 떠나는 사람들.

민족의 문제는 하나님을 알지 못하는 패역의 슬픔으로 이어진다. 세계에서 선교사를 두 번째로 많이 파송하는 축복의 땅이면서도 아직 공의로운 하나님의 나라가 세워지지 못하고 있는 안타까움이 공존한다.

"이스라엘 족속아 내가 너희의 악한 길과 더러운 행위대로 하지 아니하고 내 이름을 위하여 행한 후에야 너희가 나를 여호와인 줄 알리라 나 주 여호와의 말이니라."(에스겔 20장 44절)

회개와 거룩함 없이 통일이 다 무슨 소용이더란 말인가.

비가 와서 다행이다. 말짱한 날이었으면 버스에서 내다보던 사람들이 눈물을 훔치며 걷는 나를 보면서 다 한 마디씩 했을 것이니.

간성 즈음에서 그 여자를 다시 만났다. 이 만남은 마지막이 된다. 나와 반대차선으로 오르고 있는 여자에게 주먹을 들어 외쳤다.

"다 왔네요. 힘내세요. 물집은 다 나았어요?"

지나가는 트럭 때문에 마지막 말은 안 들렸는지 대꾸 없이 그저 웃기만 한다.

통일전망대를 20㎞ 조금 더 남기고 있다. 거진은 고성군청 소재인 간성 못지않은 활기를 띠고 있다. 남한의 제일 북단에 위치한 읍인 거진에 이 정도의 활기가 넘치는 것은 참 반가운 일이다. 거진항에는 일 없어 정박한 고깃배는 하나도 없고 넘치는 수산물은 불티나게 팔려나가게 하여 주소서.

날은 저물어간다. 다리가 부러지도록 통일전망대까지 걷고 싶지만 대청봉을 넘은 다리는 시시각각 절뚝거리고 힘들어한다. 5시 50분까지만 입장할 수 있는 시간도 나의 발목을 잡는다.

파도소리가 듣고 싶다. 마지막 밤은 해금강을 거쳐 온 아직 식지 않은 파도소리, 그 뜨거운 민족혼의 염원이 살아 꿈틀거리는 저 바다가 눈과 귀에 와 닿은 곳에 방을 정하고 이방인 같은 내 실존을 단위에 태우자.

## 내가 새 일을 행하리라

〈7월 30일, 거진~안보공원~통일전망대, 20㎞, 5시간〉

어두운 꿈속 세계마저 삼킬 듯이 포효하던 파도의 공포도 사라지고 어느새 밀어닥친 한 줄기 아침 햇살 속으로 평화로운 뮤즈의 현이 향기로운 음률을 자아내고 있다. 비록 토말에서의 시작은 비와 바람이었으나 저 통일전망대를 향하는 마지막 이 길의 시작은 밝은 빛으로 둘러싸인 초록빛 아름다움으로 가득하다. 이 아름다움은 영혼의 성소로부터 발산하는 한 줄기 환한 빛이어서 마치 깊은 땅속을 뚫고 나와

한 송이 꽃에 온갖 빛깔과 향기를 불어넣는 생명과도 같이 나의 육신에게 빛을 던져 주고 있다.

통일전망대까지는 약 20㎞, 통일안보공원까지는 약 10㎞를 남겨 두고 있다. 〈가을동화〉 촬영지인 화진포 해수욕장을 지나 마치진 해수욕장의 끝에 다다를 때까지 끝없이 이어지는 것은 은행나무 가득한 칠번 국도만이 아니다. 피라미드보다 어지럽고, 심연보다 깊은 민족의 생채기들이 아둔한 철조망을 따라 요요하게 걸려 있다. 국도 변 곳곳에 죽음을 말리는 수많은 오징어처럼 알맹이 없이 우리를 붙잡고 있는 우리네 이데올로기들도 거드름 하나 없이 바짝 말리어 헐값에 먼지를 뒤집어쓰고 팔려 나갈 그날은 언제 올 것인가.

일반인의 걸음은 통일안보공원에서 끝난다. 통일안보공원에서 통일전망대까지는 걸을 수도 없고 반드시 차를 타고 가야 한다. 억지를 써서 걷게 해 달라고 졸라 볼까? 이내 소용없는 일임을 알겠다. 나 혼자 억지를 써서 걸어 본들 무엇이 달라질 것인가. 우리 민족 모두가 아무런 제약 없이 이 길을 걷게 되는 그날, 나도 함께 걸어 보리라.

30분 정도마다 한 번씩 있는 영상 안보교육을 받은 뒤 제각각 차를 몰고 전망대를 향한다. 나는 셔틀버스를 타지 않고 인정 많은 어느 가족에 편승하여 민통선을 넘기로 했다.

가다 보니 남한 최북단 해수욕장인 명파 해수욕장이 개장을 하였고 그 인근에는 온갖 음식점이 하행선 손님을 기다리는데 민통선 바로 아래에 위치한 이 명파리에서만은 제한된 유흥이 가능한가 보다.

곳곳에 군인들의 눈초리가 매섭고 길 따라 세워진 철조망은 더욱 견고한 듯한데, 저 해변의 모래사장에는 이념이란 애시당초 모르는 물새들만이 때 묻지 않은 한가로움을 즐기고 있다.

강원도 고성군 현내면 명호리 통일전망대.

해발 70m의 전망대 계단을 한 발 한 발 짚고 올라가 마주하게 된 북녘 땅. 왼쪽으로는 어렴풋한 금강산 외금강 이천여 봉우리들이 시각을 타고 빨려 들어와 내 마음에 설명할 길 없는 이천여 감정들로 혼돈을 이루고, 오른쪽으로는 천상의 세계를 옮겨 놓은 듯한 말무리 반도와 각종 바위, 섬들이 보는 이의 발을 자꾸만 앞으로 내딛게 충동질한다. 어디까지가 바다고 어디까지가 하늘인지 모르겠다. 경계는 없다.

저기 보이는 송도까지가 남한의 땅이다. 이를 경계로 금강산 육로 관광을 위한 도로포장공사가 양쪽에서 한창이다.

"하나님, 하나는 하나가 되게 하여 주소서."

보지 않았을 때에는 손 닿을 수 없다는 사실이 별 의미를 지니지 못했으나, 이제 이곳에 서서 확연히 우리의 땅을 보고 나니 보고서도 손 닿을 수 없는 고통이 더 깊다. 짧은 관상을 그치고 팔백여 킬로미터에 달한 전진의 몸을 돌렸다. 순전히 관광만을 목적으로 온 발걸음들도 모두들 허탈한 표정 하나씩을 얼굴 가득히 드리우고 뒤돌아선다. 그것이 민족이다. 애써 외면하고 싶어도 어느 순간 솟아오르는 아픔. 찬란한 빛만을 추구하고 싶어도 그 빛이 강렬해지면 강렬해질수록 더욱 뚜렷해지는 그림자. 그것이 바로 우리 민족의 공통된 정서다.

인간은 무엇을 해야 할까 고민하던 시절이 있었다. 물론 보편적 인간이 민족과 시대를 떠나 불변적으로 살아가야 할 그 무엇인 행복에 대해서는 많은 이야기와 인식의 만남이 있었다.

"행복의 척도는 필요한 것을 얼마나 많이 가지고 있느냐에 있지 않고 불필요한 것으로부터 얼마만큼 자유로워졌느냐에 있다. 남보다 적게 가지고 있으면서도 그 단순과 간소함 속에서 삶의 기쁨과 순수성을 잃지 않고, 자기 자신다운 삶을 조촐하게 살아가고 있는 사람이야말로 살 줄 아는 사람이다."

"행복을 찾는 길은 하나뿐이다. 그것은 이 세상에서 분리되어 다른 삶으로 옮겨가는 것이다. 그 다른 세상에서 여러분은 세상과 그 너머를 꿰뚫어보고, 그 다가올 영광을 알게 될 것이다." - 마틴 로이드 존스

나의 걸음을 거꾸로 돌린다. 이제 일상으로 돌아가야 할 시간이다. 한 달여를 걸으며 나는 무엇을 보았는가? 어떤 변화들이 내게 있었는가?

길 위에서 나는 하나님을 만났다. 책 속에서나 입술에서 떠돌던 하나님이 생존하시고 살아 역사하시는 하나님으로 나에게 다가왔다. 아침 햇살에 반짝이는 작은 이슬방울에서도 하나님은 계셨고, 무더운 땡볕에도, 어두운 밤길 가운데서도 하나님은 내게 속삭이셨다. 사랑한다고. 값없는 은혜를 이미 내게 주셨음을 확신하게 되었다. 그러면서 나는 두려움에서 벗어났다. 순간이 영원이 되고, 영원의 가치가 현실이 되었다. 민족을 생각했고 문화를 생각했고 동시에 회개가 터져 나왔다. 하나님께서 우리나라에 태어나게 해 주신 목적은 무엇일까 앞으로 고민은 계속될 것이다. 그러나 나는 믿는다. 나귀를 타고 오신 예수님이 인생의 참된 해답임을. 그리고 하나님이 우리와 우리나라의 미래를 지켜 주실 것을.

"너희는 이전 일을 기억하지 말며 옛날 일을 생각하지 말라 보라 내가 새 일을 행하리니 이제 나타낼 것이라 너희가 그것을 알지 못하겠느냐 반드시 내가 광야에 길을 사막에 강을 내리니."(이사야 43:18~19)

**• 저자 •**

**차명권**

**• 약 력 •**

마산고등학교 졸업
서울대학교 졸업(경제학사, 법학 부전공)
고려대학교 언론대학원 석사과정 재학 중(언론 전공)
온누리신문 기자

**• 주요논저 •**

『형사소송법』
『단숨에 읽는 온누리교회 20년사』
외 다수

위에 서다-국토종단기

• 초판 인쇄 | 2007년 12월 20일
• 초판 발행 | 2007년 12월 20일

• 지 은 이 | 차명권
• 펴 낸 이 | 채종준
• 펴 낸 곳 | 한국학술정보㈜
경기도 파주시 교하읍 문발리 513-5
파주출판문화정보산업단지
전화 031) 908-3181(대표) · 팩스 031) 908-3189
홈페이지 http://www.kstudy.com
e-mail(출판사업부) publish@kstudy.com
• 등 록 | 제일산-115호(2000. 6. 19)
• 가 격 | 15,000원

ISBN 978-89-534-7853-4 93800 (Paper Book)
978-89-534-7854-1 98800 (e-Book)